徐敏婉 著

鸿荒传

百花洲文艺出版社

图书在版编目(CIP)数据

鸿荒传 / 徐敏婉著. -- 南昌：百花洲文艺出版社，
2022.6

ISBN 978-7-5500-4495-1

Ⅰ.①鸿… Ⅱ.①徐… Ⅲ.①长篇小说-中国-当代
Ⅳ.①I247.5

中国版本图书馆 CIP 数据核字(2021)第 233496 号

鸿荒传　徐敏婉　著
HONGHUANG ZHUAN

责任编辑	杨　旭	
特约编辑	张立云	
装帧设计	云上雅集	
出 版 者	百花洲文艺出版社	
社　　址	南昌市红谷滩新区世贸路 898 号博能中心一期 A 座 20 楼	
电　　话	0791-86895108(发行热线)0791-86894717(编辑热线)	
邮　　编	330038	
经　　销	全国新华书店	
印　　刷	长沙市精宏印务有限公司	
开　　本	889 毫米×1194 毫米　　1/32	
印　　张	7.75	
版　　次	2022 年 6 月第 1 版第 1 次印刷	
字　　数	180 千字	
书　　号	ISBN 978-7-5500-4495-1	
定　　价	58.00 元	

赣版权登字　05-2021-427

网　　址　http://www.bhzwy.com
图书若有印装错误,影响阅读,可向承印厂联系调换

前　言

桃李春风一杯酒，江湖夜雨十年灯。

2009 年也是牛年。我受邀去参加某全球华文青年文学奖的颁奖典礼。合完影后，我和散文组决审评委余光中先生讨要了他的签字，他说了句让我至今印象深刻的话："你们这些获奖的孩子，一定要坚持书写，这个奖项如果是你们的最高造诣，那就太可惜了。"那一天，我还有幸和大赛小说组的决审评委——王安忆老师一起吃饭，她说，现在很多年轻人创作太浮躁，缺乏真实生活的历练，写出来的东西非常空洞。那个时候，我很受触动，决心在创作这条路上，厚积薄发。

到今年，2021 年，整整 12 年，一个轮回，乡愁在两头。

"酒入豪肠，七分酿成了月光，余下的三分啸成剑气，绣口一吐就半个盛唐。"重读《寻李白》，才惊觉这样的磅礴，只有余光中先生写得出来，翩若惊鸿，宛若游龙。余光中先生到今天去世快四年了，但是我十分怀念他。想告诉余光中先生，这 12 年里，我读了厚重的书，行了万里路，遇到了人山人海，还三生有幸，为人妻、为人母。于是，我决定重新提笔，继续抒写我的梦想——"不忘初心，方得始终"。

除了认真磨砺和沉淀了 12 年的文学梦，更有一腔赤子情怀激励着我，在漫长创作的旅途上披星戴月、风雨兼程。2021 年，我们中华儿女的每一个人都应该致敬这朗朗乾坤的建党百年。冬去春来，时光匆匆却从未吝啬，流年似水亦不负真心——俯仰之间，很少有人能走过一个完完整整的百年。我的身边却有一位 93 岁的耄耋老人，他有幸见证了这将近百年的历史传奇。

他就是我的外公。

我外公的入党年龄到今天算起来，估计有 75 年了。想当年雄关漫道真如铁，他在 1949 年前曾是上海中共地下党平凡的一员，他和战友以及老同事们，为了革命的理想铁马冰河。1949 年后，我的外公更是主动请缨，参加了舟山战役和抗美援朝。工作后，他又为新中国的石化能源事业殚精竭虑、无怨无悔。我的外公和我的祖国，心心相印，经历了将近百年的风雨飘摇。很多人认为现在的他早就可以颐养天年，可是只有我知道，他至今依然是一位不负初心的赤子，他也永远是祖国的好男儿。外公不知道，从小我在他的言传身教下，也有了和他一样的"执念"，那就是"穷则独善其身，达则兼济天下。"

盛世之下，我幸有笔一支。琼楼玉宇，就算高处不胜寒，也可两袖清风，只问笔耕不辍。

文学创作本身就是一场清苦和孤独的修行，如同当代的科学研究一样，惟有家国使命才是引导我们的那盏海天一线的明灯。而立足于今日，一垄流年，半生恩情，我在此不仅仅要感谢家人和朋友的支持，更要感谢李林老师和百花洲文艺出版社编辑老师们的指导和帮助。

回归我的作品《鸿荒传》，它是一部长篇神话历史小说。如果说有什么独具匠心和足够令我自得的地方，那便是它的取材。《鸿荒传》寥寥数十三万字，行云流水却不是空穴来风。它主要取材于

《山海经》的万千故事，却也旁征博引了其他诸多后世著作里的注释，比如《史记》《列子》《论衡》《淮南子》《水经注》以及《搜神记》等等。一言以蔽之，《鸿荒传》尊重经典，并尝试融会贯通魏晋南北朝及以前的诸多古籍善本里的神话传说，辅以加工和创作，书写了一段关于人、妖、仙三界与创世真神界之间可歌可泣的上古江湖故事。

不过此处除了许多古代书籍原著，我还是想尽力罗列出现代的许多参考，创作里星星点点的灵感来源于孔丘的《诗经》、陈鼓应的《老子注释及评价》、康金声的《汉魏六朝小骈文选》、鲁迅的《唐宋传奇集》等等，也要感谢古诗句网提供支持，让我能方便交叉检索一些古诗词的引用考据之处；更要特别感谢张华老师绘译的《山海经——图译》，庞大的卷宗和描述，帮我在许多原创人物的构思上答疑解惑。另外细节之处，比如美食和服饰颜色，要感谢知乎网站查阅而来的《魏晋南北朝的人吃什么？》以及相关衍生出的古人美食修馔，再到由陈晓卿背书的《随园食单》，最后还有艺萃原创的中国传统颜色知识和网络中关于神话故事反思的优秀视频素材。

以下有全书的剧透，我强烈建议读者们先跳阅到《鸿荒传》的正篇《序曲》，读完全书后再回看我下面的文字。

梦回年少时，"滥觞逶迤"的寻根心绪一直萦绕眉头。我曾在青少年时期有机会读到《山海经》。本以为按照书中的记述，这世间先有"女娲补天"，才有"共工怒触不周山"的典故。比如在《列子·汤问》中写道：

"物有不足，故昔者女娲氏炼五色石以补其阙；断鳌之足以立四极。其后共工氏与颛顼争为帝，怒而触不周之山，折天柱，绝地维；故天倾西北，日月星辰就焉，地不满东南，故百川水潦归焉。"

但是后来某日，我却读到了东汉时期的王充所著的《论衡》。

熟读历史的人一定不陌生这本《论衡》，按照当代网络百科口耳相传的评价，《论衡》细说微论，努力解释了世俗对神话和上古历史的疑虑，目的为"明察天下是非之理"。"冀悟迷惑之心，使知虚实之分"——《论衡》便是以"实"为根据而创作，被历史誉为汉朝以来一部优秀杰出的唯物主义的哲学文献。

可是，这本文献却对于"女娲补天"和"共工怒触不周山"的故事有了不一样的解读。王充认为上古时期，先有共工毁天灭地在前，才有女娲补天。他在《谈天篇·第三十一》中记叙道：

"共工与颛顼争为天子不胜，怒而触不周之山，使天柱折，地维绝。女娲销炼五色石以补苍天，断鳌足以立四极。天不足西北，故日月移焉；地不足东南，故百川注焉。"

《论衡》便奠定了本部作品最重要的创作思路，也决定了《鸿荒传》情节发展的先后顺序。

过去又有一日，我重读《山海经·大荒北经》，发现上古时期身为三皇之一的蚩尤，在涿鹿之战中为黄帝所杀，身首异处，葬于几处。这一段故事又有一段延绵不绝的叙述：

"有系昆之山者，有共工之台，射者不敢北乡。有人衣青衣，名曰黄帝女魃。蚩尤作兵伐黄帝，黄帝乃令应龙攻之冀州之野。应龙畜水。蚩尤请风伯雨师，纵大风雨。黄帝乃下天女曰魃，雨止，遂杀蚩尤。魃不得复上，所居不雨。"

此处的记录却让我好奇，为什么黄帝的亲生女儿旱神魃，在涿鹿之战中立功后，却不能回到黄帝的疆域？到底是不能还是不愿意？共工又是谁，为什么在昆仑墟附近而人们不敢对其射箭？

后来文思泉涌，我便如痴如醉，翻阅诸多上述的古籍，才了解到上古时期更有一场旷世持久的人、神、妖三界大战。结局是黄帝的后裔——重黎，绝地通天，隔断了芸芸众生和神界的联系。《山海经·大荒西经》关于此段的记载如下：

"颛顼生老童，老童生重及黎，帝令重献上天，令黎邛下地。"

后世还有《尚书·吕刑》，此卷宗第一次较为细致地记述了整个经过：

"若古有训，蚩尤惟始作乱，延及于平民，罔不寇贼、鸱义、奸宄、夺攘、矫虔。苗民弗用灵，制以刑，惟作五虐之刑曰法……皇帝哀矜庶戮之不辜，报虐以威，遏绝苗民，无世在下。乃命重黎，绝地天通，罔有降格。群后之逮在下，明明棐常，鳏寡无盖。"

更有孔传对上文的"重黎"进行了解读：

"重即羲，黎即和。尧命羲、和世掌天地四时之官，使人神不扰，各得其序，是谓绝地天通。言天神无有降地，地祇不至于天，明不相干。"

引经据典，仔细查考祝融的出处，他虽为神话里的司火之神，但是也极有可能，祝融便为黄帝宗族里的颛顼后裔，甚至他也被后世称之为"重黎"。不过，再深入探寻，重黎究竟为一人，还是两人？在《鸿荒传》里，便是以一人之名，化二人之形——太阴幽荧拂天也就在著作中呼之欲出了。

"拂天"这一名字是信手拈来，取自前面，"重献上天"的"分天隔地"之意。但是"太阴幽荧"这一位神兽的概念，也有所考据。据《山海经》和《淮南子》的记载，华夏大地的上古时期，曾出过十个最知名的神兽。这十位神兽分别是记载于青铜器皿上的太阳烛照、太阴幽荧和古书中的青龙、白虎、玄武、朱雀、黄龙、应龙、螣蛇、勾陈。《鸿荒传》此书里，着重取材前六位。

共工曾被认为是炎帝神农的后裔，而祝融也被认为是黄帝的后裔。上古传说之中，还有一场著名的战争，叫作"阪泉之战"，这场战争发生于炎、黄两个部落之间。如果说祝融和共工怒战不周山，再结合他俩分别为传说中黄帝和炎帝后裔的事迹，那么确实，祝融和共工二位与炎、黄二帝休戚相关。

上古时期的古籍善本里，神话英雄人物们是星火燎原又仿佛离离原上草。故事太多又往往在后世乏善可陈——故事之庞杂便是任何人都难以罗列得尽的，故事之单一又是支离破碎且藕断丝连的。不过一言以蔽之，大致回望，从上古神话传说到近代鲁迅的《唐宋传奇集》，最主要的天灾人祸似乎总离不开风伯雨师和洪水猛兽的兴风作浪。

根据我自己浅薄考究的几条主线，又结合魏晋时期干宝所著的《搜神记·卷四》中关于风伯雨师的只字片语：

"风伯雨师风伯、雨师，星也。风伯者，箕星也。雨师者，毕星也。郑玄谓：司中、司命，文星第四，第五星也。雨师：一曰屏翳，一曰号屏，一曰玄冥。"

另外，细细考究，又有《搜神记·卷一》中对风伯雨师和炎帝神农、以及昆仑墟的记载：

"赤松子者，神农时雨师也。服冰玉散，以教神农。能入火不烧。至昆仑山，常入西王母石室中，随风雨上下。炎帝少女追之，亦得仙，俱去。至高辛时，复为雨师，游人间。今之雨师本是焉。"

于是我稍稍做了些修改，将风伯雨师化为了元鸟一族的二位公主，其中一位玄冥在篇章里后来化身朱雀，还和上古典籍里的海神兼瘟疫之神禺强遥相呼应。另外一位，则名为屏翳，她正好谐音《山海经·海内经》的"翳鸟"一词：

"有五彩之鸟，飞蔽一乡，名曰翳鸟。"

而后世的《离骚》里也有备注："驷玉虬以乘翳兮"。此处，翳作鷖。王逸注云："（翳鸟），凤凰别名也。"再后来的《史记·司马相如传》中记载"拂翳鸟，捎凤皇。"

　　此处鸟之五彩，也许与女娲补天的五彩石有所联系？为何它躲藏在一乡？我的创作思路便铺陈开来——故事主人公之一的屏翳，由此得来。

　　重要的场景，起源于另一则《搜神记·卷六》中关于《山徙》的记载，也成了书中神秘的"不周山"的关键构思：

　　"京房《易传》曰：'山默然自移，天下兵乱，社稷亡也。'故会稽山阴琅邪中有怪山，世传本琅邪东武海中山也，时天夜，风雨晦冥，旦而见武山在焉，百姓怪之，因名曰怪山，时东武县山，亦一夕自亡去，识其形者，乃知其移来。今怪山下见有东武里，盖记山所自来，以为名也。又交州脆州山移至青州。凡山徙，皆不极之异也。此二事未详其世。《尚书·金縢》曰：'山徙者，人君不用道，士贤者不兴，或禄去，公室赏罚不由君，私门成群，不救，当为易世变号。'"

　　历史上，京房可是易学鼻祖，德高望重，但是传说最后却被奸佞陷害后身首异处。崔波的《京房易学思想探索》一书曾写道"但京房卷入政治，走入了神秘文化的死胡同，不得善终。"另外，按照干宝的《搜神记》里注释，京房的《易传》就是《易妖传》，不过他确信《易妖传》在魏晋后就已经失传。而他笔下的神山，阴晴不定又会山徙，成为"变"的具象象征，这让我联想翩翩：神话中的"不周山"不知所踪，有传说并不存在，有传说华夏大地所有的山都是"不周山"，那么，神山"不周山"是否可能就是《搜神记》会山徙的神山？而祝融上神所居的六合之一东武里、孕育神剑的会稽山、可管理风雨冥晦的仙妖（《鸿荒传》里屏翳和玄冥）等等，便是都出于此处。

　　如此看来，无论屏翳，还是玄冥，都不是个简单的人物，而且或许其中还和"五彩"有关。

　　总而言之，正是从上面各处的解读和拼凑开始，《鸿荒传》的思路也定了基调。它具体围绕的是三个经典的神话故事："黄帝战蚩尤""女娲补天"和"共工怒触不周山"，采用双主线的创作手法。主线一，是从一位创造了补天神石的女孩子（屏翳）的视角，描述她前世今生与创世真神太一之间的真挚感情。主线二，是从另一位神话人物旱神魃（青妭）的视角，描写她因为对父亲轩辕黄帝的误解，在三界纷争中所起到的反面作用。双线明暗交织并进，展现了两次三界大战前后，人、妖、仙齐心协力救世的传奇故事。

　　而读者们在古籍里读到的其他零碎的神话故事，比如"后羿射日""精卫填海""大禹三过家门而不入""扶桑树下是天涯""神农尝百草""相柳三仞三沮"，乃至《列子·汤问》和《庄子·大宗师》中都不约而同提及的"禺强得之，立乎北极"的篇章种种，早已揉碎在《鸿荒传》之中。辅以更为重要的关键神兵利器——禹剑的加持，故事似乎更为圆满。"禹剑"的原形是取材于神话传说中古剑榜首的"轩辕夏禹剑"，此部作品只取最后两字，不求圣，但求仁。

　　《鸿荒传》里所言的一切，自然只可当作传奇话本，一笑置之。清代曾有经典名著《红楼梦》，它以"女娲补天"的碎石作为开篇，惊起红尘滚滚；那么我也希望《鸿荒传》这部作品，如若女娲补天石的混沌五彩，给大家投射和照亮一些哲学思考。回到现实，我是哲学系科班出身，所以天生执着于此。

　　《鸿荒传》不仅仅想为经典锦上添花，更想传达与当代社会主义核心价值观遥相呼应的精、气、神——我自诩，《鸿荒传》传达了许多在当代有正能量的哲学相思情怀：

　　它完美融合了中国传统儒、释、道和法家的思想要义与哲学观点，符合社会主义核心价值观。举例来说，作品有关于孔孟"事之以礼"的孝道文化，有关于佛教不畏困苦的涅槃精神，也有老庄"消息盈虚，终则有始"的自然辩证法思想，还有关于法家的"不别亲疏、不殊贵贱"的"以法而治"思想。总之，作品不忘初心、胸怀天下、结局向善圆满。

洋洋洒洒写到此处，思绪万千。三杯两盏淡酒后，我想着也许应该再创作几部番外篇。如若有缘，可以让读者在零星之处，体会到家国山河自始至终传承的意义。我初心不忘，孜孜不倦，希望读完《鸿荒传》的读者都可以体感当代散文大家简媜的那句——"山川是不卷收的文章，日月为你掌灯伴读"的磅礴慨叹。

这个世界，没有神话中的历史，只有历史中的神话。

三皇五帝、人妖仙三界和神魔鬼怪等等，都只是神话故事对历史的一种怀念。

写下这篇前言的时候，正值 2021 年中秋刚过，年年岁岁又是暮秋一盏。

我有时候想，历史滔滔之中我们都如同沧海一粟，泛于人世江湖之上，酸甜苦辣和喜怒哀乐不过一场度己的修行。只是，今年我们不说离人心上愁，只说花好月圆和未来辽阔。

愿蕉叶雨声喧晓枕，愿梦成风楫泛江湖。

徐敏婉

2021 年 9 月 24 日

目录
CONTENTS

· 序 曲 ·

所谓白日陆沉，日月无光，人鬼不能见也。

——晋·葛洪《抱朴子·内篇·登涉》

混沌初开，大道立。芸芸万物此消彼长，从未有过谦让和将就。

彼时，混沌大道中，诞生了四位创世真神：盘古、太一、伏羲和女娲。

盘古和太一都是混沌本源孕育而成。传闻盘古诞生之日，彼时天地不分、晦暗不明。万事万物就如同一枚龙蛋。后来龙蛋开裂，依旧是山河茫茫，日月无光。于是，盘古开天辟地，用自己的六识，滋养了世间五湖四海内的山川河流，而他的血肉之躯，则幻化作一座神山，分开苍天与大地。

而与他同源一脉的太一，则比较神秘。他少阴少阳，他亦至阴至阳。行踪不定、形态不明，三生三世不过他的一次回眸，七情六欲也不过他的一句嬉笑怒骂。如果说盘古是山河湖泊和丘陵深渊，那太一就是日月星辰和风雨雷电。

创世后，太一和盘古幻化的神山经历了万万年的风雨飘摇，可是太一感觉十分寂寥和孤独。于是，他便在神山一脉附近，选择了一处雾霭缭绕的仙境住了下来，在那里，他可以与回归混沌的盘古真神侃侃而谈。太一选择居留的这处仙境，便是后世大名鼎鼎的昆仑墟。

某一日，太一刚从混沌之中神游回来，走到了昆仑墟的瞭望台上看着这四海八荒和风雨缥纱，他却无意间发现自己管辖的天空居然有了异象。那便是混沌交错和无序迷乱之中，无意孕化的五彩虹霓。远眺而去，真是好一番"晚虹斜日塞天昏，一半山川带雨痕"的美景。

太一当时便心生欢喜。

五彩虹霓蕴涵了创世真神时期的混沌之色。美只有在被欣赏之时，才有了意义。太一欢喜爱慕的情绪涌上心头，又顿感过去这漫漫神生的万籁俱寂。俯仰之间，风起云涌，五彩便消失殆尽。

太一赶忙飞到这天空之中，却怎么也留不住这万般奇妙。

再后来，太一每日坐在昆仑墟，独守着这份不安。他总是在瞭望台上走走停停，时不时召唤风雨，撩拨云霭，却再也不见五彩虹霓。这么一小小的插曲，竟然让大彻大悟、至真大简的太一，产生了爱恨情仇的神识。他惶惶不知所以然，四季亦留遗憾。

于是，太一在瞭望台坐驰和等待了万年。这期间，他用爱恨情仇的心绪与自己的混沌神元交阴互阳，幻化出了另外两位创世真神——伏羲和女娲。

伏羲和女娲初入这天地间，他俩嬉戏打闹、灵动跳脱、哭哭笑笑。太一发现，他俩确实比那普通的山水石树要有意思得多。情若入七分，怨便出三分，喜怒哀乐不过匆匆流年。

伏羲和女娲慢慢成长。他们也总是问太一很多的问题。太一总觉得，事事有应答未必是好事。他真心不希望他们成为和自己一模一样的真神，多没意思呀！所以后来，伏羲和女娲，便被太一放逐到了四海八荒中。

序　曲

而昆仑墟也被太一隐藏于四海八荒之外，只有他、伏羲和女娲三位真神才能进出修行。

岁月流转，天地苍茫。

伏羲和女娲是爱恨情仇幻化出来的，伏羲是人面龙身，而女娲则是人面蛇身。在后世看起来，人、妖、仙合体，分不清实在的归属，所以尊称他们为"混沌本源"。据《鸿荒传》残篇记载，他们俩后来结为神眷夫妻，并开始各司其职。

女娲真神捏造了一个泥人，然后轻轻吹了一口自己的神息。那泥人居然在阳光雨露中有了生机，奔跑跳跃，逍遥自在。造了第一个泥人之后，女娲大受感召，又马不停蹄地捏了很多形态迥异的泥人。她仙袖一挥，顺势而为，便用自己的神识创造了人、妖和仙。于是，四海八荒之中，终于诞生了三界。她还为三界创立了夫妻婚配和因缘际会的制度，让三界世代代传承。伏羲则妇唱夫随，他推演了八卦，启迪了人、妖、仙三界的技艺和智慧，更创造了历法古训，仁义礼制和大义大真，三界九州于是有了法理、伦常和道德。

至此开始，三界九州和创世真神界其乐融融。当时还未有之后各居其位管理世俗事务的六大上神。所以那个时候，创世真神直接管理的世界，被称为上古三界的开端。

一日，天气晴好，万物皆美妙。隐匿许久的太一真神终于从昆仑墟出关，云游到了弱水河畔。

弱水河畔有许多竹筏方舟，舟上站着林林总总的摆渡人。他们为了讨生活，左顾右盼又以貌取人，他们期待着能在弱水河畔接一单好生意。太一倒从不在乎这些，他就着机缘，随便指了一位最不显山露水的老伯，让他顺着弱水河向东漂流。

正要登船，他却见到岸边有一群孩童嬉戏打闹。七嘴八舌的群体里，人、妖、仙的后代皆有，却联合起来欺负一个小丫头。小丫头蓬头垢面，骨瘦如柴，很是狼狈。平日，对于这一类事情，太一是从来不管不问的——终归是自然法则，他也只是一位芸芸众生中的看客。

可是，这个小丫头却不服软。她捡起了弱水河畔的一块鹅卵石，只见她用仙法在背后揉搓了下，竟然揉搓出了一块散发着五彩虹霓的神石，回头砸向了欺负她的孩子们："我不怕你们！"只见那块五彩神石飞出去的时候，突然变大了许多，有几个孩子被打得措手不及。

孩子们蜂拥而上，对着这个小姑娘拳打脚踢。

太一看到这五彩虹霓，便突然一怔。他吩咐老伯稍等，便走到了孩子们的身边说道："以多欺少，太不公平了吧。你们的父母是怎么教育你们的？"

"少废话，老家伙！"其中一个孩子看着眼前这位玉树临风的少年郎，一副霸道蛮横的嘴脸，"她是三不像！是个混血的杂种——不是人，也不是仙，更不是妖，她还偷我们家里的东西吃！"

小姑娘躲到了太一的身后，拉着他的衣角，瑟瑟发抖。太一仔细看，小姑娘满身的淤青和泥垢："我没有偷东西吃，那个饼是别人送给我的。"

太一纵观三界的欲望，便一甩仙袖，给每个孩子变出了他们最想要的东西，比如糖豆、沙包、玩偶等等，然后说道："好了，你们每个人都拿到了一样你们喜欢的东西，回去吧。"

"今天算你走运！"孩子们稀稀拉拉走了，为首的孩子回头还不忘对着小姑娘嘲讽一句。

太一不愠不火，护着这个小姑娘上了自己的一叶方舟。

舟上，太一依然神情清冷，并没有多说什么。小姑娘远远坐在太一的对面，也一句话不说。她感到无聊，两指一扣，便往天中变出如烟火般随风即逝的五彩虹霓。

"你叫什么名字？"太一打量着这个小姑娘。虽然小姑娘为三不像，却有混沌气息很重的元神。她的元神也确实奇奇怪怪，是一团五彩虹霓，乍一看仿佛五色祥云，但探究起来，连他都看不清里面的缘起缘落。

"吾彩。"小姑娘瞄了眼太一，回答道。

"五彩？五种颜色的五彩？"太一真神开怀一笑，"应景的好名字啊。"

"不是，是'吾道一以贯之'的吾。"小姑娘略微自豪地回答道。

"你会变五彩虹霓？"太一真神饶有兴趣，"能否再变给我看下？"

"稍微等一下……"吾彩支支吾吾回答道。只见她从破破烂烂的衣服里，拿出一个还有点温热的薄饼，走到了驭船的船夫老伯身边，说道："伯伯，我没有钱，只有这一个饼。我看您也饥肠辘辘，您拿着吃吧。"

"弱水河再往前一些的第一个船坞，便是我家，能否劳烦您停靠一下？我想回家看看我娘。"

老伯蹲下来，用颤颤巍巍的双手摸了摸吾彩的小脸蛋："好孩子，饼留着回去给你娘吧。我遇到了这位好心的少年郎。等到了岸，他会给我个好报酬。"

此情此景，太一突然心里不是滋味，把头扭开，不知道该说些什么。

阴晴不定的当下，只见吾彩从弱水河里双手作掬，取了清水一汪，对着太一喊："看我的法力！"她念念叨叨，神法孱弱，却硬生生把这水洒向阳光，弱水三千不及一道五彩光辉。太一看了看，也大笑："吾彩淘气，这哪有什么神法？"

"哎，你可别小瞧我，三界都没见过这个呢！"话音刚落，只见吾彩从弱水河里，用仙法唤醒了一块鹅卵石出来，然后念念有词，把这鹅卵石不仅变成了五彩虹霓之色，熠熠生辉；而且鹅卵石可大可小，方寸定乾坤。

太一兴致正浓，便也用混沌神法施加于这块弱水河的石头上。顿时风起云涌、天光大异，可能是太一过于用力，惊起弱水河道两岸的白鹭沙鸥，吓得吾彩一个后退，跌坐在这条小船上。

驭船的老伯也吓了一跳，赶忙努力控制着船头的平衡。太一慢慢收起了神力四射的五彩石，藏入自己的仙袖中。然后一脸漫不经心，转身看着弱水河畔的美丽景色，仿佛什么事情都没有发生过。

"你是谁？"吾彩警觉地问道，"你莫不是伏羲儿子的侍从？"

"伏羲？"太一真神好奇，"他和他的儿子怎么了？"

大伯赶快接过话茬：："伏羲真神倒是从未见过。只是他其中的几位后裔，非常骄纵蛮横，到处烧杀抢夺、欺罔真神之德。我们现在对待伏羲的后裔，都唯恐避之不及。"

太一默不作声，但是心中却有些游移不定——也许是一面之词，仅此而已吧。

"快看，那边有仙鹿，好漂亮！"吾彩突然对着河岸丛林的一处喊叫，开心得手舞足蹈。太一真神朝她指的方向看去——确实是一群仙鹿，身上有秋黄与斑白交织的纹路。江山如画，云涛烟浪，呦呦鸣鹿好不逍遥快活。

可几乎就在同时，大家定睛一看，只见这群仙鹿并不是想象中的迁徙跳跃，而是被一群立着伏羲氏族旗帜的黑压压部队追逐得惊慌失措——原来是伏羲的后裔们在围剿仙鹿群。

这次昆仑墟出关，太一简直是大开眼界。此情此景，他更是剑眉紧锁。

"谁允许你们猎杀仙鹿全族的？！"吾彩对着岸上的伏羲后裔军

队大喊，"我不怕你们！"

话音还未落，只见她使尽浑身解数，从船边的弱水河里升起无数颗鹅卵石，变幻成五彩石。然后仿佛大小不一的枪林弹雨般，砸向了伏羲后裔的军队。军人们大叫疼痛，却没有一个掉下马背。看来威慑力还是不够。

这时候，只见伏羲后裔的军队有一人对着他们，拉起了弓箭。太一真神数万万年都没有出关，根本不知道弓是什么器具，更不知道剑拔弩张是什么意思。

说时迟，那时快，一支羽箭猝不及防，向太一真神射来。吾彩一想，完了，他们可能把这少年郎君当作罪魁祸首了，于是大叫声："闪开！小心！"

她羸弱的身躯立刻撞倒了太一。太一眼睁睁地看着那把羽箭，直直地插入了吾彩的身躯之中。吾彩满口鲜血喷出来，直挺挺倒在了船上。

"射中了个三不像的小仙！不能吃不能收作奴隶！"岸边的军队起哄，还对着船上嬉笑怒骂，"还是仙鹿的肉好吃！"

此情此景，老伯赶快抱头蹲下，瑟瑟发抖。而高高在上的真神太一，本不知道何为穿心之痛。这一次，他感同身受。他把吾彩抱起来，吾彩早已奄奄一息。他晃了晃吾彩，吾彩也不再如刚才那般神气活现了。

"吾彩……"太一第一次用他沾满鲜血的双手，颤抖地摸着吾彩的脸颊。真神哀伤，凡尘三界刹那间了无生机。弱水河仿佛停止了波澜和流动。时间似乎也被太一停顿了下来，衣衫褴褛的吾彩努力睁开双眼，似乎有话要说，却声音微弱。太一把耳朵凑近吾彩：

"有我在，你死不了。"

"好冷呀，我要回家了，我想我娘了。"

话音落，纵使时间缓缓前行，但是天命难违。吾彩闭上了双眼。

老伯哀恸，说道："多好的孩子，就这么走了。"

直到吾彩陨落，太一才从她消散于冥界的元神里看到——原来吾彩，真的就是那一道他思念已久的五彩虹霓。怪不得虹霓一直不再出现，原来是她具形幻化成了三界中的芸芸众生。原来她如此昙花一现。

太一真神今日，又如混沌初创那日一般，见到了山河茫茫，日月无光；只是这次，不是遗憾，而是愤恨和痛心疾首。绵延万年不敌须臾片刻。他第一次知道了生与死，也知道了天道不公。

太一面无表情，他让这驾船的老伯抱稳已经死去的吾彩。伏羲后裔的军队，整齐有序，依然执着追着仙鹿。似乎刚才的死生，完全与他们无关。

他起身，甚至没有正面看伏羲后裔的军队一眼。只见他左手抬起，用自己的手掌轻轻向骑兵们消逝的那个方向打开。瞬间，晴天霹雳而下，犹如银河直下三千尺，震得玉石俱焚。须臾间，所有的弓弩神兵，以及金戈铁马，还有那人云亦云的死生不公，都灰飞烟灭。

今日，"生桑之梦"这四个字，对太一来说如此真切和沉重。

那日之后，太一真神旋即从这一叶孤舟上消失了。太一真神留给了渡船的老伯几枚银条和吾彩死前要赠给他的那个白饼。

渡船的老伯信守承诺，按着这位陌生仙君的说法，找到了吾彩家中。赶到时，却发现其母已经去世，整个村庄早就被伏羲后裔扫荡过了。尸横遍野，满目疮痍。老伯也落了不少泪，可是一介凡人，他能做什么呢？于是，他花了数月，将整个村庄剩余的人都妥善安置，埋葬了所有无名氏，包括唯一一个与他萍水相逢且有名有姓的小姑娘——吾彩。

入土为安，来来去去就是一岁。老伯给萧条的村庄磕了三个响头，便驾着孤舟折回码头。

到了弱水码头，他听周围的人议论纷纷。

原来上古创世神界的真神太一近期出了昆仑墟，并颁布了创世真神神令：伏羲真神被抽去神寿和神骨，成为凡人，终享生老病死和世态炎凉。女娲真神为伏羲之妻，不曾起到督促劝诫之责，此生必须要神泽三界九州，直到天崩地裂才可以安息。

本来，死生不相关、世代不分离的伏羲和女娲，现在一死一生，他俩再无可见之期。

老伯叹了口气，世间万象惊奇，没想到深渊和高台，仅仅一步之遥。斜阳暮草茫茫，他抬起头，确见会稽山方向声若雷砰目流电。天有不测风云，人有旦夕祸福。老伯突然饥肠辘辘，他便拿着吾彩给他的白饼果腹。没想到，吃完后感觉自己神采奕奕、龙马精神。

他看了一眼弱水河的倒影，时光突然飞速回溯，自己竟然在这倒影里，成为一位逆天改命，刚过不惑之年的壮年。这白饼竟然有倒转时光的功效，十分神奇。

只是可惜，世间不仅再无法复刻出一块神奇的白饼，也再不见五彩虹霓。太一真神更是完全销声匿迹。

人们说："白日横空星宿见，一夫心醉万物变。"

欲知后事如何，且看《鸿荒传》这一传奇话本中的罗缕纪存。

·第一章·

详观记牒，鸿荒莫传；滥觞逶迤，周流兰殿。

——南朝·谢灵运《三月三日侍宴西池》

在这个世界里，时光流逝。只要来日可期，那么人生坎坷，神生漫长，都不足为奇。

自女娲补天以来，上古三界进入了新的纪元——现世三界。在这个时代里，人、妖、仙生来并无品阶高低的区分。高山流水、林渊沼泽、丘壑城池，大家来自三界九州和四海八荒，和而不同、代代相传，生生不息。

在这里，诸仙可以讲解和光同尘的修行，贤人可以传授礼仪法度的文化，而妖兽则善于使用移形换步的自然混沌之法。《鸿荒传》自上古三界开始，就不断记录着这些吉光片羽，到今天，只剩下一些残卷。其中，它引用了一种广泛接受的讲法："太一生阴阳两仪，两仪化天、地、人三道，三道成少阳、太阳、少阴、太阴四象之形；四相化生，显现金、木、水、火、土五种属性；五行所生，居上、下、东、南、西、北六合方位。"

正是因为六合，所以从上古三界至今，各司其职的一共有六位上神。分别是帝俊、神农、轩辕、蚩尤、共工和祝融。帝俊常年居于六合之渊，在所有上神里，他是最德高望重的。神农主理天陆之北的灵山，轩辕执掌天陆之西的陈国，蚩尤治理的是天陆之南的九黎，共工管辖的是天陆之东的弱水郡。至于祝融，不上不下。他隐居在不周山，几乎不参与凡尘俗事。在万年前上古三界的那场浩劫之后，蚩尤和共工都以身殉天，轩辕则陷入了昏睡。所以在现世，只有帝俊、神农和祝融三位上神。

故事的开端，发生在天陆之北的灵山，那里大部分都是人界的疆域。妖仙数量不多，但是与人其乐融融。天陆之北的太平要感谢迁居此处不久的神农上神，他在人间又被尊称为"炎帝"。

灵山本是山清水秀之地，遍地参天大树。可惜三界大战后，这里总是不时受到瘟疫痢疾和魑魅魍魉的袭扰，所幸人界出生的神农上神，因此自告奋勇在万年前来到灵山，救死扶伤、耕耘不辍。不过，清寒寂静的灵山，最近双喜临门。

再过段时间，灵山的燕精一族，终于要迎来这万年来唯一的两只幼燕降生。那可是燕皇后耗费万年精血和天地灵气才滋养孕育而成的两枚灵蛋。和其他羽禽族的代代繁衍不同，燕精一族，只有机缘巧合才会产崽，一次也只有两到三只幼燕。

燕子，自上古以来，就是祥鸟。它落在钟鸣鼎食的人家，便成为堂前燕；它在仙界，便被尊称为元鸟，若运气好，还能涅槃成为神兽朱雀。朱雀在上古三界大战中殉亡。如果这一次，它选择降临在了灵山的妖界，那一定是天意。

今天风和日丽，鸟语花香。

玄鹤师尊在学堂里满面春风，他对着听课的孩子们说道："燕精一脉，属于我们羽禽族的祥瑞，总是能讨三界的喜爱。"

妖族学堂里的小妖兽们，一阵骚动不安、窃窃私语。

"玄鹤师尊，那《鸿荒传》残篇里的上古神兽朱雀，会不会还从燕子里诞生？"扶桑一脸兴奋地问道。这个才幻化成人形的桑树精，伶牙俐齿，自幼对羽禽族很感兴趣。

"传说是这样的，但愿如此吧。"玄鹤师尊微微闭眼，忆往昔道，"从上古三界到现世，朱雀只出现过一次，便是蚩尤上神的神兽，但它是混沌孕育所化。"

"蚩尤上神在万年前的仙界大战中，不是最后被我们灵山的神农上神和陈国的轩辕上神联盟打败了吗？"扶桑不知趣，继续插嘴道，"如果他是那奸险的燕精一族，岂不成了不祥之兆？"

玄鹤师尊的脸面上一阵氤氲，背过身，叹了口气，不置可否。

"说什么呢，扶桑，"年幼的鸣喜斜眼看了看扶桑，桌子下扯了扯他的衣角，"那只是神话，燕子分明就是燕子，哪有正邪之分。"

玄鹤师尊转身，回看着学堂里的幼妖们，放下手中的卷宗，娓娓道来：《搜神记》里卷六有云，妖怪者，盖精气之依物者也，本于五行，化动万端，其于休之征，皆可得域而论。"

"这段讲的便是，我们妖，与那人、仙二界一样，都是顺应天地混沌和五行灵气幻化而来。我们妖，与人、仙二界一样，都有五识，也有是非、恻隐、羞恶和礼让的四端之心，同受这天地生灭、消长和盛衰法则的制约。"玄鹤师尊滔滔不绝，坚定且恳切："所以我们妖，本没有善恶的标签，也没有福祸的标签。"

鸣喜托着腮帮子，看着扶桑发呆，而扶桑则若有所思。

"好了，孩子们，今天课业就到这儿。"玄鹤师尊对着幼妖们挥了挥衣袖，幼妖四散而去。

灵山的炎帝殿，早朝如往日一般门庭若市，却也危机暗伏。

元鸟降生，三界同喜。神农上神平日奔波忙碌，麻布凡衣为多；但是这日却特别穿上了绣着"孤舟萍一叶"的仙衫，一阙孔雀绿嶙峋，神色盎然，浩然正气跃然心间。神农今日早早准备了生辰礼，俯身交代了自己的神兽玄武几句，差他把礼物送给燕皇后。玄武相貌朴实，和他的上神一样，总是一席墨绿色的葛巾野服，极其低调。

过了几个时辰，他到了燕皇后的天命阁前。只见阁前大门紧锁，殿外五色生光。天命阁里新生儿的命数，一看便知，翩若惊鸿，婉若游龙。燕皇后殿门口的随侍鹊七与鹊巧，紧忙上前拜谒玄武，顺手接过上神赐的紫金檀木生辰礼。

"这是我们的炎帝，特意为燕皇后准备的神农百草丹，"玄武彬彬有礼说道，"此次燕精一脉，选择在灵山产子，是我们上神的荣幸。这神农百草丹是上古时期，上神脚踏神州万里收集和炼化的，有解三界奇毒的功效。"

"奴婢代燕皇后，谢过玄武上仙和炎帝。"鹊七和鹊巧回敬谒拜的大礼。

"另外，"玄武继续说道，"女娲补天后，炎帝在灵山拯救了三界众生无数。可是这段时间，雪盈羑丈，冬天比以往都长，春日迟迟不归。瘟疫疟疾和魑魅魍魉亦有增无减，他怕是三界九州有了什么变数，今天就动身，前去六合之渊找帝俊至尊商议此事。"

玄武道："麻烦你们等燕皇后产后恢复，转告她，拜托她照顾灵山三界。"

"是。"鹊七和鹊巧允诺道。

玄武抬眼看，五彩虹霓渐浓，他仿佛听到燕皇后眉头紧锁的低鸣声。花鸟虫鱼兽，妖界众生相。燕精一族的繁衍完全依赖于元神的呕心沥血。青青子衿，悠悠我心，令人动容。

也就在这个时候，位于天陆之西的陈国国都，山摇地动。

浓重的雾霭弥漫在黄帝城上方，霏霏细雨伴随着云滚雷鸣的低沉声响，震动了陈国众生。城中的百姓和仙灵妖兽们，纷纷跑到街头巷尾张望着风雨欲来的架势。更有三界能人，择势登高，聆赏这万年一遇的奇闻——不周山山徙。

黄帝城里，有一主胜殿。殿里面沉睡着三界人皇的轩辕上神。他琥珀色的华服边边角角干净整洁，可见三界大战以来，侍从们从未怠慢。

据《鸿荒传》残篇中记载，轩辕上神被人界尊奉为"黄帝"。万年前的三界大战，烽火连天，日月无光。黄帝戎马倥偬，统领陈国的三界精英和炎帝的部族，血洗蚩尤一脉的九黎苗民，大获全胜。战后，黄帝却不知道为何，陷入沉睡。后经帝俊调停，三界干戈载戢。

这万年后来复盘，陈国的黄帝城虽然偶尔也有兵事和灾荒，星星点点，但还算国泰民安。陈国的三界臣民，今日看到了神山的山徙，七嘴八舌、议论纷纷。大部分人都没有活过万年，也不知道这其中的含义。口耳相传却成了以讹传讹，大家笃定是不祥之兆。

"报！少昊将军！"只见几位黄帝城的大臣急急忙忙跑上主胜殿，"大事不妙，这神山要迁徙了。不周山自我陈国建国以来，万世万代守护我国的福祉，动则生变，怕是不祥之兆啊。"

少昊将军是轩辕上神的左膀右臂——神兽白虎。他模样方正，元神和真身皆是英气逼人。沧桑岁月藏不住他金戈铁马的经历。由于万年前仙界大战后，黄帝突然昏迷不醒，他代行上神职责。

"怕什么，"少昊将军横眉冷对着振聋发聩的响声，"不周山本身就神踪不定，山徙正常。"

他又低头看了看瑟瑟发抖的大臣们，安抚道："告诉大家，陈国的福荫藏于民，我们的昌盛，靠人不靠天！"

少昊将军的话没错。按《鸿荒传》残篇里的地志记载，不周山本是怪山，神出鬼没，经常显现在不期而遇的地方。不周山山徙之时，是时天夜，风雨晦暝。不周山上，有一非常小的仙乡，名为东武里。此地神似桃花源，却胜似桃花源。三界诸众，能见着入口的，便是有缘人。一入东武里，便乐不思蜀。

东武里也是祝融上神的修炼之地。祝融这些年一直都不喜欢参与三界九州的治理，倒是有了空闲就去游山玩水，顺便收留了不少三界九州无人问津的奇妖异兽。

祝融今日也感觉到了异动。他一席缥色的素衣，玄色仙发飘飘乎如遗世独立。不周山下，在这凡尘俗世和芸芸众生中，他看到了东北面的灵山，五彩绚烂，百鸟飞舞。

祝融的眉宇间多了几分色彩。

祝融上神也许是这三界的六位上神里，出场最为拍案惊奇的一位。惊奇有三。其一，便是他所修行的不周山，来无影去无踪；其二，《鸿荒传》残篇里鲜有关于他的记载。他司火，居六合之一，却从上古开始就两袖清风，游离在这三界的事务之外。甚至连万年前的蚩尤黄帝大战，他都没有抛头露面；其三，便是他身旁的这位追随不知多少时载的低等仙兽——麟鹿。

按《鸿荒传》残篇的叙述，太一真神所在的创世真神界隐匿后，点化了三界的六位上神和六头神兽。所以，天地之法里，每位上神都应该有属于自己的一头神兽。六位上神司六合之职，才可守住这天地日月的经年流转。六神里，唯独祝融，隐秘怪异，阴晴不定，而且，他还没有属于自己的神兽。而那本该归属他的第六个神兽，也不知所踪。

后来，帝俊感怀祝融孤独，为了助其造化和修为，允许他在上古三界选了一头自己的仙兽。仙兽可是低了神兽太多档次，也不知道为什么，祝融执意选了头普通的鹿精，起名为麟鹿。果不其然，创世到上古，再从上古到现世，麟鹿还只有上仙的修为。

所以，坊间流传着一个不约而同的说法。说那麟鹿和他的主神一样玩物丧志，不思上进。按着《鸿荒传》残篇对于上古世事的记载，祝融不仅不寻找神兽，还因为山水游息的时候，嫌座下的两条神龙麻烦，把自己原来的坐骑——烛龙和应龙，分别送给了帝俊和黄帝轩辕，成了他俩的手下大将。其中烛龙身形诡异，孕化于三界九州西北神秘的钟山，体型巨大，长千米，传说它一呼一吸之间便有了冬夏，睁眼闭眼之间就有了日夜；而应龙也不简单，应龙当年帮助黄帝四处征战、屡创奇功。应龙双翅羽翼丰满，铁鳞利爪，呼风唤雨，好不神气。后世《述异记》里更有记载赞叹道："龙五百年为角龙，千年为应龙"。

当然，也许是因为这个"得过且过、胸无大志"的祝融上神，三界九州时常硝烟四起，大家都在寻找那消失的第六个神兽，想为己所用，提升修为。

"麟鹿，"祝融侧颜看起来，凛凛又堂堂，他询问道，"灵山有喜？"

这数万年间，麟鹿还是一如既往的俏皮灵气。虽然神力不见长，三界包打听的功夫却是一流："是，我正想禀告上神。"他抬起细细长长的凤眼，看着祝融上神的背影。

"赶早不如赶巧，灵山的燕皇一族，今天有喜。孕育万年，燕皇后终于诞得两只元鸟千金，所以三界九州五彩呈祥。"

祝融不置可否，他所问非所答道："另外，不周山今天山徙，我看天地间也是有变数了。"

"是啊上神，我也正发愁，看这端倪，今天山徙，不知道去往何处？"麟鹿一脸忧国忧民，说道，"我定会怀念陈国的合欢饼。这一去，也不知道什么时候才能回来吃得到。"

合欢饼，蒸饭饭糕，放一些青青艾草，以木印印之，如小珙璧，香松柔腻，迥异寻常。祝融知道，青青合欢饼，承载着麟鹿对一位故人的思念。

"麟鹿，时机已到，我要闭关清修。"祝融回眺这神霭，东武里虽然平地无风，却电闪雷鸣，险象环生不可端倪。

"祝融上神，是什么变数啊？"麟鹿拱手抬头，却见祝融轻轻一拂素袖，便消失在这不周山的地动山摇里。

"上神，您怎么每每都是说走就走啊。"他噘噘嘴，埋怨道。

灵山燕皇后的天命阁里，此时已忙成一团乱麻。五彩霓虹散尽，狂风大作。

"生了生了！"鹊七和鹊巧跑出了天命阁。一众前来观瞻和贺福的仙人妖兽，正在阁外等候。可是，他们却突然被俏皮的大风吹得东倒西歪，捡折扇、遮衣角，失去了恭敬之相，令人忍俊不禁。灵山的清寒已经持续很久了，今日刮起的风，却无意间添了一抹春末夏初的暖润。

"恭喜燕皇后，喜得元鸟小殿下两位！"诸位对着天命阁大声贺喜道。

燕皇后早就精疲力竭。她汗水淋漓，看着怀中的两个孩子，一脸慈母的微笑和满足："她们姐妹俩，降生在狂风之后，一个便取名为玄冥，另一个，就叫屏翳吧。"

· 第二章 ·

燕燕于飞,差池其羽;燕燕于飞,下上其音;终温且惠,淑慎其身。

——《诗经·邶风·燕燕》

千年之后,整个三界九州都听闻,燕皇后生了一对天差地别的公主殿下。阿姐叫玄冥,肩若削城,腰如约束,明眸皓齿。她还自幼聪颖勤奋,少年时便修成了呼风唤雨之术。阿妹叫屏翳,灵山众生都戏谑她是乌鸦精投错了胎。屏翳自幼顽皮、妖力低微,剑术甚至还不及普通的人间江湖术士。

"至于屏翳的长相嘛,"弱水郡的康回轩里,有人茶余饭后谈论道,"矮胖拙劣,奇丑无比。"弱水郡位于天陆之东,是共工上神的疆域。麟鹿从康回轩向外探望,看到人群中,有一位熟悉的丽人身影,云髻峨峨,罗衣璀璨,青烟袅袅。

他心中悸动:"难道是她,青妭?"

麟鹿夺门而出,追着青烟寻过去,康回轩里的听客们都被他慌忙的举动吓了一跳。可是麟鹿跟到了东海之滨附近,一个转角,便跟丢了。恍若隔世。

麟鹿摇摇头,也许是太想念她了吧。青妭在万年前的仙界大战后便消失了。时光怎么可能拆凑得如此精巧,恰逢不周山山徙到了弱水郡，她就出现了。

况且，三界九州，渭浊泾清。弱水郡该是她最不会出现，也最不该出现的地方了。

"我准是这睹物思人的心绪又上来了。"麟鹿自言自语道，"都一千四百岁过去了，祝融上神到今天都没有消息，这次修行怎么那么久？"他看着这略显寂寥的弱水郡，不禁感慨万分。

弱水郡在三界大战前，也曾是个鱼米之乡，福泽深厚、国泰民安。想当年，共工上神和他的神兽青龙，把此地治理得井井有条。彼时，弱水郡还曾为上古三界追捧的宜居之地。可惜可叹，上次三界大战后，共工上神崩逝，青龙也伤心欲绝，回潜到汪洋大海中，无迹可寻。战后，帝俊主管三界九州，他决定让灵山的玄武，来代管这三千万象汇聚的弱水郡。繁华尽显后，现世的弱水郡偶尔风雨不调，时旱时涝。

同时，不周山千年前，从陈国的黄帝城，迁徙到了弱水郡，定有所指。在今日看起来，更有点悲从中来的意味。

灵山的午后，春眠不觉晓。妖族的学塾依然生机勃勃。

"玄鹤师尊，您快告诉我，这天陆之南的九黎，究竟是个怎么样的地方？"只见一个修眉联娟、秾纤得衷的姑娘，淘气地趴在玄鹤师尊的木案前追问。

半睡半醒正在午休的玄鹤师尊，略显无奈地说道："屏翳，你可读了《鸿荒传》残篇？"

"我喜欢听玄鹤师尊您说。您最擅长娓娓道来，授业解惑……所以，屏翳记得更为深刻。"小姑娘睁着亮闪闪的明眸，央求着玄鹤师尊。

玄鹤师尊只好理了理水袖，凝视着屏翳，说道："也难怪你追问，这《鸿荒传》的残篇，确实缺失了很多九黎的记录。"玄鹤师尊随即又闭眼思索良久，"可是，六合之内还有天陆之西的陈国，天陆之东的弱水郡，以及六合之渊和不周山，为何你硬是追问这天陆之南的九黎？"

"无他，我只知道九黎是上古三界蚩尤上神的属地。"屏翳眨眨眼睛，突然有点茫然和哀切，"我能否和您说个秘密，您替我保密？"

玄鹤师尊应允。

"前几日，我偷听母神在天命阁和阿姐的对话，说是这千年来，灵山迟迟未有暖春，我们燕精一族大都颓废懒散。所以……母神决定不久时日，便带领燕精一族，南迁去九黎修行。"

玄鹤师尊大吃一惊。

"所以屏翳这几日，便总偷偷查阅这《鸿荒传》的残篇，想知道九黎是什么样子的人文地貌，可惜所获甚少。"屏翳默默低下脑袋，发髻上的金簪明晃晃，"我……我还在这几日到处找寻《易妖传》，看看能否有什么线索。"

"糊涂啊屏翳，《易妖传》挑拨离间三界的关系。"还不等屏翳说完，玄鹤师尊便怒斥道，"你可不能去读这些蛊惑人心的禁书。"

"对不起，玄鹤师尊，"屏翳赶忙双手作揖给师尊鞠躬，不过回答却似乎有备而来，"我只是在想母神选择南迁九黎，是否是要去寻蚩尤上神当年的神兽朱雀？朱雀可是我们羽禽界的尊神呀！"

玄鹤背过身，看着这学塾里的一草一木，感叹道："燕皇后一直以来，都是良苦用心！"

就在这个时候，屏翳突然感觉自己的脑袋被什么东西砸了一下。她定睛一看，一颗红色的豆蔻滚落到了桌上。她警惕地回眼望去，只见扶桑躲在学堂的甲山后面，和她打手势，让她过去。

千年过去了，如今的扶桑也算是个玉树临风的少年。不过，他从小便特别招神农上神的喜爱。"恃宠而骄"的后果就是，扶桑每次和屏翳套近乎，都有点洋洋得意的味道。

屏翳翻了个白眼，心中念叨道："烦死了，怎么又是这个讨厌的桑树精，我正有要紧事儿呢。"她再回头看看玄鹤大师，也到了每日准时的坐驰时间。今日，他突然开始唱起了灵山的一首民歌，恍惚之间，余音绕梁："愿作墙里燕，高飞出墙外。"

屏翳斜了斜嘴，赶快开溜。她气呼呼地走向了扶桑，然而没有理他。

"其他人都在休息，你跑回来干什么？"扶桑急急地跟上了有点愠怒的屏翳。

屏翳回头瞄了扶桑一眼，做愁眉苦脸状："扶桑，过些时日就是灵山数千年一次的比武论道大会。和我年龄相仿、位阶相等的三界诸生，都要参加。什么人界的文人将相、妖界的木魅石怪，还有那仙界的修行之士，选拔后都要参加……所以今日，我便问问玄鹤师尊，看看能不能给我什么灵丹妙药，让我有如神助。"

"哦，你说的是这个……"扶桑居然就信了，他一脸疼惜，"那我也帮你想想办法！"

"这一次，我阿姐玄冥的修为，前三甲定是没有问题的，"屏翳边走边嘀咕，"可是为什么我要参加？都怪我投胎在母神膝下，又没有天赋，又冥顽不灵，就是个德不配位的元鸟公主。"

扶桑赶紧上前，拉住屏翳的手说："有我在，放心吧，我不会让你受苦的。"

屏翳从未有过肌肤之亲，如惊弓之鸟，赶快甩开扶桑的双手："扶桑，非礼勿动！"话音刚落，她就一挥水袖，灰溜溜地消失在了妖族学堂的长廊里。

扶桑脑海中突然浮现出桃之夭夭的华美之景，他深情地看着屏翳消失的方向，说道："关关雎鸠，在河之洲。屏翳你哪是什么元鸟，你这辈子都会是我最爱的雏鸠。"

"扶桑，你想什么呢？"突然，鸣喜神出鬼没地从背后拍了扶桑一下。

鸣喜是灵山的蝉精。如今，她也到了红鸾星动的年纪。她的长相，用这《诗经·国风》里的话说，便是"螓首蛾眉，巧笑倩兮"。整个这灵山的妖界学堂，无人不知鸣喜这只蝉精公主，是五虫之尊的爱女，也无人不知，她最爱的是扶桑。唯独造化弄人，扶桑不知。

"对了鸣喜，你是蝉精，五虫之尊的公主，辈分也和屏翳差不多。那……你这次是不是也要参加灵山的三界比武论道？"

"当然……"鸣喜答道，但是略有不快，"屏翳有她阿姐玄冥，燕精一族也不用你操心。"

扶桑似乎没听到，喃喃自语："那哪能一样？你长屏翳千岁，而且深得你爹五虫之尊的真传……你可莫要诓骗我，五虫一族曾驰骋妖界，可溯源到上古神界诞生。所以，你一定会帮我教屏翳的，对吧？"扶桑把脸凑近鸣喜，鸣喜瞬间面红耳赤，手脚慌乱。

"说真的，连燕皇后都要敬你们虫族三分呢。"扶桑话说着，回神一看，却见她早就走远了。她停下步伐，站在学堂里九曲回廊的尽头，不时回看着他。

"哎，鸣喜，你等等我呀。"

鸣喜掩面一笑。儿时起，她便最喜欢扶桑这样到处寻她，即使寻她，是为了另一个人。

灵山的另一端，寂寥许久的炎帝殿，迎来了一位久违的故人。

因为要操持这数千年一次的比武论道大会，神农上神决定暂停在三界九州寻药的行程，赶回灵山主持这场盛事。同日，他也召回了在弱水郡的玄武，和黄帝城的少昊将军。

"玄武拜见神农上神。"

"少昊拜见炎帝。"

神农上神今日多喝了些灵山自酿的千年茶酒，神颜大悦。他示意大殿石阶下的玄武和少昊起身："玄武，少昊，千年不见，我踏寻这九州三界，风餐露宿，就是为寻一神药，"神农上神自言自语道，"名曰薰华草。"

神农上神举起青铜杯，慨叹道："我以这茶酒，感谢诸位守住这九州三界。"

七碗生风，一杯忘世，非饮用六清不可。玄武上仙和少昊将军，起身回敬神农上神。

笙箫起，几位灵山的女仙翩翩起舞。

神农今天似乎有点微醺，他插科打诨道："少昊将军，此次感谢你赴约来参加我们灵山的比武论道。不过，也不知道帝俊有没有收到我的请帖，他会不会来参加？"

少昊点头，回作谦让状。

"神尊放心，帝俊至尊即使神身不来，福祉也一定会腾云驾雾而至！"玄武上仙恭维道。

少昊将军看着这眼前的歌舞升平和居生处乐，若有所思道："三界大战以来，现世还算安稳，可炎帝此次为何还要费尽心思去寻这一药？"

"少昊将军，"神农上神接过玄武上仙的话锋，"我这万年的跋山涉水，虽然屡屡失败，但基本确定了薰华草便是能让黄帝苏醒的一味神药。"

少昊将军赶紧端起茶酒，说道："少昊在这里感谢炎帝。您对我轩辕黄帝一族，有救命之恩。"

神农笑而不语。

"往事历历在目，亦如白驹过隙。"玄武回答，"少昊将军，我数千年来肩负帝俊期待，管理弱水郡的政事。有一见闻。"

"哦？愿闻其详。"

"弱水郡自上古三界源起，从来都是雨水充沛、山河百川纵横的福泽之地。三界大战后，共工上神陨落，他的神兽青龙上仙也退回东海。这千年来，郡中竟然还反反复复出现和后羿射日当年类似的干涸景象，虽时间不长，但是至少是异象。"

话毕，少昊如梦初醒道："玄武上仙的意思是，难道……"

"对，你猜得没错。我有确凿的信息，旱神青妭定居在了弱水郡的清泠渊。"玄武回复道。

"这……怎么会？"少昊呆若木鸡，"我还以为三界大战后，她死了。"

"混沌之道，天命难违。少昊将军，我们总以为阴阳相斥，旱涝相克，善恶有别；"玄武上仙继续说道，"可活得越久越发现，也许只是我们知道得太少。"

"青妭……她为什么不回家，不来看看她的生父黄帝？"少昊难以置信依然思若游魂。

"罢了，且记，今天的事情还没到与外人说的时机……"神农上神顿了一下，"我只是帮助一个老友而已。救黄帝有希望，这也是天机。"

少昊将军默立许久，片刻后，单腿跪地，作揖道："少昊答应您！"

"据古书记载，薰华草，朝生夕死。"神农补充道，"此薰华草，在混沌之中幻化于三界九州灵识奇妙之界。世间传，一曰在君子国，另曰在浮山，还有一曰在肝榆之尸。这次比武论道大会之后，我打算走访这三处。"

一片茶颜悦色的说辞之间，他们却不曾注意到，炎帝殿外一阵青烟袅袅，如星孛入于北斗。

· 第三章 ·

动无常则，若危若安。

进止难期，若往若还。

华容婀娜，令我忘餐。

于是屏翳收风，川后静波。

——魏·曹植《洛神赋》

回到自己的房间后，屏翳还是心事重重。

她身边的鹊七端上一碗她最爱的百合粉，说道："屏翳殿下，燕皇后刚刚在问您练功的事情。她说比武论道大会在即，您一定要倍加勤勉。"

"尔丛香百合，一架粉长春"。百合粉作法不容易，要精心摘取清香的百合数朵，晒百日之后，碾磨成粉，以沸水冲泡，轻搅慢捻，才可得一小碗丛香百合粉。屏翳从小嘴馋，最爱这百合粉。

"唉，我已经很努力了……"屏翳看着眼前热腾腾的百合粉，心中略微有些怏怏不快，"干脆你告诉我母神，我就是一只投错了胎的乌鸦。让她对我不要抱有希望了。"

"小殿下，这大逆不道的话可说不得。"鹊七吓得赶快跪下，答应道："当年燕皇后花了万年精血诞下您和玄冥殿下……"

"好了好了，又来了。"屏翳打断鹊七的碎碎念，"我心烦，出去走走，你可别跟着我。"

鹊七还没回过神，屏翳就一甩仙袖，如转瞬即逝的虹霓，不见了踪影。

屏翳这次去散心的地方，便是灵山比武论道的会场——十巫台。

传说，灵山十巫台，唯有三界九州有一定品阶的众生才可以进入。原因是，它向天可通闻创世真神的神谕，立地可化缘三界九州的疾苦，玲珑玄妙，万般静好。屏翳有点厌倦身边嘈杂的议论和质疑声，今天她很想安安静静地去看一看这十巫台上的风景。

"平山阑槛倚晴空，山色有无中；手种堂前垂柳，别来几度春风。"

这也是屏翳一千四百年以来，第一次踏入十巫台。不惹凡世喧嚣的感觉真好。她满心欢喜，凝神闭眼躺倒在清冷的石台上——山川河流为枕，日月星辰为被，她渐渐如入庄周梦蝶之境。突然，屏翳耳畔传来一男子关于《诗经》某篇章的吟唱："凤皇于飞，翙翙其羽，亦集爰止；凤皇于蜚，和鸣锵锵，冯翼五彩。"

她感觉到听着这首歌，如沐春风，徐徐而来……此时此刻，她心生欢喜，自言自语道："难不成是我神力堪比神农和帝俊，可以听到神谕了？"

她朦朦胧胧睁开眼，竟然见到一身玄色的仙君，笑意盈盈。这位郎君，剑眉星眸、气宇轩昂；他盯着她，距离之近，屏翳似乎能感受到他的铮铮之气，神息浩泽。

她呆了三秒，立刻将这位郎君推开，喊道："非礼勿视！大胆！你是谁？"

玄衣郎君并没有被这莽撞的推搡影响，反而谦谦有礼。他刻意往回走了些，站立到了十巫台的另一端，保持距离，看着屏翳微笑。

此时的屏翳，发髻有些凌乱，鼻子上还落了十巫台上千年的尘灰，却一脸楚楚动人。

"九幽含笑，非奸即盗，你你你，命不久矣！"她大喊，"你别过来，我可是神力通天的。"

"小小一只元鸟，"玄衣郎君忍俊不禁，"让我看看你有什么神力？"

屏翳竟然无语凝噎。"我……我会……"话音刚落，屏翳眼珠一转，立刻开始反向逃跑。刚跑没几步，还没有下那十巫台，就被玄衣郎君用奇奇怪怪的仙法拦住了去路。

"你是谁？"屏翳自知妖力低微，便突然满脸委屈，"仙侠饶命，我不知道这十巫台还有您在练功……我错了。"

玄衣男子听罢，喜不自胜。

"燕精族的二殿下，居然妖仙不分。"他目光炯炯，仿佛可以洞穿前世今生，"我本源是妖，但是这万万年来，也会些仙法，但我不是仙。"

屏翳诧异，虽然自己没本事，不过这《鸿荒传》残篇她都倒背如流："妖？这个无形无相的元神形态，可真是闻所未闻。"就刚刚，屏翳暗中窥探其元神，只见一圈神识，洞若观火。

"你个登徒子，莫要诳我！"屏翳咽了下口水，略微紧张，"你说谎，妖？那你报上名来。"

"屏翳，想要知道我是谁……"玄衣郎君开怀一笑，"明日一早来十巫台找我。"

"你个光圈儿，我才不来呢！"屏翳赶忙水袖一挥，仓皇逃回闺阁。可她的耳畔，却回荡着玄衣郎君的道别："屏翳，我可教你武功赢了这场比武论道大会。"他的话，声声慢，寻寻觅觅。

今晚月色撩人，夜风暧昧，偶有流星划过，天命阁一片空灵悸动。

屏翳在床榻上辗转反侧。她脑海里，满是那玄衣郎君的俊朗模样，不知道他为何如此入她的眼缘。想着这郎君可自由进出十巫台，无论是三界任意哪位，内力一定至少有王侯将相的品阶。屏翳自言自语道："他的元神也十分新奇，仿佛一轮天狗食日的残边，也好像蛟龙咬尾……这是什么妖呢？"

关键，这郎君衣冠楚楚，眉目传情。虽是妖，但是比这灵山妖界的男子都好看顺眼许多。

"到底是个光圈儿，细细想来，说不定他就是十巫台守台的妖神。"想到这儿，屏翳心中怪念一闪，自己不禁笑出了声音。

第二日，屏翳可不敢怠慢，平时在玄鹤师尊那儿温习课业也不见她这么勤快。她早早摇醒了鹊七，让她帮忙对镜盘鬓，贴上朵朵迎春花黄，似日光灿烂。

走出了自己的闺阁，屏翳心情愉悦，伸了个懒腰，断定又是晴空高照的一天。

这个时候，恰逢不远处的鸣喜晨练剑法，她看到早起的屏翳不禁吓了一跳——毕竟，屏翳可是个连玄鹤师尊课业都会落下的小殿下。鸣喜想到前两日，扶桑央求自己给屏翳单独辅导剑法，这下正好叫住她和自己一起训练。可是正当她要拉住屏翳，却看到屏翳急急匆匆驾这晨光飞去。于是她也收起剑，一挥袖，赶紧跟上这缕五彩仙辉。

十巫台今日不见昨日的日月同辉，却见明星煌煌。

十巫台，是应允这天地混沌而变幻，可沛神识也可通神谕。它已然是这九州三界唯一与天机联通、以道印道而生的地方。所以，每每灵山有数千年一次的比武论道大会，就会吸引三界九州这么多精英。燕皇后耳提面命，让屏翳和玄冥勤勉不怠，是希望给燕精一脉争光。

第三章

屏翳赶到十巫台的时候，远远就看到了玄衣郎君在台上等候。

她稍稍整了整衣裙和发髻，然后装作怡然自得、慢慢踱步走到十巫台上，"咳咳。"

玄衣郎君顾盼生辉，只见这十巫台上星河灿烂，瞬间竟有赤气缥缈，火流星划过。屏翳感到心快跳出来了，耳根发热，脸面绯红。

"练功可不能喝酒。"他走到屏翳面前，低眉颔首，"你这脸红的，不知道喝了多少？"

"我，我，我不是……"屏翳居然经不起这逗笑的说辞。她往日的利喙赡辞，到了玄衣郎君处，显得如此笨嘴拙腮，一无是处。

"没事屏翳，以后有机会，我带你去喝我最爱的金坛于酒。"他不知道是开玩笑还是认真的，"金坛于酒，分甜涩两种，涩者为佳，一清彻骨，色若松花。"

屏翳陷入沉思，脑海中竟然浮现出她喝甜酒，玄衣郎君喝着涩酒的交杯形象，觥筹交错，情意绵绵。然后她赶快摇了摇脑袋，免得自己白日做梦。

"屏翳，你会什么法术和武技？"玄衣郎君转移了话题，一挥一落一起，袖经三瀚。他示意她舞弄一番。

屏翳心里嘀咕，真是哪壶不开提哪壶。于是她用尽这一千四百岁学会的皮毛妖法，使劲儿用左手两指点化玄衣郎君周遭的位置。只见他的身边，突然腾云驾雾，五彩虹霓星星点点，若隐若现。可没过一分钟，这五色华彩便消失殆尽。

她低下脑袋，略微沮丧："我只会这个，变变五彩虹霓还得心应手。可也就是放着好看，完全没有攻击性。真不知道过段时间的比武论道大会怎么办。"

"很好！"玄衣郎君却意外给了她肯定，这一点，和笑话她的三界大有不同，"为无为，事无事，味无味。屏翳，你不要小看这虹霓。”

“混沌之道本身就是浑然无分。人间有万经之王著述言：人之生也柔弱，其死也坚强。草木之生也柔脆，其死也枯槁。故坚强者死之徒。”他看着十巫台上的玄妙之境，继续说道：

“柔弱者生之徒。是以兵强则灭，木强则折。强大处下，柔弱处上。”玄衣郎君对着屏翳认真讲解道，“所以，你若以退为进，恪守柔弱之强，也是一种攻防之术。”

屏翳突然体感到飘忽若神的灵通，却也十分好奇：“可是虹霓能做什么，不过就是一缕天地日光的剪影，还不比那人间无色无味的迷药有用……”

“驾驭虹霓，并不是你妖力的结果，而是你妖力陈兵列阵的开始。”玄衣郎君的说法，让屏翳兴致盎然，“古书里说，虹霓，雄曰虹，雌曰霓；虹霓也，云雾也，风雨也，四时也，此积气之成乎天者也。所以，当你召唤出虹霓的时候，必然是这仙妖之力与混沌三格达到了完美融合的时候——雌雄、雾霭、风雨、四时甚至日月光辉，此时都已经蓄势待发等你调动。”

屏翳被他这一点拨，看着自己的双手，兴奋得跳了起来：“说到这儿，我每次变化虹霓的时候，感觉体内力量砰然乱动，”屏翳回忆道，“我和阿姐练功，变出的虹霓时而会扰乱她最擅长的风雨阵法。那时，我还一直以为是自己妖力不行只会捣乱。”

“玄冥擅长的是召唤风雨，可你擅长的是让这天时地利都为你所用。”他平静地补充道。

“等下，你认识我阿姐玄冥？”屏翳只听到这前两字。

玄衣郎君没有回应，而是靠近屏翳，拾起玄色仙袖，轻轻拂掉她额前的一片枫叶，仿佛略去半生的飘零：“你真是傻得惹人怜爱，如若虹霓不是这能标志着天时地利的吉兆，为什么人界自上古到现世，都有对它许愿的传统？"

屏翳躲开，羞涩得顾左右言它："人间看到的是七彩虹霓，雄伟迤逦；但是我的法术是盗版的五彩虹霓。所以你这就是，知之非艰，行之维艰了。"

"无妨，这段时间，我会每日教你混沌操练之法，提升仙妖内力。"他没有再多作解释，执着而坚定地回应道，"今天，就到这里吧。"

"等等……"屏翳叫住玄衣郎君，支支吾吾道，"今天谢谢你。既然你教我，就算我的师傅。不知道你叫什么名字？"

玄衣郎君侧脸看了下屏翳，仙袖一甩，声音有点清冷，说道："拂天。"

"拂天？"屏翳紧接着问，"你我素不相识，为何要帮我？"话音刚落，她才发现他早已消失在这十巫台的万般清净之中。玄色幽幽的踪影，久久在屏翳心中，无法绕开。

十巫台另一边的万年苍松后，只见鸣喜露出半个脸。

今天这一幕，她断断续续听了些缘由。果然，作为燕精一族的血脉，玄冥和屏翳都能得到高人的点拨。可是鸣喜自小，作为五虫之尊的阿父却没有刻意培养她，她都是自学成才。她父亲的内敛和清高，就仿佛虫灵界担不起护卫妖界的重任。

她略微有些失望，也有些伤心。扶桑还叫她来监督和辅导屏翳，可是自己哪有这样的品阶去做她的老师呢？她又思忖片刻，回想那拂天虽然长相不如扶桑，但是明眸皓齿，英俊洒脱。拂天的元神也着实奇特，不过能感到阴气逼人，样子和她在古书里读到的天狗食日的光晕极其一致。

难道此妖，来自六合之渊？鸣喜儿时还是蝉虫的时候，父亲带她去六合之渊做客，当时在座的除了帝俊至尊和他的妻子常羲，还有一位他的义子，皓月。不过她可对戒备森严的六合之渊不感兴趣。

还是幼虫的她，偷偷从父亲的袖口飞出来，栖息在六合之渊月宫的一颗桂花树上，偷偷吸食着桂花树的琼浆，好不快活。

那时，皓月还是少年，月牙弯弯的元神，如银丝圈半边，和拂天的元神有些相似。

千里之外，屏翳急急忙忙飞回燕皇后的天命阁，被门口的鹊巧拦了个正着："小殿下，燕皇后正在和大殿下说事儿。"

"正好，我就是要找玄冥。"屏翳回道。一眨眼，她便推开大门，窜进了母仪天下、慈威共济的天命阁。阁内的燕皇后见状，说了声，"胡闹。"

"阿姐，你可知一玄衣郎君，名叫拂天？"屏翳不管不顾，回头拜谒道，"母神，是屏翳冲突了。"

玄冥是同生同岁的仙妖，比起屏翳，却更有仙妖的魅力。"姣服极丽，妩媚致态"，确比《舞赋并序》中的辞藻更为美好。燕皇后的一胎双生，天差地别，气质更是很大的不同。

玄冥慢慢起身，赭红的华服持重有度。她凝视着屏翳片刻，才徐徐道来："阿妹，拂天……他是我的救命恩人。"

· 第四章 ·

乃经灵台，灵台既崇；
三光宣精，五行布序；
习习祥风，祁祁甘雨。

——东汉·班固《东都赋·灵台诗》

玄冥陷入回忆中，将一桩旧事铺开，如红尘滚滚也如天机滔滔，展现在燕皇后和她的阿妹屏翳眼前。

原来，数年前的某一日，玄冥在灵山与挚友——巫山神女姚姬一起练功。姚姬是神农上神的女儿，也会参加比武论道大会，她俩非常投缘。夕阳西下，那一日玄冥晚归，因为她终于练成了呼风唤雨之术。

在玄冥飞回燕精一族的时候，却半路有一位青衣仙子拦路。那青衣仙子，丹唇外朗，皓齿内鲜；不过脚踩之处，花草尽亡，一脚一涸土，一步一枯萎，把这本就并不泽厚的灵山踩踏得面目全非。玄冥心中不平，便用自己刚学会的呼风唤雨之术，向她投掷疾风骤雨。

可不想，那青衣女子神力高她几个品阶，青青仙袖一回击，她顿感晕眩和天崩地裂般的窒息。就在她几乎晕厥之时，迷茫中，一位戴着曜石半首的玄衣郎君从天而降。他轻轻一挥仙袖，便把炙热的旱风化为雾霭绵延……只听青衣女子说了句："难道是你？"

那玄衣郎君马上打断道："我是拂天，你莫要认错。"玄衣郎君看了玄冥一眼，只见青衣女子一脸将信将疑的表情。玄衣郎君便趁那青衣女子错愕之际，抱着玄冥回到了她的寝殿。

"感谢仙君救命之恩，不知道玄冥该怎么称呼您？"玄冥已经十分疲惫，她艰难地问道。

"拂天。"郎君回答道，"你好好养伤。"他继而起身离开。

从此，拂天便再没有出现在玄冥身边。

屏翳知道阿姐说的是实话，可内心突然惴惴不安，那个青衣女子是谁？感觉她的这位师傅拂天隐藏着太多的秘密。

"阿妹，怎么知道拂天的？"玄冥追问，"是不是你近日见过他？"

"哦……也不是，"屏翳下意识地矢口否认。也许，她内心对拂天和玄冥之间，是有些许芥蒂和醋意的。屏翳略显慌乱不安，说道："我只是在十巫台……附近的丛林里，见一相貌姣好的玄衣郎君，听有人唤他拂天，便多看了两眼。他回头看到我，却把我叫成了你的名字。"

"阿妹，他在十巫台出现了？"玄冥来回踱步，然后分析道，"拂天行踪神秘，但是或许他也会参加我们这次灵山的千年比武论道大会。你要是有他什么消息，可要来通知我。"

屏翳点点头，但是朱唇微抿，一脸的心不甘情不愿。她倒也不是故意拆散玄冥和拂天，是她刚才无缘由的谎言，怕被拆穿，丢了里子和面子。不过无论如何，屏翳内心还是万分欢喜，凡尘旧事也好，未来莫测也罢，只要有拂天就好。

"烟花巷陌，依约丹青屏障。"抬头不见星河浩瀚，俯身已是半个春秋。

此去经年，屏翳在拂天的指导下，仙妖之力有了突飞猛进的变化。按照妖仙二界的算法，一岁能抵人间一百年。在遇到拂天后，灵山比武论道进入倒计时，屏翳却故意用了人间的历法计算，因为对她来说，遥遥无期生平第一次成了幸事。

屏翳从师的这些时日里，拂天总是会说些上古三界乃至创世以来的趣事，逗得屏翳大笑。作为奖励，他答应她，若是在这次灵山比武论道拿到最后的胜利，他会带她去这三界九州最好玩的地方——不周山的桃花源：东武里游玩。据说那里有美食御馔，精怪话本、曲苑杂坛。

"明日就要比试了，想什么呢？"拂天摸了摸屏翳的脑袋，一脸爱怜。

"拂天，明天你会来吗？"屏翳盯着拂天的双眼，目不转睛。

他突然眼神迟疑，摸了摸屏翳的脸庞，答非所问："明天你全力以赴，我永远在你的身边。"

第二日比以往任何时候期待的明天都来得早。

这天，三界九州的选手齐聚一堂，灵山的十巫台福瑞呈祥。欢洽盛宴，天下的能人、贤仙、妖兽，纷至沓来，扰攘就驾。今日，神农做东道主，除了少昊将军和代表祝融上神观赛的麟鹿上仙，听说帝俊至尊也会亲临——真是普天同庆。

屏翳在闺阁里，仿佛要出嫁的娘子般惴惴不安。虽然拂天之前已经帮她把在册的参赛者大概介绍了下，但还是不比真刀真枪。正当屏翳准备出门的时候，门外的燕精一族却乱成一锅粥，大家神色慌张，躲躲闪闪。

"鹊七，发生了什么？"屏翳赶忙拉住鹊七问道。

"小殿下，咋晚……玄冥大殿下失踪了。"鹊七六神无主道，"这个比武论道大会可是玄冥大殿下这一千四百年来最看重的，定不可能临阵脱逃的。"

"怎么会这样？"屏翳也紧张起来，她想了想问道，"有没有寻得什么线索?"

"小殿下,都怪鹊七多嘴。"鹊七赶忙跪下,掌了自己的嘴,"燕皇后吩咐,她会命侍卫妥当去寻,让您安心参赛。"

"我……"屏翳也是焦灼不安。玄冥一失踪,她压力更大了。鹊七见状,忙推着屏翳往外走:"快去吧,屏翳小殿下。如果大殿下在,她肯定也会让您以燕精一族的荣誉马首是瞻,安心比赛。"

十巫台上,有资格入场的三界看客们大部分已经落座了。

突然,鸿钟铿铿,管弦烨煜,是以十巫台之内,宫室光明,阙庭神丽——此情此景,真是这九州三界难得一见的盛况。诸位定睛一看,原来是六合至尊——帝俊至尊出现了。只见他锦衣月白,日色冠冕,瑞气祥云,香烟重锁。

此时此刻,便是那一句"人神之和允洽,群臣之序既肃"。

自上古三界大战开始到这现世三界,风雨飘摇、百废待兴。神农看着帝俊,尤其慨叹,想起了好几位一起出生入死的上神弟兄,大多都是万年不见了。思绪止,只见神农上神从席间站起,拱手作揖,"帝俊兄,多日不见。"

而此时,除了突然失踪的玄冥,另外几位参赛者都已经入席,大家都在为这场盛事摩拳擦掌。屏翳定睛一看,母神燕皇后居然来了,刚刚坐下。她还看到了弱水郡的代理郡主玄武上仙,专门从陈国赴宴的少昊将军、灵山的五虫之尊、玄鹤师尊以及不喜交际的麟鹿上仙。这次,连不周山都派人赶来了,大会的规格可见一斑。可是,拂天呢?

其他诸位都和帝俊行了跪拜之礼:"参见帝俊至尊。"

"神农,很久没见这人才济济一堂的热闹景象了。"帝俊环顾十巫台,龙颜大悦,示意三界诸位平身。

"麟鹿,你也来了?"帝俊一眼便认出了来自不周山的特殊客人,

"这万年来，祝融上神可好？"

"谢帝俊至尊。"麟鹿作揖回答道，"我家上神这千年以来，还在闭关修炼中。但是看这三界九州鸟语花香，岁月静好。想必他很快就可以修得神力圆满出关了。"

"好，极好！"帝俊点头答道。

"少昊，"帝俊又用神袖一挥，朝向白虎神兽的方向，"黄帝可否有醒来的迹象？"

"承蒙帝俊至尊关爱。"少昊看了眼神农，神农点头示意，少昊便继续说道，"炎帝陛下这些年来，一直为我家黄帝殚精竭虑。他在这九州三界寻找一味神草，名为薰华草，可以治疗黄帝的昏睡症。"

帝俊仰天叹气，忆往昔，阅当下："炎帝前段时间和我说过此事。"

"少昊代黄帝和陈国三界百姓，谢过帝俊至尊！"少昊将军感激涕零，俯首系颈。

少昊话音刚落，却见十巫台旁青烟缭绕，阴晴不定。

"薰华草，有意思。"只见一青衣仙子不期而至，十巫台顿时焦金流石、浮云无光，她静静站到了正在十巫台跪拜的少昊身后，"好久不见，炎帝叔叔和帝俊至尊。"

少昊回头，顿时愣住了。

"郁青霞之奇异，入修夜之不旸"。十巫台观景席的另一端，麟鹿手中的仙桃，也滚落到了地上。弦外之音，惊得方圆百里内沙土飞扬、人仰马翻。

"青妭，"帝俊微微一笑，如若故人来。神农似乎多了些惊喜。

"万年之前的三界大战后，你便消失了。"帝俊说道，"今日出现，孩子，看来你还是想家了。三界九州都欢迎你回家。"

神农赶快点头，并且应和道："青妭，这万年，你可去见过你父亲？"

"他不是还在睡觉吗？今日不必提他。"青妭桀骜不驯，冷若冰霜，"自从我修成了上仙的品阶后，有点百无聊赖。今日我带了一个义子过来参加比武论道大会。"

话音刚落，十巫台下议论纷纷。有人说，青妭怎么可以起死回生；也有人说，青妭不应该再入这仙台神境；更有人说，青妭随随便便认了义子，乱了礼仪法度。

神农赶快打圆场："能回来就好，能回来就好！"

"青妭，所以你带了谁来参加这比赛？"帝俊力排众议，转移话题，也算是卖了昏睡不醒的黄帝一个面子，"难不成，这位义子，能胜过你炎帝叔叔的女儿——巫山神女姚姬，或者我的义子皓月上仙？"

"不比，怎么知道？"青妭非常自信，青袖一挥，便见到十巫台上来了个长相怪异的仙妖。大家定睛一看，仙妖元神简直是个三不像——人面九头蛇。可谓人、妖、仙，难以辨认也。

"他叫相柳，是我的义子。他代表仙界参赛。"青妭言之凿凿。

"相柳无人不识，他明明曾是共工上神地界的妖。青妭，今日他以你的义子之名，代表我们仙界参赛，这……难免有违这规则天法吧？"台下有仙界的来使提出异议。连妖界的玄鹤师尊都点头表示赞同。

帝俊也陷入沉思，看着神农，又看看青妭。

"麟鹿拜见帝俊至尊和神农上神。"不想，麟鹿突然走出队伍，笑吟吟地看了青妭一眼，走到与青妭并排的位置，继续说道："今日，三界九州普天同庆。刚才闲来无事，我便详读了参赛者的名列。除了一些因故无法参赛的，屏翳殿下和鸣喜殿下这两位佼佼者，代表了妖界；还有三位人界智勇双全的精英——西域粟特国的公主度明，九黎的太子丹阳，以及陈国的乾荒将军。另外，仙界也有两位百里之才——皓月上仙和巫山神女姚姬。"

"今非昔比，但是六合之内，上神威仪常驻。帝俊至尊有皓月上仙为代表，神农上神有巫山神女参会，九黎的丹阳代表了蚩尤上神，陈国的乾荒将军代表了黄帝。唯独这最后一位，略有争议，共工上神和祝融上神的代表是谁，一时间，也难分伯仲。"

十巫台一片寂静，诸位都在认真听着麟鹿伶牙俐齿的解释："所以我的愚见，青妭的提议极好。青妭自幼便入了祝融上神门下，为关门弟子，从上古三界就开始在我不周山修行，所以，她可代表祝融上神。众人对相柳虽然褒贬不一，但是这万年被青妭收服，也算是造福了弱水郡和三界九州，而相柳自可以代表弱水郡的旧主——共工上神。所以相柳参赛，一举两得。"

帝俊连连点头："麟鹿啊，你说得好。"少昊和神农，都在一旁应和。

麟鹿偷瞄了青妭一眼，万年来，她容颜未变，依然那幅横冲直撞、无法无天的模样。麟鹿心想，她还真是没礼貌，这么久没见，也不知道和自己说声安好与谢谢。

"可是，神农……"帝俊突然转向神农上神，神色凝重，"妖界不是一直会选派三位的吗？怎么到席的少了一位？"

神农便俯身在帝俊耳边说了几句，帝俊脸色一紧。

"燕皇后。"帝俊转向看台。

"臣在。"燕皇后六神无主，眉眼间多了几分憔悴。

"今天你不必参加，务必找到玄冥，关键时刻，哪能就这样不战而退呢？"帝俊谆谆教诲，如风雨声，声声入耳。

燕皇后和玄鹤师尊互看一眼，欲言又止。反复权衡，还是起身允诺道："是，臣遵旨。"

随后，燕皇后示意玄鹤师尊照拂。临走前，她看了眼在人群里抓耳挠腮的屏翳。今日的屏翳盛装出战。她一席米白作底色的精致霓裳，水袖口和裙边镶嵌着豌绿和蜜蜡色交织的蚕丝。真是比那句"画罗织扇总如云，细草如泥簇蝶裙"还要素雅。

"辰时到，比武论道大会开赛！"

屏翳听着惴惴不安，她惦念玄冥，也想着母神，还寻思着不知所踪的拂天。

"第一轮，比武。甲组：乾荒和相柳；乙组：皓月上仙和鸣喜；丙组：巫山神女姚姬和九黎人皇太子丹阳；丁组：屏翳和西域粟特国的公主度明。"

话说这比武环节甚有意思，让我们一起看看这精彩纷呈的众生相。

先说乾荒和相柳。乾荒是少昊将军从陈国精挑细选出来的，他确实是人界难得的武学奇才。可是他只有匹夫之勇，端起利器就去与相柳讨教招式。可哪知相柳的本性，三界不待见。相柳可以弑神诛仙，人便更不在话下。相柳这次是杀红了眼，仿佛身负着血洗三界的使命，凭借自己妖仙的蛮力，瞬间三个巴掌就盖定乾坤。乾荒吐血，兵器还未出鞘就已经失了方寸。还好，少昊将军及时把他拉下十巫台，否则非被打死不可。看台上的青妭，则是盈盈一笑，志在必得，深不可测。

"甲组，相柳胜。"

鸣喜今日一身丁香紫，做工考究的丁香朵朵，细细缝制在罗衣之上。"罗衣何飘摇，轻裾随风还。"

皓月上仙和鸣喜这边，多了几分琴瑟和鸣的暖暖诗意。他俩的反差和前一组简直天上地下。不知道是不是因为皓月上仙本身就是文质彬彬、清白素静的形象，鸣喜对他也是恭敬有礼。鸣喜的剑法自然了得；但她还是选择了妖法上手，锦上添花。只见须臾，她元神的翅震大法，便让皓月上仙措手不及。可是，皓月上仙也不攻击，只是静静地接招拆招，一脸怜爱之意。

待鸣喜一人耍完了所有浮夸的招式和妖法。皓月说道："鸣喜，长进不少。但你是盛夏灵精，可否抵挡我的闰月清寒？"随后，皓月对鸣喜单手施加了清冷的月光，鸣喜便犹如蛰伏，昏睡了过去。皓月简直易如反掌，帝俊在看台上露出了得意的微笑。唯独鸣喜的父亲——五虫之尊，一脸疼惜，赶忙示意皓月上仙住手。他飞上十巫台，抱着自己的女儿。出了局也无碍，他要为她温暖着四海八荒的清冷。

此情此景，皓月不禁略带内疚，回头多看了鸣喜几眼。正所谓"与月交光呈瑞色，共花争艳傍寒梅"，台下的观众和帝俊至尊，都鼓掌致意。

"乙组，皓月上仙胜。"

巫山神女姚姬，和她生父神农一脉相承，最擅长的是医术和迷幻之法。但是医术和迷幻，本质还是救世，更多的也是防御之术，攻击力欠妥。恰巧，这九黎皇子丹阳，集聪颖智慧和精湛剑法于一身。他先用剑法做出攻击的招式，如彩蝶翩翩却又不伤及姚姬分毫。姚姬害怕，赶忙唤起百草迷幻术，想迷醉丹阳。可是丹阳早有准备，拿出事先准备好的九黎苗族偏方吃下，百毒不侵。

这一招，打得姚姬措手不及。丹阳乘胜追击，与姚姬比起了剑法。姚姬不善刀枪，瞬间就败下阵来。她也委屈，想那么多年，她就怕剑法，所以才找玄冥日日勤勉，结果还是不敌人界的奇技淫巧。丹阳的剑已经指向了她的胸前，她看了看父神神农上神，他竟然还为丹阳鼓掌。她气不打一处来。

"丙组，丹阳胜。"

最后一组，是屏翳和西域粟特国的公主度明。

其实屏翳还是背后一阵冷汗，尤其是看了前场的丹阳，自己念叨着西域的阿弥陀佛。她自我安慰道："西域的公主应该不会什么刀光剑影吧。"也许是念念不忘、必有回响，这公主度明只是选择和屏翳比试仙妖神法。

据说，度明修的是鲜为人知的西域佛法——恒河沙，一物一数，一沙一界，一劫一尘。屏翳便和她单用法力比试。只见那度明，召唤出西域特有的黄沙，如鳞蛇狂舞般疯狂袭向屏翳。还没等到屏翳召唤出虹霓，自己已经被纠缠束缚住。

十巫台上的大部分看客都忍俊不禁，毕竟，屏翳的"臭名"，早就昭著三界。

扶桑紧紧握住拳头，掌心冒汗。其他诸位上神和玄鹤师尊，虽然平心静气，却也为这眼前极为艰难的一幕揪心。颤颤巍巍间，屏翳双手间幻化出一道忽隐忽现的五彩虹霓。

有个看客叫嚣："这虹霓有什么用？"十巫台上，传来一阵四散不去的嘲笑声。

可是不出一会儿，虹霓环绕之处，竟然召唤来了狂风阵阵，将这黄沙硬生生扯开，四分五裂。度明大惊，她正纳闷，却见这屏翳，驾驭着强大的风力，对着黄沙信手拈来。黄沙瞬时间，反了方向和立场，往回反向吞噬度明。

度明赶快坐定，在这黄沙之中召唤出那朵朵梵界的莲花，可这旋转的莲花却似乎并未给黄沙助力。屏翳能感受到黄沙之力在莲花的加持下，仿佛有了混沌的助力，她也不知道这西域法术的奥妙，为何自己会感觉到窒息般的寂静。时间仿佛凝固，她完全听不到别人怎么说，也听不到自己的色、声、香、味、触、法。于是她便下意识，按照拂天的教诲，硬生生召唤了一道天雷。众人只见平地一道雷，轰然一声，度明嘴角带血，莲花和黄沙，散落一地。

"丁组，屏翳胜。"

·第五章·

只此沉仙翼，瑶池似不遥。有声悬翠壁，无势下丹霄。

——唐·张乔《青鸟泉》

"燕皇后，我们还没有找到玄冥殿下。"几位羽禽族的卫士在天命阁前和燕皇后更新最近的动态，"但是有人说，好像昨晚见到大殿下自己悄悄离开寝殿，不知飞去了哪里……"

燕皇后听闻，人感觉似乎都有些摇摆，赶忙扶住额头定神。

"那日我在天命阁，听玄冥聊到，她曾被一青衣女子偷袭……"燕皇后心中复盘，自言自语："难不成是那贼人又席卷重来？"

"恭喜燕皇后！"一群侍从另一头赶来，"屏翳小殿下进到了下一轮。"

"甚好，"燕皇后略感欣慰，不过还是满面愁容。想想这一千四百年以来，两个女儿没有一个让她省心。好事成双难，难于上青天。

"对了，在十巫台是否看到一个玄衣男子……名叫拂天？"燕皇后赶忙问侍从和卫士。

"拂天？"大家面面相觑，"有无仙号品阶或者三界宗属？"

"听屏翳说，是我们妖界的。"

"燕皇后，那便不可能见过。"鹊巧和燕皇后拜谒了下，"至少灵山妖界是没有听说过的。"

燕皇后思前想后，示意侍从和卫士继续寻找，自己则决定起身回到十巫台。

十巫台上，此时正是休息的时间，灵山的仙女们在台上仪态万千、妖歌曼舞。这一派鸾歌凤舞的景象在孤独的屏翳眼里，像极了陈国的悲情宛丘："宛丘之上兮，洵有情兮，而无望兮！无冬无夏，值其鹭羽。"

她的下一轮，对阵的是皓月上仙。而人界的丹阳对阵相柳。屏翳左顾右盼，拂天不知道为什么还没有如约出现。她左思右想："也许拂天去帮忙找阿姐玄冥了？"真是思绪万千，无处话凄凉。

"屏翳，今天你简直太棒了！"突然，有人从背后拍了下屏翳的肩膀，把她吓了一大跳。回头看，原来是如沐春风的扶桑。扶桑内心甜蜜，因为他傻傻地以为是鸣喜的指教，才让屏翳长进得这么快。他回头看了眼鸣喜，只见皓月上仙正和她打得火热。

"唉，我都发愁下面的论道怎么办……"屏翳也一同望向皓月上仙的方向，"这个皓月上仙，可是帝俊至尊的义子，还大我这么多。听说他年纪轻轻就开始管理三界的月盈月亏了……他早就可以媲美高阶上仙了。我这只乳臭未干的燕子精，不知道天高地厚，肯定要输了。"

"怕什么，有我呢！"扶桑灵机一动，"虽然我比武不行，但是我和玄鹤师尊这么多年，也读了不少古书卷宗。"随后，扶桑便凑到屏翳边上，悄悄言语了起来。

人界的丹阳刚刚换了一套衣服，也是和屏翳一样的柔美三彩，英姿挺拔，宛如东门之枌和宛丘之栩。他似乎是闭目养神，其实却时不时瞥几眼屏翳，一见钟情、二见倾心。他在来到灵山前，早就听说过这个小燕子精的故事。可今天遇到，并没有如此不堪。且不说仙妖之力可圈可点，她灵巧俊俏的模样，还有几分可爱灿烂。随后，他又看了看下一轮的对手相柳，鄙俗之相，哪有学富五车的海涵？论道这一局，自己志在必得。

青妭还是一脸冷峻和玩世不恭。少昊走过来，想拉青妭的手，却还是克制住了："青妭，你这万年去了哪里？我找不到你。"

"我很好。"青妭斜眼看了少昊，说道："这万年云游四海，不再为条条框框束缚。"

"你……你不要恨黄帝。"少昊一阵心酸道，"万年前的仙界大战，轩辕上神身居黄帝的位置，要考虑天下苍生。可作为父亲，他始终最挂念的是你。"

"蚩尤上神已在仙界大战中战死。"青妭似乎略有愠怒，"罢了，这么久了，今天我来不是和你话家常的。"

少昊似乎想和青妭再说两句，青妭却起身离开了。

麟鹿将这一切都看在眼里，却无意发现在青妭离开的时候，把自己的神识抽离了一部分，飘落在了相柳身上。这个小动作速度之快，连少昊都没察觉到。

麟鹿喝了口灵山特有的茶酒，并没有再多说什么。青妭自幼被黄帝送到祝融上神门下，作为关门弟子，和他一起修行。她一直都喜欢耍一堆小聪明。可是，他不知道今天先前帮了青妭，她还会不会到不周山来探望祝融上神和自己。修仙之路遥遥无期，夜耿耿，思绵延。

"未时到，第二局论道比试开始！"

下一场论道开始。裁决为帝俊至尊。屏翳与皓月上仙为甲组，相柳与丹阳为乙组。

众人都回到自己的座位，包括青妭和燕皇后。大家都拭目以待这个论道的较量，唇枪舌剑胜似刀光剑影的快意恩仇，可陈却不乏善。

屏翳和皓月上仙分别从两侧走上十巫台，对帝俊至尊行了礼。帝俊示意大家自然随性："我儿皓月，无论从仙力、岁数上，都比屏翳年长不少，这题可怎么出呢？"

"屏翳斗胆，有一个建议。"屏翳瞄了人群里的扶桑一眼，"希望帝俊至尊采纳。"

"哦？你说说看。"帝俊饶有兴致地看着这只燕精。

"既然皓月上仙在资历和辈分上都比屏翳大，那么这道题的发端，就允许屏翳开口吧！"

"这倒是上古三界以来第一次论道的形式，新颖有趣。"帝俊一挥手，皓月上仙也儒雅地应允："准了，开始吧。"

"屏翳敢问皓月上仙，这世间的男女深情，究竟为何物？"

皓月错愕，看了看帝俊，又看了看鸣喜。闭目抬头思索了一会儿，回答道："这道题，我答不出。"

十巫台下的诸位也一样错愕。想这位皓月上仙，风流倜傥，三界九州有许多女子都钟情于他的风花雪月。可是为何，今天在众目睽睽之下，他却说答不出。

"皓月，为何如此回答？"帝俊至尊倒是经历过沧桑世事，十分镇定。

"启禀帝俊至尊，我看过许多野史古书中描述'山无棱、天地合'的深情。《诗经》曾在《鸳鸯》篇里曰：'鸳鸯于飞，毕之罗之。君子万年，福禄宜之'，情深至极可让夫妻齐心协力，颐养天年，金玉满堂。《诗经》也在《车辖》篇中写道，那百年好合的深情，是'高山仰止，景行行止'，情比金坚，可斩断其他莺莺燕燕，感天动地。可是，也是《诗经》中的《谷风》篇，讲述了情深被人所负的痛苦——

'习习谷风，维风及雨。将恐将惧，维予与女。将安将乐，女转弃予。忘我大德，思我小怨'。为何这一往情深却招来了另一方的锱铢必较、以德报怨？"

"可叹这情深竟有如此的变幻，引得'衣不如新，人不如故'的悲凉揣测。所以，如若真要给一往情深追究个名理，只能怪情起不知何处，无法定义。"

"皓月从未有幸情深，所以更不敢妄言。但是四月秀葽，五月鸣蝉，希望我三生有幸，能体验一往情深。"皓月上仙看了鸣喜许久。扶桑调皮地推了鸣喜一下，鸣喜一脸绯红，掐了扶桑的胳膊。

十巫台的不远处，五虫之尊看着女儿一脸娇羞的模样，和身边的燕皇后感慨："真是女大不中留。"

屏翳回礼，以退为进道："皓月上仙果然不同凡响，屏翳甘拜下风。"

"好！精彩至极！"帝俊和众人都点头拍手称赞。

"这局，我判屏翳赢。"帝俊说道，"但也不代表皓月输。皓月态度诚恳，引经据典，实事求是。不过，发端还在屏翳聪慧，知道皓月上仙不曾历情劫。所以该是这问题好。恭喜燕皇后，你这屏翳啊，在我看起来，聪颖讨巧。"

燕皇后赶快拜谒帝俊，还示意让屏翳回礼。

"屏翳在此处，谢过帝俊！"屏翳有点小得意，远处的扶桑更是拍手叫好。再看皓月上仙，反而一点都没生气，缘由就是他一眼认准了鸣喜。借了这个机会表白。所以比赛结果，他输了也是心服口服。屏翳心里想，扶桑说的两全其美的方法，果真奏效。

"第二局甲组，屏翳胜。"

不多久，相柳和丹阳也一并走上了十巫台。灵台上，突然秋风萧瑟、春寒料峭，雾霭氤氲。说这灵台以心印心，以情化境，确实如此——这一轮，相柳和丹阳都胜券在握。

"相柳，丹阳，我看你们二位骁勇定是有备而来。那么且和我说说，你们对万年前三界大战的看法，孰是孰非？"这一轮，帝俊出题干脆。

"帝俊至尊，丹阳以为，第一次三界大战，弊大于利。"丹阳急于表现，不假思索抢话道，"丹阳在人界，生命有限，所以从小便特别关注死生的议题。《鸿荒传》残篇记载，三界九州从上古开始便在六位上神的管辖和治理下其乐融融。而万年前三界大战的起因，传说是我们九黎的主神蚩尤上神和弱水郡的共工上神沆瀣一气，对待子民暴虐昏庸，导致百姓妻离子散，苦不堪言。于是，炎黄二帝和其他天兵天将便替天行道，讨伐了我的九黎故土。大战的结局大家也看到了，蚩尤上神被黄帝分尸，共工上神牺牲，黄帝陷入沉睡——可谓两败俱伤。而战后到现世，三界九州依然瘟疫、旱涝、灾荒延绵不断，并未比万年前六合生机勃勃的景象要好。"

"帝俊至尊，丹阳有一说一，也可能是愚人之见。"丹阳继续说道，"只从丹阳所在的九黎现世看，蚩尤上神不在了，群龙无首，人心涣散。人间有云'风萧瑟而并兴兮，天惨惨而无色。兽狂顾以求群兮，鸟相鸣而举翼'，说的就是我们九黎。南风阵阵，天色晦暗得尤为凄惨。野兽们在九黎遍地寻找同伴，却形单影只；各种羽族飞鸟在天空哀号，却心不在焉。"

"所以，在丹阳眼里，万年前的三界大战，非多过是。"

"丹阳，"帝俊面色严肃，"你说的可是真的？许久没去九黎，现在竟然是这幅景象？"

"丹阳如有欺瞒帝俊至尊，愿受罚。"

"少昊！"帝俊龙颜不悦，"我记得九黎在战后归你们轩辕丘的陈国代为治理，怎么会如此？"少昊诚惶诚恐，出列下跪道："少昊万年来一直守在黄帝身边，对此确有疏忽，这次回去就处理。"

屏翳赢了第二局，已然一身轻松。她在台下的人群里看热闹，觉得这个丹阳敢说真话、不畏强势，初生牛犊不怕虎，很有意思。扶桑坐她旁边，斜斜嘴巴说道："那个少昊，金玉其外、败絮其中。一看就是歧视蚩尤上神的九黎地界。战败之后，蚩尤被他的主神分尸，他故意的。"屏翳示意扶桑小声，这些不负责任的议论可千万别被十巫台上其他居心叵测的人听进去。

"相柳，你本是共工的旧臣，想必立场也和丹阳一样？"帝俊望着相柳。

相柳早前得到青妭神识的温润，所以经纬诗书的气韵锋利。他胸有成竹地应答道："臣是武夫，粗鄙。但好在仙寿漫长，曾在这三界大战中九死一生。所以，臣的看法是，三界大战无结果，和是非无关。"

"哦，快快道来你的看法。"帝俊一拂仙袖，十巫台印着他心境，竟然明媚不少。

"看是非，我们便要综合考虑这大战的缘起缘落，而不是只单纯看一个结果。从'大非'缘起的角度推演，三界九州早已认定九黎和弱水郡民不聊生，才会有天陆另一端的炎黄二族起兵讨伐，结果也导致了'大是'的正义结果：即蚩尤和共工，政权被更迭。然而，从'大是'的角度回溯，不周山崩塌、女娲神石补天，以及管辖权被更迭后依然不变的财溃力尽，民心涣散……三界大战所谓的缘起可能只是因为以讹传讹带来的误解。如若此，那么战事开端反而是错误的'大非'。"

"这混沌之中，九州三界、八荒四海，我们总以为，一件事情必定是非分明。如若大战的评价可是可非，可非可是，那么亦说明，它本身就不受是非曲直的伦理法度约束。所以，这场大战无关是非。"

"好，相柳！海水不可斗量。"帝俊喜上眉梢，"不想共工当年有你这武将，你还足智多谋，可为谋士。"他随后转向青姒，说道："青姒，你能收相柳作义子，也是你的福气。"青姒微微点头，不再作评价。

话音未落，相柳一个震颤，只是跪在帝俊前痴痴拜谒。帝俊似乎并没有看到，也可能是假装没有看到。

原来，刚才言之确切的相柳，无非是青姒的口舌而已。麟鹿心想，相柳之音，也是青姒对三界大战的真实看法，他现在仿佛能理解她为什么会在大战后隐匿了，虽荣尤败吧。

帝俊对着相柳点头，并示意台下宣布结果。

"第二局乙组，相柳胜！"威武宣仪："第三局终局，屏翳对阵相柳，武试。酉时开战！"

· 第六章 ·

选鬼神于太阴兮，登阆阖于玄阙。
绝都广以直指兮，历祝融于硃冥。
贯澒濛以东朅兮，维六龙于扶桑。

——汉·刘向《九叹》

　　屏翳虽然连赢了两局，但是却依然心不在焉。扶桑用锦缎里三层外三层包裹了一碗她往日最爱吃的百合粥。她也只是魂不守舍地喝了两口，倒是温热正好，可她却无法细细回味扶桑的这份心意。她在找的，是拂天。为什么他就是不出现呢？

　　古书曾有云，"共工之臣相柳氏，以食于九山。相柳者，九首，人面，蛇身而青。相柳之所抵，厥为泽溪。其血腥，不可以树五谷种。"想当年，三界大战之际的共工之臣相柳，元神蛇身发青，九头人面，可以同时鲸吞九座山上的食物。凡是相柳到过的地方，都成了怨灵沼泽，而相柳流下的血，遍地腥臭，连庄稼都种不活。

　　扶桑看着屏翳，愁中滋味不便言说。这一轮，他心里也没有底气。屏翳一个才一千四百岁的小燕子精，怎么能比得上这活了数万年的相柳呢？更不用说，相柳的仙妖之力仅仅次于六大神兽。

　　话说这九州三界的六大神兽里，其中两仪二圣最为厉害。二圣分别就是帝俊的太阳烛照和"无名氏"之称的太阴幽荧。而另外四大神兽，便是蚩尤的朱雀，共工的青龙，轩辕的白虎和神农的玄武。三界大战后，四海八荒都对于重新排名神兽的呼声很高。毕竟，朱雀陨，青龙隐，太阴幽荧也一如既往的不知所踪。

有一种传闻，说是这次的灵山比武论道大会，醉翁之意不在酒。帝俊和神农准备借此重新排位神兽。所以今天，相柳真的是志在必得。如若能赢得比赛，他跻身新六大神兽之列的事情，十拿九稳。

眼看比武的终局就要开始了，扶桑看着紧张得连水都喝不下的屏翳，内心一阵心酸。这时候，突然有人出现，找屏翳说话。定睛一看，原来是刚刚和屏翳对阵过的西域粟特国的公主度明。屏翳赶紧起身，点头致意。

"屏翳殿下，度明今天感谢能与你同台切磋技艺。"度明知书达理，也有西域女子的坦诚直率，"我们西域都慕强。这次是我第一次东游，我们相遇，也是缘分了。"

"谢谢度明公主。"屏翳回复道。其实，度明早就看出了她心不在焉和六神无主的模样。

"看相柳的气势，信心十足，想必接下去你会有一场苦战。"度明边说边示意随从拿了一个简朴的木盒子，盒身上雕刻着粗犷却不乏层次的巴旦木纹理，"屏翳殿下，我和我们西域的子民，读的都是大藏经和般若经。但是我在丝绸之路上，听东土的贤仙谈道，也觉得甚好。我们追求的无自性和悟无生，与你们'无名无为'的混沌之道异曲同工。"

"所以，我就送你这一颗我们西域的'般若度'，服用效果可能因人而异，但是一定能帮助服用者逐物迁流，提升到另一种妙境。"

屏翳赶快收下，并表示了感谢。度明随后便回到自己的座位坐下。

"屏翳，比赛快开始了，度明这是在帮你。你不赶快吃下这颗般若度吗？"扶桑提醒屏翳。

屏翳犹豫再三，还是决定收起来。她抱了抱扶桑，心中五味杂陈，却告诉他放心。

"酉时到，终局开，有请屏翳和相柳。"看相柳，扭了扭脖子，伸伸腰板，十拿九稳，有备而来。屏翳则是满腹心事，举棋不定。她慢慢走向十巫台，却一路回望。天有不测风云，拂天没来。

帝俊神清气爽，点头示意终局的比武开始。

屏翳都还没有站好，就见那相柳急匆匆变出了元神——九头人面青蛇。十巫台顿时风云骤变。灵山方圆百里之内，沸潭无涌，炎风不兴。玄鹤师尊、神农和帝俊都大吃一惊："这相柳也太较真了吧，元神比武，莫不是要了这屏翳小燕子的性命？"青妭倒是冷冷一笑，不深不浅。

屏翳一脸迷茫，就被相柳元神九头中喷射出的尸沼之气击打得头晕目眩。疾风暴雨比预料之中更为凶猛，看台上的三界也是揪心。好在她坚强，右手运功压稳内力，迅速恢复神识。然后，屏翳用妖仙之力，寻寻觅觅，周身迅速燃起一圈五彩虹霓屏障。

相柳见状，立刻换了元神的蛇尾，缠绕着这羸弱的五彩保护圈。扶桑在看台上，急得泪崩——因为他知道，别人都以为虹霓就是虹霓，百无一用，可这其实是屏翳的元神啊。只见相柳蛇尾上的鳞片，突然一阵爆裂，毛骨悚然之中，竟然生出了饕餮爪。

十巫台三界九州人士全都站了起来，议论纷纷——难道这相柳吞食了饕餮才能获得这神力？能吃得了饕餮，仙妖之力比起六大神兽，有过之而无不及。有人拍手叫好，有人却忧心忡忡。

就在相柳准备用饕餮爪碾碎这五彩虹霓罩的时候，屏翳召唤出了道道天雷，打到了相柳变异的蛇身饕餮爪上。浓烟炸开，相柳被迫放开几乎四分五裂的五彩虹霓罩。

相柳似乎有点晕眩，但是他的元神九头整装待发，气势汹汹地盯着屏翳，寻找着致命一击的时机。帝俊感慨："这相柳过于凶悍。十巫台通天通神，屏翳召唤来的天雷一看就是来自混沌。她这孩子，坚强不屈的样子，和当年的蚩尤有几分相似。"

可是实际上，屏翳已经是耗尽了心力，燕皇后也是看得满眼泪光。可她知道，她无法帮屏翳经历这一切——元鸟一族，神鸟后裔，千难万劫，只能通过涅槃化形。

相柳清醒过来，突然变回人形。屏翳惊讶，怎么现在突然回人形，难道不打了？她还没反应过来，只见相柳向屏翳投掷出了人间三支普普通通的青铜镖。

扶桑正要冲上去，却被鸣喜拉住。扶桑知道，相柳作弊。仙妖斗法有一心照不宣的约定：彼此可召风雨雷电，可召鸟虫鱼兽，亦可召五行八卦，为己所用——唯有人间的利器，可破万法，所以在仙妖斗法中不可使用。相柳要取屏翳的命……扶桑大叫："屏翳！小心！"

屏翳也看见了这三只青铜镖。她赶紧用不熟练的轻功，飞身而起。她想躲开这枪林弹雨的三支生死劫。可惜，只怪她平时不听玄鹤师尊的教诲，只怪她就知道插科打诨，游荡戏耍……

第一支青铜镖硬生生刺进了屏翳的腹部。第二支眼看就要插入屏翳的心脏。

"阿妹！"只见玄冥不知从哪里飞现，现身在这十巫台，紧紧抱住阿妹。玄冥用血肉之躯从背面挡住了第二支青铜镖。这第二支，力道更大，它从背面穿透了玄冥的燕心。

本就是满脸精疲力竭的玄冥，散尽了这生所有的勃勃生机。

第三支青铜镖接踵而至。正当它要袭向两姐妹的时候，只见青铜镖突然化成灰烬——这是何等的仙妖之力，能在斗法的时候燃化人类的青铜法器!

燕皇后早已经晕了过去。众人纷纷回头看，是哪位三界龙凤，能燃化斗法中的青铜法器。

"够了!"

只见一玄衣郎君现身在十巫台中央。他脸上戴着一个曜石半首面具，难辨真容。十巫台上，奇奇怪怪，浮浪无神、万象俱息。

"是拂天……阿姐，他来救我们了。"气若游丝的屏翳抱住已经昏死的玄冥，慢慢倒在十巫台上。须臾，她看到了那玄衣飘飘又凛然堂堂的拂天。可是，这无可挽回的生死也只是终局，拂天欠她一个承诺，也欠她一个因果。

众人一阵骚动不安。只见，腹部中镖的屏翳抱住胸口被穿透的玄冥，重重摔落在这十巫台冰冷的石阶上。自有比武论道大会开始，从来只有切磋，无关生死。这次算是破了先例。

帝俊是第一个于诸位看客中站起来的人，但他没有看屏翳和玄冥，而是目不转睛地望着拂天："难道你是?"

"帝俊，以你这创世真神赐予的通达九州三界之识，何须多问?"拂天飘于这十巫台的上方，"你和神农，贵为上神，怎么可以容忍相柳这样的货色血洗十巫台!"

敢直呼上神其名的，会是谁呢? 三界九州都陷入了疑惑当中。麟鹿看着拂天的背影和说话的方式，似曾相识。

此时的相柳不知天高地厚。他乘胜追击，又重新化身成骇人的九头蛇元神，想要用自己的绝招——熊熊炼狱之火，从拂天背后偷袭，和他当年吞噬饕餮一样，用血盆大口吞下整个拂天。

拂天甚至只是侧脸，瞥了一眼靠近的烈火阴影，露出了不足为奇的表情。只见他，双目玄紫之气迸发，背对着相柳，用单手在空中做出紧握的抓举状。霎时，十巫台百里之内，屏息聚气，八方风雨蓄势待发，仿佛都在等待着幽阴之气逼人的拂天号令。

相柳这只九头蛇突然应声落下，因为窒息，痛苦得掉到了十巫台下面，变回了真身。

青妭突然站了起来，她眉头紧锁，似乎对着拂天有话要说。可思考再三，她还是坐下了。

"阿姐！阿姐！"十巫台边，满身是血的屏翳，抱着昏迷不醒的玄冥，哭得天昏地暗，"都怪屏翳，阿姐你醒醒好不好，屏翳以后再也不惹阿姐伤心了。"

十巫台此时，便是雪色初霁，寒彻入骨。

屏翳身负重伤，只感到一阵晕眩，她颤颤巍巍地拿出西域度明公主给的般若度，那灵丸沾染着屏翳的鲜血，散发着西域的禅光。屏翳用尽最后的气力，给她唯一的阿姐喂下了这颗灵丸。随后，屏翳便因为伤心过度以及伤势过重，晕厥了过去。

拂天如入无人之境，他知道，天下苍生太轻，连六神都不敢对他动怒。他俯身，抱起屏翳，准备离开十巫台。走之前，他回头环顾了在场的芸芸众生。

"青妭，带你的相柳回去！相柳若再来这三界九州为害，别怪我拂天杀无赦！"拂天一声怒吼，地动山摇。十巫台瞬间鹅毛大雪，春寒料峭。如此的霸气，让青妭呆若木鸡。

拂天带着屏翳离开的时候，甚至都不屑于望青妭一眼。

"帝俊至尊，难不成是这妖人做了法术？"十巫台的看客们都惶恐不已，没有人知道这拂天是谁，元神不昭，形貌不揭。

神农看着帝俊："这个玄衣郎君不像是有现世三界九州的来处……"，帝俊叹了口气。

神农话音还未落，十巫台上孤零零躺着的玄冥，突然妖识消散。她的灵识滚滚，化为金碧辉煌的浮尘，流转到灵山十巫台的通天之处，如萤火虫般雀跃，熠熠生辉。众人回头看那远处的灵山的通天栈道，如雾如霭；玄冥的残尘弥留，若隐若现。

十巫台的通天栈道之处，传来一阵凤鸣，惊醒了这三界九州众生，不周山都被震得碎石滚落。

灵山万鸟冲天。只见玄冥的残尘化为一只浴火重生、七彩斑斓且霞光万道的玄鸟，重新飞回到十巫台的上空。此鸟声嘶力竭，对着痛苦蜷缩的相柳和呆若木鸡的青妭嘶声力竭。

"是朱雀！"十巫台有看客一眼便认出了。

少昊下意识地拔刀，玄武压住了他的手。神农和帝俊默然不语。

只见玄鹤师尊从看台上出列，带着鹊七、鹊巧等羽禽族的妖兽们，对着朱雀行三拜九叩的大礼。而九黎的丹阳，也跪倒在十巫台的边缘，对着朱雀的方向作揖。

唯独青妭，看到此情此景，不知是惊吓还是被感召，突然仰天狂笑不止，失魂落魄。朱雀曾是蚩尤的神兽，而上神们也心照不宣，青妭和蚩尤曾两情相悦。只见朱雀带领着百鸟，在这天陆之北久久盘旋，之后便向南飞去，消失在天地一线之间。

"朱雀玄冥上仙归位。"帝俊坐定，对着十巫台下的三界九州四海八荒之众，下了诏令，"少昊，陈国即日起，不再管理天陆之南九黎的事务。待玄冥恢复，便由她掌管她的故土吧。"

少昊略有不爽："帝俊至尊，朱雀回来了，可是不祥之兆？"

"少昊！"神农上神赶紧起身，代帝俊训斥道，"今日论道你难道还没有受教吗？切莫无端用现世的是是非非来研判这万年前三界大战的逻辑与善恶。"

"青妭，千年灵山比武论道，总要有个输赢的话……"帝俊完全忽视了少昊，只是看着青妭和虚弱的相柳，说道："那么如你所愿，这次判相柳胜吧！"

"帝俊至尊，我要的不是这个。"青妭心灰意懒，马上双腿跪下，给帝俊作揖，"我要的是……"

帝俊打断了她："传我诏令，三界九州围捕拂天。"帝俊的神召，如雷灌耳，顺着灵山十巫台边上的通天栈道传散开去。

"帝俊，你倒是说个清楚，这拂天究竟是谁？"神农上神也一改以往的温润脾气，追问道。

"拂天……他是二仪神兽之一的，太阴幽荧。"

· 第七章 ·

士为知己者死，女为悦己者容。

——汉·刘向《战国策》

之前说过，燕精一族，元鸟也。《鸿荒传》的残篇曾旁征博引道：玄鸟即朱雀，朱雀为玄鸟。而玄鸟，又大概率会从这元鸟一族中出。"凤毛麟角"的揣测却一语道破天机。

这次千年灵山比武论道大会的结果，更是在三界九州间不胫而走——虽然相柳胜利，但是万年过去，亲历看台的诸位也都知道帝俊说的青妭恩怨。相柳胜，却胜之不武，弗胜为笑。这个结果，无非是帝俊卖青妭一个颜面。唯有玄冥，牺牲自我，不战而胜。

朱雀在这六大神兽里位居前三甲，神力仅仅次于两仪二圣的神兽，太阳烛照和太阴幽荧。

玄冥涅槃，朱雀归位，也意味着丹阳口中那民不聊生的天陆之南九黎，不再被人低看一等。

不过，现世的三界九州，人人都想得到太阴幽荧。那日他带着屏翳，不知道去了何处。会后，世间人、仙、妖三界更是对太阴幽荧的去向百思不得其解，唯独燕皇后思女心切。她惦念着屏翳，即使屏翳只是一只普普通通的元鸟，而不是玄鸟，都是她至亲的女儿。

拂天的玄衣上全是屏翳的血渍，玄色掺杂着血色，一片形神相似，都只化成了拂天内心泪痕交织的大惊失色，只是外人根本看不出来。从十巫台出来，拂天眼睁睁看着屏翳的神识弥留，并有消散的迹象。作为妖界至圣的神兽之一，看惯了江湖的血雨腥风，此时的拂天却慌了阵脚——他不敢去想这是否是屏翳的生死关劫，凡是有一线生机，他都只争朝夕。

拂天知道，今日自报家门，三界九州再无他的容身之地——八荒千里耳可通天地，七窍玲珑心直达本性。他想了想，哪里有可以容身之处，允他一个时辰里为屏翳治疗这青铜镖的伤。须臾间，他便心生了一处。

……

天命阁外，鹊七和鹊巧跪拜在门外。阁内，燕皇后已经恢复了意识。

"鹊七和鹊巧辜负了燕皇后的嘱托，虽然玄冥大殿下回来了，但是又失去了屏翳小殿下。"鹊七和鹊巧长跪不起，侍从们也七嘴八舌，"烦请燕皇后就让我们进来照顾您吧！是那太阴幽荧劫走了小殿下。"

"好了！"燕皇后的天命阁依然紧闭大门，不容许任何人进入，"知道了，我要休息下。太阴幽荧毕竟是神兽，希望我的屏翳吉人自有天相吧。"

燕皇后说完这些，看了看自己床榻上斑斑血迹、狼狈不堪的拂天和屏翳，拂天依然曜石半首遮面，让人难辨因果善恶。她双手作揖，双腿跪拜，双眸更是噙着泪千行，对拂天轻声说道："请拂天上仙救我儿性命，义重恩深，燕精一族定啼血报之。"

时间紧迫，拂天马上运功给即将消弭的屏翳元神，灌入自己的至阴神元。

第七章

只见屏翳腹中的青铜镖被逼了出来，化为尘埃；而她腹部的刀口，也慢慢随着这悠悠玄气，渐渐愈合。而拂天一身冷汗，湿了玄色的衣襟，又瞬间化为绕指柔的盏盏灯火，犹如昙花一现。燕皇后急得来回踱步。偌大的天命阁，烛光忽明忽暗。

比拂天预计的时间更长，大概过了二又有半的时辰，天色已暗，星光熠熠生辉。燕皇后患得患失，终于感受到屏翳逐渐恢复了规律的呼吸。

"屏翳应该无大碍了……"拂天嘴角流下一点血丝，"我匀给了她一半的妖力——好在天时、地利、人和。今日朱雀归位，预示着天陆的春夏季也快到来了，这对屏翳是好事情。她估计睡些时日便会醒来。"

"臣跪谢拂天上仙！"燕皇后给恩人行大礼。

"现在三界九州都在寻我。"拂天的声音略显虚弱，"我不会再叨扰屏翳了，燕皇后放心。"

"臣微不足道。只是敢问，这创世以来您一直都是妖界的至尊神兽"，燕皇后关切道，"拂天上仙难道打算继续神隐吗？"

"三界有变。"拂天继续说道，"燕皇后，按这燕精一族的迁徙习性，还是去趟南部的九黎吧。天陆之北万年无春，我想玄冥已经在九黎落脚了。"

"今晚的事情，不可与任何人说。剩下的，我自有打算。"

"只是我儿生性执拗，如若屏翳问起您呢？"

拂天收起自己玄衣的衣角，如昔日一样，帮屏翳整理了凌乱的额前发穗。他看着沉睡的屏翳，一脸温柔爱恋，微微叹了口气："便告诉她，我今日只是来十巫台和她道别，顺手救了她。"

说完这些，拂天面向燕皇后，行了君子之礼。

燕皇后诚惶诚恐回拜，可她一抬头，拂天早就没了踪影。为母则刚，她必然是对拂天有报恩之心；同时她的内心更是唏嘘不已，何德何能，她的两个孩子都受到二圣之一的神兽——太阴幽荧的关照。

"池塘生春草，园柳变鸣禽。阳春二三月，草与水同色"——谢灵运的诗歌恍若隔世，鸿荒的春眠几经悲欢。天上浮云如白衣，斯须改变如苍狗？值灵山的比武论道大会，只过去几年。故人今何在？

屏翳感觉一阵头沉脑热。她慢慢睁开了眼睛，却见到自己莫名地躺在自己的闺房里。身旁，鹊七正在认认真真在铜盆里洗着帕巾。她感觉到身体温热，体内的元气充盈。屏翳下意识地摸了一下腹部，发现自己换了身衣裳，彼时悲愤交加的血渍已荡然无存。

到底发生什么了？拂天呢？

她正要说话，鹊七看到她睁开双目，欢呼起来："屏翳小殿下，你醒了！"

屏翳还是感觉有一点儿晕眩，便又躺下来闭目养神，听着阁外手忙脚乱的动静。

不久之后，燕皇后匆匆而至。床榻前，她用饱经沧桑的双手，紧紧握着屏翳的手。屏翳只感到初春万物怦然心动，这温润的青睐和偏爱，令她感伤的情绪一触即发，她泪水盈盈。

"屏翳，阿娘在这里。你终于醒了，你睡了三年。"

"阿姐呢？"

"等你今天起来了，到天命阁内，我单独和你把这前因后果解释清楚。"

屏翳又闭上双眼，反反复复回想她刚才那段冗长的梦。梦里的她，仿佛是那天际的五彩虹霓——"在山峨峨，在水汤汤。与志迁化，容不虚生"。她还切身感受到"体如游龙，袖如素蜺，观者称丽，莫不怡悦"的轩逸瑰丽。

梦境与现世，梦者观心，观者增叹。她的梦境里，唯一的观者只有拂天。可是拂天不再是玄衣飘飘，而是以混沌云霭为裳的白衣仙君，如若古诗词里，他"罗衣从风，长袖交横"，大道为一，不可俱象。

今日，神农应帝俊的邀约，特意造访了帝俊静驻休息的六合之渊。

神农感慨，从上古三界到现世三界，六合之渊依然亭台楼宇轩昂。这亘古的浮华是非，从六合之渊登高回望，便更觉"抚柱楣以从容兮，览曲台之央央"。

"神农"，帝俊也站在六合台上，他看着神农问道，"太阴幽荧现身又消失，朱雀重生，这三界九州之势你如何看？"

"变是为常，易可谓恒。"神农回答道，"帝俊的意思难道是？"

"是……凶恶之变也。"帝俊望着这三千的繁华浮世，语气平淡又有些无奈，"我本是弱水河的第一尊泥人。承蒙女娲真神的混沌之息，让我同山川日月一起活到今天。万年前的三界大战劳民伤财，创世真神唯一存留的女娲真神，也从神穹幻形而下，牺牲自己，修补苍天。可是这次大劫在即，我竟然也参不透。我隐隐感到又会有战事，但是我们这次没有创世真神可以辟佑了。"

神农见此状，也不知道如何回应，只能答道："帝俊，你的苦心日月可鉴，星辰可表。"

帝俊和神农忆往昔道："如若这次又有天地三界的斗争，我会以元神祭天，结束这场战事。未来的三界九州，就要交付给你们五位上神了。"

"可是帝俊……现在只有你、我和祝融三位，哪来的五位？"神农费解。

"神农，我们需要叫醒和复活另外三位。我近日会去拜访祝融，我们需要重塑共工上神。你也继续去寻找薰华草，唤醒轩辕。而我们最后一起去复活蚩尤。"

"希望天数大变前，他们三人能神力恢复，也可以摒弃前嫌。"

"可这次战事冲突的缘由究竟是什么呢？"神农思前想后，不得要领。

"现在还不知道……我也在调查。但是就怕知道的时候，为时已晚。"帝俊说道，"天有异象，毋临渴而掘井，宜未雨绸缪。"

神农听后，心中已有如临大敌之感。此时此刻，神农和帝俊的情境，如若那句"夜漫漫其若岁兮，怀郁郁其不可再更"。

屏翳从天命阁走出来，也是一样的郁郁寡欢。

母神燕皇后说，玄冥涅槃成朱雀，她们一行也应该追寻朱雀，定居九黎。直到这个时刻，燕皇后才和屏翳正式通知了这个南迁的决定。

屏翳知道，早些时日，燕精一族本就打算南迁去九黎住一段时间。大部队见到屏翳醒来，次日便决定动身了。这次，五虫之尊和燕皇后商量后，决定让女儿鸣喜也跟随燕精一族去南方。五虫之尊希望鸣喜能和朱雀上仙修行，也希望她可以成为上仙的弟子。扶桑则被燕皇后委以重任，正在弱水郡调查玄冥失踪之事。

调查清楚后，扶桑会来九黎与她们会合。

屏翳最伤心的，只有也全部都是拂天。他来了又去，再没有回头，她想了又念，无处话离别。其实，"道别"二字，对屏翳来说是个很沉重的词，尤其是如此的不辞而别。就算拂天留给了她半身的妖力，又能怎么样？她仅仅是一只普普通通的燕子精；事实也证明，玄冥才是真的朱雀。

看着天命阁外车水马龙，大部队整装待发，屏翳叹了口气："我元鸟一介，又何德何能让三界的尊兽——太阴幽荧为我留恋呢？我太傻了。"

"屏翳，"这个时候鸣喜突然出现了，她看到屏翳无精打采，关切地问道，"怎么了？"

"鸣喜，那日比武论道大会，你看到拂天了吗？他有受伤吗？他还好吗？"

鸣喜本想点头，却赶快摇头，有点答非所问地回道："拂天上仙那日戴了曜石半首，所以不见真容。但是看他神识瀚海、英姿挺拔，单单一招就打得相柳满地找牙，十分厉害。"

不过，三界九州除了屏翳见过拂天的真容，还有一位，就是那日悄悄尾随她的鸣喜。她曾在某一日躲在十巫台后，无意又有意探得了究竟。只是她决定把这个事情作为永远的秘密。

"屏翳殿下莫要难过……"鸣喜突然脑海里浮现出正外出办事的扶桑，也不知道他在弱水郡怎么样了。鸣喜继续设身处地安慰道，"其实无论他在哪里，只要他好，不就是最好的吗？因为只要他好，只要你相信，你们终归会有再见之时。"

屏翳抱了抱鸣喜，她突然觉得宽心很多。是啊，玉颜憔悴三年，春草昭阳路断，多谢洛城人，能不忆江南。

也许真如神农所言，春寒料峭，久久不见换季了。所以燕精一族要遵循迁徙的本性，遍寻温暖的南陆。可不？现在连天陆之东的弱水郡，也是西风残照、林寒涧肃。而弱水郡新移居来的不周山，也冷霭缭绕，刹那间让人以为不周山又要山徙了。

祝融上神已经闭关修炼上千年。

不周山的东武里，今日也迎来一位弱水郡的客人。不知道算是故人相逢，还是不速之客。

麟鹿感慨，这次上神出关，必将发现世间天翻地覆。另外，也不知道是不是在灵山的十巫台碰了什么蛊虫毒蛊。麒麟这两日，时不时额头瘙痒难忍。

"弟子青婗拜见祝融上神！"麟鹿忽然听到青婗在神殿外的声音。

"她到底还是来了！"麟鹿虽然有点诧异，似乎也有点惊喜，他赶忙跑出去。

"青婗，好久不见。"麟鹿在祝融上神修行的宫殿外，百步阶上，居高临下，看着眉清目秀又一席黛蓝仙裙的青婗。

"麟鹿师兄见笑了！"青婗抬头，双手作揖，"你我几年前不刚在十巫台见过？可我这次是来找师傅的。"

"不是我不让你进去"，麟鹿挠挠额头，"是祝融上神还在闭关修炼，不知道什么时候结束。等他出来，我告诉你。"

青婗将信将疑，犹豫不前，往里张望。她快快转身，却被麟鹿叫住："我……上次好像在弱水郡看到了你，是你吗？你现在住在弱水郡哪里？"

青婗回头看了麟鹿，和他那搞笑红肿的额头："没错，是我。我现在住在弱水郡的清冷渊。"

"你去弱水郡干什么，你不是旱神吗？那儿水气重，和你相克，你不要命了？"麟鹿没好气地责怪道。

"你还是先管好你自己吧！"青婗转身斜了他一眼，"改一改你偷吃蘑菇和灵芝的坏习惯，这次中毒了吧。"说完，她便化为一道青烟而去。

麟鹿瞬间脸红，对着青青烟气喊道："你说什么呢，青婗！这个叫作过敏！"

清冷渊里，相柳依然心有不甘，他砸了不少瓦罐发泄。虽荣犹败，这次比武论道大会，他不仅什么好处都没得到，连个神兽的排位都没有，还唤醒了另外两个神兽——朱雀和太阴幽荧。

青妭从不周山回来，看着相柳，甚是心烦。

相柳到底是匹夫之勇，对于她的计划不知祸福，到处惹是生非。

"青妭上仙"，相柳见到青妭造访，半蹲示意，"感觉这灵山千年的比武论道大会，我就是去露了脸，走了个过场，打架也没打爽，名分也没拿到……"

"好了相柳，我知道你心里委屈。"青妭说道，"我们下一步有很重要的一个任务，你若能助我成功，我也可助你入神兽之列，兴许还能替代了青龙，成为你旧主共工上神的新宠。"

"青妭上仙，此话当真？"相柳喜上眉梢。

"我自有打算。"青妭胸有成竹。

"那——请问是什么差事？"相柳摇头晃脑道，"杀个三界小兵，自不在话下。"

青妭看着清泠渊上方的一洼氤氲暧昧的天色："我们要找到一把神剑，叫禹剑。"

"禹剑？"相柳疑惑，但是似乎又恍然，"原来是禹剑！"

禹剑是蚩尤上神的遗物，相柳在三界大战的时候见过一次。据说，禹剑可杀人，可灭妖，可诛仙，还可以弑神。威力无穷，仿佛吸收了天地之间的混沌大道。

"为禹剑，我们可以不惜一切代价！"青妭满眼充满漆黑乌青的旱光。

也就在同时，朱雀玄冥在九黎还未恢复人身。

她匍匐在燥热无垠的九黎大地上喘息。她的双眸也划过一道和青妭一样漆黑青乌的旱光。

她痛苦地悲鸣，引得乌鸦斑鸠乱飞，景象仓皇哀苦。

· 第八章 ·

何处合成愁？离人心上秋。

纵芭蕉不雨也飕飕。

都道晚凉天气好；有明月、怕登楼。

年事梦中休，花空烟水流。

燕辞归、客尚淹留。

垂柳不萦裙带住，漫长是、系行舟。

——宋·吴文英《唐多令·惜别》

禹剑为何物？

经历过三界大战和读过《鸿荒传》残篇的人也许会有所耳闻，可是这个概念难入正史正统。其实没有人知道禹剑真正的来历，但有一种流传的说法，此剑的全名又叫作"夏禹剑"。传闻它孕育于不周山在创世真神时期的孪生山脉——会稽山中。而易手的主人里，有一位便是上古三界的大禹。大禹得了此剑后，治水有如神助。

传说，禹剑可以断情绝爱。现世三界那篇"三过家门而不入"的寓言故事，写的就是手握禹剑的大禹和他的妻子若即若离又可歌可泣的故事。

不知道蚩尤如何得了禹剑。但是在万年前他就一直携带，算是他的左膀右臂神兵利器。战场上见过的人说，此剑嗜血成性，只要见血，一斩可削壁立万仞，一刺可透日月混沌，甚至剑气都可以百步穿杨。所以万年前，三界对蚩尤更是闻风丧胆。认为拥有禹剑者，蚩尤要统领三界称王。

后来，蚩尤和黄帝战败，战神手里的禹剑也在三界大战中遗失。

……

弱水郡在灵山的比武论道大会后，热闹不少。本身弱水郡就地处大江大河的下游聚集之处，甚至连西域的商客都可以在陈国转水陆乘船到达此，所以这里便成了三教九流的聚集之地。而神山不周山早年山徙到了弱水郡，也成了一处新的景观。所以，有很多能人义士以及仙妖侠客，都从四海八荒赶过来。

弱水郡的康回轩是个人声鼎沸的茶楼，轩主不定期请三界九州的著名戏班子来这里表演，曲艺评弹、说唱逗笑，好不快活。平日里，神农和玄武也经常光顾这儿。

扶桑和灵山妖族的随从们，在康回轩一楼坐下。他们叫店家上了一壶茶水，解渴去乏。店家却在他耳边说了几句。他抬头看，发现二楼回廊的拐角处，竟站着皓月上仙，点头示意让他上去。

扶桑让大队伍在楼下歇息，并且拿出一袋铜钱，让店家给随从们上一桌好菜，还特意叫了满满当当的几盘胡饼。《续汉书》里曾记载道："灵帝好胡饼，京师皆食胡饼。"话说这西域传进来的胡饼，在天陆之北的灵山是吃不到的。只有在海纳天下美食的弱水郡才可以吃到。将盐巴、碎羊肉和可丁可卯的白葱搅拌，灌入三界九州最常见的白饼中，然后贴在火炉壁上略微炙烤，金黄焦香，早年神农上神经常拿这个美食来馋扶桑。这次终于独乐乐不如众乐乐了。

上楼后，皓月上仙默不作声，只是邀请他入屋交谈。扶桑进屋后，看到里面有一身着粗布衣服的中年男子正坐着品雀舌茶。他定晴一看，原来是帝俊至尊。

"扶桑，你们怎么也来了弱水郡？"帝俊先发制人地询问道，"之前听神农和我说，燕皇后要南迁九黎一段时间，你怎么没去？"

"帝俊至尊，燕皇后她们这个时候应该已经动身了。"扶桑回答，"但是，她命我来弱水郡调查玄冥殿下失踪的事情。"

"虽然玄冥已经回来了，可是比武论道的那天，她本在册上，且过去一千多年都在为此苦苦修炼，不可能就这么放弃了……燕皇后怀疑，是被人挟持了。"

"哦？"帝俊思考了下，"但是，你为什么选择弱水郡调查？"

"玄冥失踪那日，有雀精来报，说好像瞧见她跟着一道黑青之影往弱水郡的方向飞来。"

"是的，大会那天我确实听说了，玄冥失踪。"帝俊点头，"好在她回来了，还羽化归位成朱雀。"

皓月请示了帝俊，帝俊点头应允。于是皓月说道："扶桑，这次帝俊至尊和我来弱水郡，是打算找一个人——拂天。"

"拂天？就是那个太阴幽荧？"扶桑想了想，"上次比武论道大会跳出来的第六只神兽？"

"是的。当日玄冥出现的时候，他也正好出现。"皓月继续说道，"而离开的时候，他又带走屏翳。之后听说，屏翳离奇地回到了自己的闺房养伤。"

皓月微微一笑："我们怀疑劫持玄冥的人，和太阴幽荧有关；而且太阴幽荧一定认识屏翳。不过，我们托人问过屏翳，她说不记得了。你从小和屏翳青梅竹马，有没有什么线索？"

扶桑仔细想了想，这话确实有道理。没想到帝俊至尊为了另一个神兽，不惜亲自动身寻觅。帝俊似乎看出了他的顾虑，说道："从上古到现世数万万年，太阴幽荧都无迹可寻。上次比武论道大会，他突然出现，而且早已经幻化出了真身，驾驭自如——比我的太阳烛照功力都要高上几成。我现在知道，太阴幽荧为什么一直没出现，是他自己不想出现。万万年的时间，他如果有善意，那是三界万幸；但是如果他这次有恶意，被奸邪利用，那以他的神兽之力，三界必将危机重重雪上加霜。"

"帝俊至尊，据我所知，拂天从来没有出现在灵山附近，而且以前，屏翳也没有提起过拂天。"扶桑双手抱拳，对帝俊和皓月说道，"拂天能拔刀相助，救屏翳，想来应该不会有恶意吧。"

"但愿如此吧！"帝俊叹了口气，"我们最新的线索，是拂天应该在弱水郡。如果你有什么线索，我们记得彼此通报一声。"

……

走出帝俊至尊休憩的客房，皓月三步并作两步赶紧跟上了扶桑，他假意云淡风轻地说道："还有……扶桑，鸣喜她最近怎么样？我知道你们关系好，随便问问。"

扶桑瞬间心领神会，看来皓月上仙这次有点情根深种的意味，回复道："放心吧，她很好，不过……她现在不在灵山了。"

皓月上仙吃惊，他本来盘算着弱水郡毗邻灵山，抽空可以去灵山会一会鸣喜。

"五虫之尊看着灵山久久不转暖。你也知道的，鸣喜是蝉精，只有在温暖之处修行，仙妖的造化才能更上一层楼。所以他就让鸣喜跟随屏翳她们南迁去九黎了。"

皓月若有所思。扶桑赶忙为好友鸣喜锦上添花道："你可别小看鸣喜，我可把她当我干妹妹。她到了九黎，如果有机缘入了玄冥上仙门下为弟子，那品阶算是很高的。"扶桑心里想着，帝俊的义子怎么了，我们鸣喜肯定也会是个门当户对和十全十美的媳妇。

皓月上仙有点不好意思，发现扶桑知道了他的小心思，支支吾吾说："空了和我说说鸣喜最爱什么吧，以后说不定你会是我的内兄了。"

扶桑捶了皓月一拳，哈哈大笑。

"扶桑……"皓月想了想，继续说道，"弱水郡看似平静，其实暗流汹涌，你自己注意安全。"扶桑信心满满，让皓月放心，自己便加入楼下的随从们一起在大堂继续享受美味的胡饼了。

燕京一族的部队，在这南迁的路上，风雨兼程、追云逐月。今天总算到了接近天陆之南的一个要塞，名叫鹿山谷。燕皇后看大家都甚是疲惫，便下令在鹿山谷休整几日，以最好的状态进入九黎，也让天陆之南的三界民众看一看燕精一族的龙马精神。她不想给嫡长女玄冥丢脸。

鹿山谷在入天陆之南的九黎要道之上，是个其貌不扬的小镇。镇上有不少食肆、茶楼和酒馆，好不热闹。屏翳在南徙的一路，和鸣喜倒是结成了好友。鸣喜和她坦言了自己听玄鹤师尊关于《鸿荒传》残篇的一些解读。屏翳才得知那孤僻古怪的祝融上神曾经和蚩尤上神是故交。

在屏翳的心里，蚩尤上神就是无恶不作、血腥野蛮的上神。而祝融，应该也是个昏庸的上神吧。一个司战，一个司火，战火战火，总有那么一点臭味相投的味道。

"也不一定。《鸿荒传》残篇其实只是缺少了许多他俩的故事……不过我阿父年轻的时候，曾与两位上神有过一面之缘，至少长相俊朗。"鸣喜认认真真搜寻着自己的记忆，仿佛是不想错怪了这两位上神，"我阿父说，蚩尤上神外貌端正，元神结合了五虫中'羽虫之长''鳞虫之长'和'毛虫之长'的三样法宝，十分的威风凛凛。祝融上神略显文弱，不过也是衣冠楚楚的神君。"

屏翳翻了个白眼："听你爹瞎扯，他每次说别人都和他的五虫理论沾边，好好一个上神，成了虫子。"

鸣喜轻轻捶了屏翳一下："我爹说的五虫，可不是昆虫。按照我们特别的理论，周天之内，羽虫之长，指的是玄鸟；鳞虫之长，讲的是蛟龙；而毛虫，我想说的是乌犍或者麒麟吧……"

屏翳忍俊不禁："原来蚩尤真如野史和传奇话本里说的那样，人首牛身、凤喙蛟爪……果真是个'四不像'的邪神。"

"不知道……"鸣喜说道，"不过，三界大战后蚩尤就身死了，还被分尸了。听说三界九州之士大都不愿意过多谈论这个往事。"

"屏翳，不可放肆！"没想到燕皇后突然出现，她无意间听到了两个姑娘的闺阁密语，"蚩尤上神和祝融上神都位列六大上神，曾为三界九州太平立下汗马功劳。你们两个小丫头，一个燕子精，一个蝉精，连帝俊的六合之渊都没进去过，不可乱嚼舌头。"

"是，燕皇后。"鸣喜赶忙用仙袖捂住嘴巴，小心翼翼地瞄了身边的屏翳一眼，六合之渊她倒是偶入过，只是无处发端、不好议论。

"等等母神，你一定见过蚩尤上神和祝融上神吧？"屏翳突然灵机一动，撒娇起来，"母神，您看这一路舟车劳顿，女儿身体才刚刚恢复，只能听些奇闻轶事来解闷儿。你告诉我嘛，他俩长什么样？这样，我也就不会再去胡乱听些以讹传讹的段子。"

鸣喜斜了屏翳一眼，心里乐开了花，果然是个古灵精怪的小燕子。

"蚩尤上神其实平易近人，往日都是以真身行走在天地之间，也从不用元神打仗。当日比武论道大会，相柳用元神放招，非常粗鲁。"燕皇后娓娓道来。

"蚩尤上神是战神，他的元神确实有三样法宝，但是三个部分实际是蛟龙双犄，玄金骊身和五彩翼展。蛟龙双犄，可神召三界九州的士卒甲兵；玄金骊身，堪比麒麟，上天入地，刀枪不入。五彩翼展比较神秘，因为它并非是我们羽禽族的普通双翅，而蚩尤也很少开屏。但是据说，那五色是混沌创世的五彩神色，和女娲补天的五彩神石，同出一系。"

"母神，那我也能变出五彩虹霓！"屏翳打断燕皇后，"这岂不是说我也是神力通天？"

"我自然是希望你有这样的本事。上次大会里你的表现已经非常出色了！"燕皇后看着屏翳，微笑着，"可是，我只希望你平平安安。你看你阿姐玄冥，自从羽化成朱雀后，就事务缠身。"

"那祝融上神呢？"屏翳双眼亮晶晶，挽住燕皇后的胳膊，十分期待。

"那个时候他也不太说话，只是外冷内热的感觉。元神倒是看不清，总之就是那熊熊真火。"燕皇后仔细回忆了下，如是说道。

屏翳嘟了嘟嘴，又是一个和拂天一样稀奇古怪的抽象元神，光圈儿。屏翳叹了口气，她又想到了拂天。母神和她说拂天正式道别了。他究竟去了哪里呢？他还会出现吗？

不远处，萦萦绕心头的，是从鹿山谷街头巷尾传来的童谣，正是取自《诗经》周风里的《汉广》。虽然这歌是凤求凰的，可是屏翳听着还是隐隐作痛，拂天和她彼此甚至都没有表达过心意：

"南有乔木，不可休思；汉有游女，不可求思。"

"汉之广矣，不可泳思；江之永矣，不可方思。"

鹿山谷的夜晚，确实和灵山不同。迎面而来的习习暖风温热沁心。客栈外，鸟虫啼鸣之声，声声入耳，热闹却略有些嘈杂。日月倒是没什么新意，亘古的界限分明。

不过，这鹿山谷，竟然还有那么好闻的洋金花香气……

屏翳今日让鹊七早早休息了。自己拿着绸扇，轻轻慢慢晃动起来，不久，便陷入半睡半醒之中。而在鹿山谷客栈寄宿的燕精一族，竟然都东歪西倒昏睡了起来。包括门口守着的侍卫。

只见一阵青烟袅袅，笼罩着客栈。

万籁俱寂。

突然，燕皇后惊醒，头脑里一阵刺痛。看见玄冥立在自己的床前，她诧异，这孩子怎么消瘦成这般模样了："玄冥，你怎么来了？这是提早出九黎来迎接我们吗？"

玄冥默不作声，双目完全是黑青色的，不能辨识双瞳，看着特别瘆人。而她的手里，却捏着一把青铜匕首，面目狰狞。

燕皇后起身，却感受到体力不支，头重脚轻。她突然意识到遭人下了迷药，洋金花便是曼陀罗，香味有迷幻人的毒性。她顾不上玄冥，匍匐在地上，赶快爬到隔壁房间门口，拼尽全力敲打门沿。

这个房间，便是屏翳的房间。

或许是那一柄扇动着的绸扇，散去了些许曼陀罗的气味。屏翳从床榻惊醒，看到鹊七倒在了地上，赶快开门看来者何人。

只见匍匐在地上的燕皇后一脸痛苦，她身后站的是漠然的玄冥，燕皇后凭着最后清醒的神识，和屏翳说："快……屏翳，有毒，带你阿姐离开这里。"

燕皇后话还没有说完，背上就被玄冥拿手里的青铜匕首扎了一下。血色浸染开来。燕皇后瞬间就昏死了过去。屏翳惊呆了，但是却感觉动弹不得："玄冥，你干什么？你疯了吗！"玄冥哈哈大笑，看着屏翳。屏翳瞬间感到一阵浓烈的晕眩感，顾不得多想，拉上一身血迹斑斑的玄冥，一甩仙袖，飞到了客栈外。

外面乌黑一片，一点星光都看不到，伸手不见五指。屏翳害怕又不敢大喊，但是终归感觉清醒不少。她大口喘着气，感觉邪腐气息浓重。她再盯着如同中蛊一般的玄冥，赶忙大声呼唤道："阿姐，阿姐，是我屏翳，你怎么了？！"

突然玄冥双目中又闪过一道漆黑青鸟的旱光，连屏翳都看出了古怪。她下意识地往后退了一步，只见玄冥又拿起那把沾满血渍的青铜匕首，对着屏翳的天灵盖就扎了下来。

屏翳躲开，匕首扎在了屏翳身后的门柱上，门柱几乎被一劈为二。

玄冥可是自己的亲阿姐，怎么会不认阿妹呢？可是刚刚她分明就刺伤了燕皇后。难道她不是玄冥？屏翳不知所措，又恐惧万分。曼陀罗的药力还在，她浑身瘫软，法术无法施展。她还要想办法逃脱这疾风暴雨般的刺杀。

千钧一发之际，一个玄衣身影闪过屏翳的眼帘。他背对着瘫坐在地上的屏翳，挡在了她面前，面对着杀红了眼的玄冥。

他单手轻巧地做了几个招式，便将玄冥手中的青铜匕首打到了地上。

"是他，是拂天！"屏翳心里喊道，却根本叫不出来。她使劲捏了自己两下，以为是这曼陀罗的花毒还没解开，才有了幻觉，"还好，感觉很痛，原来不是中了迷幻药。"

那个黑影回过头，是戴着曜石半首的拂天。这是屏翳第一次见他戴个面具。他又面向玄冥，刹那间元神紫气东来，凌厉威严。他对玄冥的额头运功，玄冥双眉紧蹙，额头冒着冷汗，逼出来了一丝青烟。拂天赶快伸出右手，将那青烟收下，放入掌中。他细细一品，便知晓了这青烟的来龙去脉。

屏翳瘫坐在地上，一脸期待又伤感地看着拂天。

可是，他侧脸看了一眼屏翳，并没有久别重逢的温情，而是双眉紧锁的愠怒。屏翳有些委屈，千言万语又不知道如何说出口。她第一次看见拂天那么生气的样子。

只见他对着寂寥的黑夜大喊："青妭，出来！"

· 第九章 ·

旱既大甚，涤涤山川。
旱魃为虐，如惔如焚。

——《诗经·大雅·云汉》

屏翳看着拂天，才恍然大悟，原来这一切幕后的罪魁祸首，竟然是青妭。

"太阴幽荧，哈哈哈……"只见在晕倒在地的玄冥背后，突然响起一阵令人毛骨悚然的笑声。而那久久缠绕在客栈外的青烟，顿时回旋、收缩和坍塌，都被一并收走——幻化成了一个闪着黛蓝色幽光的女子。

"好久不见啊，拂天。"

屏翳定睛一看，果然是十巫台那日倨傲无礼的青妭。

"你找我什么事情，青妭？"拂天一手背到身后，"这么多年你一直骚扰燕精族，还用恶法操控妖族神兽。如果把这些悉数送到帝俊那里，会怎么样，你心里清楚。"

"哈哈哈，可笑的满嘴道义苍生，我万年前最大的错误就是参与了那场三界大战！"

"休得多言。"拂天打断她，"你想要什么？"

"爽快！玄冥已经对我没用了，屏翳也只是我找你的棋子。"青妭将黛蓝色的衣袖一甩，换了个姿态，双目炯炯有神犀利而坚定，“我要的就是你，你答应做我的神兽，随我走一趟。”

屏翳瞬间热血上头，暂且不说“护夫之心”急切，青妭曾经唆使她的手下相柳伤她姊妹二人，这次还使诈伤了她母亲，现在还要拂天成为她的神兽……难不成她还当自己有上神的待遇吗？

屏翳一阵头脑发热，拂天都还没说话，她就嚷道：“青妭，你一次次陷害我阿姐，我要为阿姐报仇！”话音落，她就使出全身解数，召唤出一道五彩虹霓，绑住了青妭。屏翳心中暗暗自喜，有了拂天一半的妖仙之力果然不一样，连青妭都可以束缚住。

青妭被束缚着飞到半空中，却面不改色心不跳。

还没过半分钟，只见青妭在半空中，仰天长笑：“屏翳，你可知道，我是这三界九州唯一的旱神。”青妭仰着脖颈转了一圈，屏翳仿佛可以听到那不屑一顾的骨头响动，“空了找你的阿姐玄冥了解下，让她看看前世，当年我青妭连蚩尤手下的几位风雨大将都不放在眼里！”

只听震耳欲聋的南风青烟连续爆炸，虹霓消散。屏翳被震到百步之外，嘴角流出血渍。

屏翳怎能与蚩尤手下的风雨伯仲媲美呢？与旱神这一类心狠手辣的交手，她只能一败涂地。

“青妭……”拂天依然镇定，即使屏翳被震到百步之外，一嘴鲜血，他都岿然不动。拂天只是戴着那冰冷冷的曜石半首，一言一语的腔调高高挂起。他漠然地望了屏翳一眼，无动于衷：“青妭，用不着牵涉无辜的人。我这就和你走。”

“好！”青妭收起了那将要取屏翳一命的招式。

“请你答应我一件事情，青妭。”拂天回头看了看屏翳和玄冥。屏翳永远无法忘记他那一双黯然神伤的双眸，那里可曾睡着她日思夜想的炽热啊!

"拂天,请说。"青妩道貌岸然,恭敬十分,却是势在必得的阴暗嘴脸。

拂天对着屏翳摇摇头,示意她闭嘴。而屏翳则坐在鹿山谷的赫赫沙土之上,使劲摇头。拂天说道:"我……要你在这天地间立誓,从今以后,三界九州,无论发生什么,无论我在与不在,你都不再伤她们燕精族一丝一毫。"

"可以!"青妩爽快地答应道,"反正也是一群将死且无用的低等妖兽。"她一挥仙袖,召唤出萤虫漫漫,用元神之力,金光灿烂的誓言倒映在了鹿山谷寂寥的黑夜中,日月为鉴。

"拂天!"屏翳不知拂天的这番话意味着什么,她只是看到这一幕后,瞬间泪如雨下。她直觉感到,拂天的这一个要求,也许就是离别,也许就是永别。她爬到拂天脚下,拽着他熟悉的玄衣,说道:"我不任性了,拂天,不要走,不要离开我。"

拂天看着屏翳的真挚神色,他蹲下身,字字如切叮嘱道:"屏翳记住,永远要保护好自己和你爱的人。"

"拂天,我已经许下誓言。"青妩一脸淡然且粗莽地打断,"你该和我走了。"

青妩的影子渐渐在这无边幽幽的黑夜中褪去,拂天的身形也如是。一起消逝的还有他的美好。屏翳分明看到那曜石半首落出一丝依依不舍……她泪如雨下,却无法改变这结局。

她恨自己不是玄冥,恨自己没有神兽的本领,恨自己没有借口和能力去改天逆命……她更恨自己是屏翳,每天沉溺在儿女情长的幻想里,一无是处,惶惶不可终日。

青妩和拂天的一缕青烟,消失在苍穹之际。屏翳努力记住这方向,仿佛是弱水郡:"怎么……又是弱水郡?"

黎明时分，天色渐亮，东边弱水郡的晨光今日也因为悲伤，迟迟不肯现身。就在屏翳几乎昏厥过去的时候，她注意到一个熟悉的赤色衣襟的男子，带着浩浩荡荡的部队，尘土飞扬，赶到了燕精一族所在的客栈前。生不逢时般的巧合，却也是擦肩而过的不幸。

她的眼泪还未干涸，却早已放弃了所有的抵抗，不光是对这不可一世的黑暗，还有对这千钧一发的光明。她瘫倒在客栈前，而这鹿山谷的旱壑，无非是三界九州无所事事的一角。

这位赤色衣襟的男子，便是十巫台的丹阳。

那日他听说九黎的朱雀日日哀歌，就担心有什么变故；后听侍从说，朱雀终于回归人形，也就是玄冥上仙的真身，但是如行尸走肉。有人和她说话她也毫无反应。突然，她就消失在了九黎。丹阳便命侍从一直在天陆之南搜索，终于发现了踪迹。此时此刻，他看到曾一见倾心的屏翳如此憔悴，面无血色，心如刀绞。

弱水郡城暗夜无光，和那远在天陆之南的九黎，没有什么区别。

青妭带着拂天，落到了弱水郡的不周山上，静悄悄无人知晓。

"拂天，你应该不只是太阴幽荧。"青妭的语气略微松软，"你我可曾相识？"

拂天沉默了。

"几次交手，虽然神法和元神都天差地别，声音也略微不同……但是你讲话的口气和处事的态度，却和他一模一样。"青妭继续说道，"但是无论如何，我绕了这么多圈子，只是希望你帮我一个小忙。"

"哦？"拂天不置可否地回道，"你想说什么？"

"和我一起到东海之滨，帮我寻找青龙。"

"你找他干什么？"拂天警觉地问道，"你父亲黄帝，与共工的神兽青龙，到现在都可能水火不容。世人皆知。"

"拂天上仙。"青妭看着拂天，凝视许久，"如果我没猜错的话，你就是……"

拂天依然曜石半首，缓缓转过身，遗世独立般地映照着东海之滨的烟景清朗，盯着青妭。

不想，青妭却突然对着拂天行大礼，双手作揖，俯仰恭敬地说道：

"弟子青妭，参见祝融师尊。"

松下问童子，言师采药去。只在此山中，云深不知处。

朗朗乾坤下，拂天缓缓摘下这曜石半首，青妭抬头一看——

果然就是祝融上神本尊。

这三界九州都没有猜到，第六头神兽太阴幽荧一直没有出现的原因，是因为他就是祝融上神本尊。祝融上神因为没有神兽的事情，被芸芸众生嘲笑了数万万年，他却一点都无所谓。青妭能猜到几分，不光是祝融上神独有的脾性、身形和轮廓，还有就是细微之处师尊教训她的模样。三界九州，没有人敢对她大声呵斥——她毕竟是高高在上的黄帝的"宝贝"女儿。

"你之前接近玄冥，为的是召唤青龙？"

"是。"青妭依然保持跪拜之礼，"蚩尤死后，他的大将海神禺强也失踪了。而千年之前燕皇后生产。犹记当日，三界九州玄风阵阵，五湖四海波光粼粼。弟子冥冥之中便猜测，也许是禺强转世回来了，而恰巧'玄冥'这个名字，曾是上古时期禺强的别称，一字不差。"

拂天叹了一口气，面色似乎有所动容。

"万年前大家都知道，海神禺强神通广大。他不仅是海神，还曾司管大风，后来分管世间的瘟疫疟疾。青龙躲藏回了东海，除了上神以外，或许可以拜托海神禺强的转世叫他现身。"

"所以，之前我第一次找玄冥，为的就是找青龙，却被师尊拦下。第二次灵山比武论道前，也是弟子借了玄冥的元神一用。可是当弟子带她的元神来了东海，却发现波澜无恙，清风无涌……也就知道玄冥并非禺强。弟子便在第二日把玄冥的元神归还，将她留在了十巫台的一处苍松之下，毫发无伤。后面的事情您都知道了。"

"青妭，你为何那么急着要找回青龙？"祝融看着她，只字片语画龙点睛。

"师尊恕罪！"青妭双眼滑过一丝无奈，"我……我现在不能说。但是如果您能帮我找到青龙，我保证不再烦扰燕精一族，您是太阴幽荧的这件事，也只字不提。"

"青妭，你三界大战后弄出了那么大的动静，你也许会后悔的。"

"此生不悔。"青妭坚定而诚挚。东海突然萤虫绵延万里，飘入这天上，消融在娄星和氐星这两个星宿之间。

夜如瀑布般深沉，分分如绵的十二时辰有些百无聊赖。弱水郡的另一头，皓月上仙正躺在床榻上，看着人间的月光倾洒在他身上。他微微一笑，用手玩弄着寥寥月光，只见月光幻化成一只又一只鸣蝉的模样，然后随着清风消散在天陆之南。

他幸福地回想起这几日扶桑透露给他的鸣喜的小爱好。芸芸众生皆浮萍，翩翩一眴却一生。皓月对鸣喜的爱，可以回溯到那很多年前在他官邸的一次邂逅。只怪这只神蝉，不小心栖息在了他最爱的桂花树上，让他一见倾心，二见欢喜。

……

扶桑此时此刻在康回轩里已经进入了梦乡。梦中的他，与屏翳入了洞房，在东海的发鸠山缘定了这百年好合与天造地设。明天总会比今天更好。待他救出拂天，回了九黎，便可以与屏翳长相厮守。

燕精一族，也抵达了九黎。这些经历如若浮生六记，大起大落，且让她们好好休息一下吧。

次日清晨，云淡风轻、旭日依然冉冉升起。似乎之前的一切爱恨情仇都已一笔勾销。而弱水郡附近的不周山，仙气缭绕、风起云涌之势势不可挡。

麟鹿急急忙忙地冲到祝融上神闭关的殿堂前，早早心领神会地做好了拜谒之状。突然，一阵青烟袅袅升起，麟鹿心想，这青妭倒是顺风耳、千里眼，师傅出关第一时间，她便准时打卡。

果不其然，只见他边上，青妭一番楚楚现身，可她的盘算无人参透。

东武里晨曦中波光粼粼——今日的不周山，光芒万丈。

殿堂的门，"吱呀"一声被仙气推开、星火袅袅。只见仙雾缭绕之中，走出了一位白衣郎君。洪荒岁月赐予了他秀异风骨。他的眉眼，含情脉脉却又炯炯有神，双眸瞬息之中便数说这上古三界以来的星火燎原，默然又无声。他的一颦一笑，举手投足，简直和拂天是一个模子刻出来的，只差枚曜石半首。

"弟子麟鹿，拜见祝融上神。恭喜祝融上神出关！"

"弟子青妭，拜见祝融师尊。"东武里外，青妭也行了尊礼。

祝融上神走出来，看着不周山新的栖息地——弱水郡，又遥望着天陆之南的九黎，一阵叹息。他的模样在麟鹿看来，略微疲乏，并不像往日的千年修炼归来，更像是渡劫归来。

"起来吧。"他面无表情地说道，"麟鹿，我闭关这千年，有什么新鲜事儿？"

"祝融上神！"麟鹿有条不紊地汇报道，新闻如数家珍，"不周山山徙到了弱水郡。麟鹿代表上神去参加了灵山数千年一次的比武论道大会。共工旧臣相柳拔得头筹……还有就是燕皇后的大女儿羽化成了新的朱雀，定居九黎……再有就是，青妭她回来见你了。"说到这里，麟鹿偷瞄了青妭一眼，但好像她和师尊都没有多大的意外，亦没有多深刻的动容和交流。

祝融上神从这玉阶百步之上，看着额头红肿的麟鹿："你这孩子还是话多嘴馋，少吃灵芝！"

麟鹿看看青妭，又看看祝融上神，心中一阵委屈："我这个包是蚊子咬的。"

"八千岁为春，八千岁为秋。不夭斤斧，物无害者，无所可用，安所困苦哉！可是，该来的还是要来。"祝融上神挥了挥素色的仙袖，"青妭、麟鹿，随我去弱水郡走一趟。"

"今日，为师带你们去找一位故人。"

麟鹿一头雾水，赶忙回答："师尊可否明示，这样麟鹿也好见机行事，准备些拜谒之礼。"

"不用了！"祝融上神背过身，回望着殿堂，"我们要探访的，是青龙。"

· 第十章 ·

扶桑西枝对断石，弱水东影随长流。
杖藜叹世者谁子，泣血迸空回白头。

——唐·杜甫《白帝城最高楼》

离开鹿山谷，通往九黎的路上，百花争奇斗艳却又有些意兴
阑珊。

屏翳和鸣喜以及玄冥三人，被丹阳安排在一盏宽敞的凤驾之上，
晃晃悠悠，大家都略感燥热。而玄冥还在沉睡。燕皇后的伤还好不
及性命，也正在休息。

屏翳突然有点后悔，她对鸣喜说道："鸣喜，那日你们昏睡过
去了。我与拂天打了个照面，但是我现在生生希望这是从未发生过
的噩梦一场。"

鸣喜一脸黯然神伤："我不知道你们经历了什么。"

"总之，是青妭要害阿姐玄冥和我，但被拂天救下。滴水之恩，
我都当涌泉相报，更何况是这样改天逆命的大恩大德。"

"他们人呢？去了哪里？"鸣喜警觉地问道。

"青妭劫走了拂天……两人飞去了弱水郡的方向。"屏翳依然无
精打采。

"弱水郡？"鸣喜一个激灵，她几乎跳起来，随后赶快扶住屏

翳的双肩，一字一句说道，"屏翳！屏翳！扶桑在弱水郡，可千万别让他牵涉其中。你既然知道了陷害玄冥的凶手，就召他赶快回九黎吧。"

屏翳似乎如梦初醒道："对啊，扶桑还在弱水郡。"

鸣喜是真心期待屏翳召扶桑回家的。她知道，这世间，喜欢独来独往的扶桑，只要屏翳一声令下，他就会远赴千里，不畏生死；也只有她一声令下，他才会万里凯旋，只争朝夕。

屏翳没说话，整了整发髻，一脸的迷茫黯然似乎另有打算。她表面是答应了鸣喜召回扶桑，可是犹疑片刻，她还是写下了不同的虹霓手谕暗号："青妩是主谋，力护拂天周全。"急急忙忙写下，屏翳便一挥仙袖，让飞鸿传给了弱水郡的扶桑。

鸣喜舒了一口气，她不知道屏翳写了什么，但是她相信和感激屏翳。扶桑终于可以回来了。

弱水郡不知为何，今日云树绕堤沙，怒涛卷霜雪，天堑无涯。而郡内的不周山上，梧桐叶上潇潇雨，妖风阵阵，更是采尽桑叶空留树，万象亦如山雨欲来。

刚从康回轩里醒来的扶桑，伸了个懒腰。窗外天色异动，也引起了他的注意。恍惚间，一道轻巧的飞鸿落在了他的窗台上，带着独有的虹霓和九黎初夏的温润。他一看便知是屏翳飞鸿"传情"。

可是，扶桑用心读了之后，却神色凝重。在弱水郡的这几日，其实他也没有什么进展。但是他却无意间探访到了青妩居住在弱水郡的地方，也就是清泠渊。所以，扶桑在考虑是否应该去清泠渊找青妩，带回拂天。此时风云大作，东海之光纠缠如龙。他命随从去通知皓月上仙关于青妩的事情。他自己却赶快飞去了东海之滨。

待扶桑赶到东海之滨，只见一个与拂天身形极其相似的素衣男子，与青妩和麟鹿站在岸边。相柳离得稍微远一点，但是他一脸恶相地望着拂天和麟鹿。拂天不知用了什么翻天覆地的劈海之术，分开了东海之滨浅滩之外的海水。

扶桑心想，屏翳说得对，拂天上仙必定是受到了青妭的要挟……扶桑突然一股头脑发热的劲儿，他想要营救拂天和麟鹿，让屏翳对他刮目相看。

"青妭妖孽！"扶桑大叫着，幻化出桑树元神，让自己的藤柳荆条伸展出三头六臂，蔓延开去，冲向青妭的后背。这老藤，宛若天雷道道闪耀，也如那蛛网疏而不漏。

还未及青妭回头，扶桑元神的枝丫，却早已被她周身爆裂的旱风烧得玉石俱焚。

扶桑重伤，跌落在地上。这一动静自然也引起了相柳的注意，他回头看了眼扶桑：

"找青龙这么件小事情还能惊动一个树精？现在这三界九州真是乱了长幼尊卑。"相柳摇头晃脑说道，"我最近修道，正好缺一颗妖仙元丹。你的元丹至阳至纯，是送上门的！休怪我不客气！"

扶桑预见了所有的凶险，却无力抵抗。

"我的修为又要提升了！"相柳仰天大笑，声嘶力竭地一把撕扯出倒在地上扶桑的妖神元丹，"有你的元丹补气，等青龙这小子回来，我再和他一比高下！"

所谓天命，不过如此；所谓天命，竟然如此。

身负重伤的扶桑已经是奄奄一息，瘫倒在东海之滨无边际的沙滩之上。

祝融回头，还不及看扶桑一眼，却见六合之渊的仙兵之气愈来愈浓烈。他定睛一看，只有皓月，帝俊没有来。于是，他便用皓月都无法识破的隐身之术，隐去了青妭、相柳、麟鹿和他自己。旁人看起来，唯独扶桑一具将死之躯在海滩上，孤零零恍若东海扁舟。

为了大局，为了青娱和他的约定，为了燕精一族，他不得不牺牲扶桑。

当皓月赶到的时候，却见沙滩上只有一个濒死的扶桑，而扶桑的桑神元丹，冉冉升起，神采奕奕，光耀着东海之滨。扶桑的祖神曾经是海天之际神岛——发鸠山上的一棵混沌幻化成的老桑树，当年后羿射日故事里的十只三足金乌，便是栖息在老桑树之上，依托它的神力日日东升而起。

皓月飞身，想去收回来扶桑的元丹；可谁知道扶桑的元丹至阳，烫得皓月双手灼伤。他大叫一声，坠回到了东海之滨的沙滩上，倒退了几步。眨眼间，那至阳的元丹便消失在矗立的海天一色之中。可是无论如何努力，皓月上仙都看不清这其中的玄妙。

是啊，祝融上神的隐身障眼之法，只有上神才可以参透。

此时此刻，东海之滨的天际之间忽然有鲲鹏出现，却须臾回眸间消失于洪荒的天地之间。继而便是一条青蛟的尾翼，甩得这天地一线，波光粼粼——波光到了眼前，变成惊涛骇浪。

皓月赶忙一边扶起奄奄一息的扶桑，一边命人去和帝俊禀报：“青龙出现在了弱水郡的东海之滨。”

一叶障目之法下，并未平静。

祝融看着青娱和相柳飞身投奔东海而去，意欲收复青龙。他再回头，看到扶桑身死，皓月上仙不知其所以然，祝融在出手与不出手间犹豫不定。

突然神隐之下，祝融听到麟鹿一阵哀号。他赶忙用定神安息之术，对麟鹿红肿的额头施以法力……可神法都难以抚慰麟鹿，他的额头有了裂纹，闪出蛟光万道。

“祝融上神，我的头要炸裂了！”麟鹿双手挠着额头，可见金光万道，“好痛！”

一身撕心裂肺的大叫，麟鹿的额前爆裂开一道金光，让东海之滨的情况更加雪上加霜——几条蛟龙跃出水面。那爆裂之象，连祝融上神的一叶障目神法都无法遮掩，如日月同辉。皓月遮住眼睛，还以为是远处蛟龙因为感召青龙现身，而引发的惊天动地的景象。

许久后，天地和东海，都恢复了宁静。祝融略去喧嚣之后的浮尘，眺望远方——青姒和相柳早已经消失在天际，他们已经全力以赴去追逐青龙了。

他和青姒彼此的承诺，也兑现了。

当然，祝融答应了青姒找到青龙，但是没有答应青姒收服青龙。

他再低头看身边的麟鹿，早已晕厥了过去。仔细看，麟鹿的额头上，长出了一对奇形怪状的鹿茸，他似乎不足为怪，淡淡说了句："你看你，该来的还是要来。受苦了，麟鹿。"

祝融一挥清素的仙袖，便带着麟鹿回去不周山的东武里休养生息。而至于青姒和相柳，命运造化弄人，随他们去吧。

……

皓月上仙呆若木鸡，他看着臂弯里的扶桑。扶桑干若枯槁的躯体，手却死死拽住皓月上仙的袖口。他早就没有了元神和精气，任凭谁呼唤，都无法再应允一声这人情世故的拆凑。

扶桑眼里干涸，鲜血随之缓缓渗出。他微微一笑，艰难地在皓月上仙耳边说了几句。

皓月上仙点头，允诺。

扶桑闭上眼睛，他的躯体化成草木灰烬，消失在这弱水郡的一方天地之间。妖生一往无前，转眼便是万年。可是有时候，妖却也活得并不通透。芸芸诸生，不知道"命为何物"，也不知道"义为何物"，更不知道"情为何物"。所以后世，我们总喜以"扶桑"二字寄托离别之情，后世有一诗人曾作诗曰："云晴渐觉山川异，风便宁知道路长；谁得似君将雨露，海东万里洒扶桑。"

回到九黎。鸣喜将对扶桑藕断丝连的痴痴念念，尽量掩盖起来。她希望屏翳和玄冥都可以开心无忧。屏翳是扶桑的中意之人，她早就想开了，只要扶桑开心，她就开心。九黎是入了，可惜瓜田李下、炎风阵阵，甚至连那香气清远、瓤厚而莹的荔枝，都略微有些壳薄而平的生疏之感。

屏翳在鸣喜的安慰下好了很多，加上阿姐玄冥和燕皇后都恢复不少，也醒了过来。她顿时觉得自己有鸣喜这么一位好友，三生有幸。

"鸣喜！"假装睡觉的屏翳，睁开眼睛，抱住正偷偷做着私活的鸣喜，"你在绣什么呢？"

一惊一诧，把温柔儒雅的鸣喜吓得一哆嗦，却不小心把针扎了自己的手指，血如泉涌。

"哎呀，对不起……"屏翳一阵心痛，想了想，说道，"你是在给扶桑绣香囊呢？我的扶桑哥哥以后要有鸣喜这么漂亮的娘子，真是太幸运了。"

"红罗复斗帐，四角垂香囊"，可惜孔雀东南飞。

"屏翳，妾有情，但是也要郎有意吧。"鸣喜把指头连心痛的血渍咬掉，继续认真地轻挪慢捻，一针一线绣着香囊，"不过我相信，扶桑一定会感动的，他一定会发现我的心意的。"

舟车劳顿之后，燕皇后、玄冥和屏翳被九黎的人族太子丹阳，安排在了思尤苑中。话说这思尤苑，万年之前曾有蚩尤上神的照拂。即使空置了那么久，却依然干干净净、生机勃发。苑中有几套雅致的客房，被荷莲青叶环绕。客房附近的回廊，也遍布着飘香藤和满天星。

九黎果然是个温暖滋润的福地。

屏翳很是喜欢思尤苑。而且她一进这九黎，就能感觉仙妖之力在胸中回荡。所谓的夏蝉冬雪，天壤之别，鸣喜也是对九黎这块福地偏爱鲜明——她紧紧捏了捏刚绣好的香囊，想着过两日扶桑回九黎，就可以送给他。

"阿妹……"玄冥微笑着说道，"快让阿姐好好和你谈天说地，你我自灵山比武论道大会之后，都没有好好坐下来话话家常了。"

"阿姐说笑呢！"屏翳双手托着腮，一副古灵精怪的模样，"阿姐好，屏翳就满足啦！"

"经历这么多，有什么愿望？"玄冥刮了下屏翳精巧的鼻头。

屏翳脑海中飞快旋转，她只希望，爱的人都能此生平安幸福，包括拂天。可她嘴上，却换了另一套一本正经地说辞："屏翳希望，兼济天下，深明大义。"

"阿妹长大了。"玄冥微笑，"我其实有点恍惚。因为自己根本没做什么，就稀里糊涂当了这朱雀……那么我也许个愿吧，愿我们的族人和九州三界都可以乐享延年、生生不息。"

屏翳抱着阿姐开心得大笑。窗榅之外，九黎晚霞苍茫，却不如屏翳和玄冥的谈笑风生更烂漫。今晚三杯两盏淡酒，经历数劫终于能有家人团聚的燕皇后侧耳倾听——听到她姊妹俩谈那羽化的光怪陆离，也聊拂天的风采奕奕，还有《鸿荒传》残篇里的吉光片羽。

思尤苑本身不大，燕皇后会心一笑，便早早熄灯歇息了；而她姊妹俩的房间却灯火通明。

鸣喜在侧房，看着那剪影，知足地一笑，也沉沉暖暖地睡去。

有时候，真愿爱有时分，美梦应景、风调雨顺。

· 第十一章 ·

父母之年，不可不知也。

一则以喜，一则以惧。

——《论语·里仁篇》

  六合之渊是三界九州的至尊之地，渊主便是帝俊至尊。地界内，高耸的烽火台与望楼都是白玉砌成，整座城池云雾缭绕，阁高能过三界的五岳之山，广袤堪比九州的绵延三土，萃若断岸，矗似长元。

  六合之渊除了住着帝俊，还住着他的两位妻子和子嗣。一位妻子名为羲和，与帝俊育有十个儿子，即是后世在口耳相传中知道的十个太阳，其元神为三足金乌。第二位妻子叫作常羲，与帝俊生了十二个女儿，传说为十二枚月亮。

  今日，帝俊至尊早就收到了皓月传来的飞鸿："扶桑阵亡，青龙现身，凶手未知。"

  "帝俊至尊，"皓月的随从对帝俊至尊毕恭毕敬，"皓月上仙说他要去趟九黎。"

  "哎，扶桑是个好孩子。"帝俊点了点头，叹了口气道，"其实，扶桑这一脉的桑树精，并不是我们看到的普通桑树精。他们家祖上是天陆东极的两棵交织在一起的桑树，曾经也是发鸠山的根基。创世真神时期，他们也是我儿子——太阳们每日东升后的落脚之地。"

"帝俊至尊，皓月上仙当日的修为，居然收不住扶桑的元神？"随从想了想，继续汇报道。

"皓月怎么可能收得了，古桑精一族十分古老和神秘。当年，如果不是神农上神的小女儿因为在海中出了意外，化身精卫鸟，神农去探寻精卫的栖息之地，才有幸踏上了天陆东极的发鸠山。"帝俊并不意外，继续说道，"神农靠着上神的修为带回一支古桑树的枝丫回来，视如己出，将它嫁接在了灵山妖堂的老树上。晨钟暮鼓，他听玄鹤讲四书五经，将近万年，才在两千年前幻化成了青年郎君的模样……这个青年就是扶桑。所以他看起来年纪轻轻，其实神寿比你们很多都要长。皓月的修为相比之下，着实太浅了。"

随从们恍然大悟道："原来如此，怪不得我们都只能眼睁睁看着扶桑的元神消弭遁形。"

"这次，扶桑牺牲自己，完成燕皇后给他的使命，可歌可泣。"帝俊感怀，"从此古桑树精一族，不再仅仅位列妖界，它们可同时享受人仙二族的礼遇。"

随从们行礼，表达对扶桑的尊敬和思念。同时，帝俊至尊命随从在六合之渊敲打起丧钟，感天动地，锤锤入耳。在场听了扶桑故事的人，无不动容。

在过去，六合之渊的丧钟，只为三界德高望重者而鸣。

"可问题是，扶桑突然出现在东海之滨，他一定是发现了什么和玄冥出事的线索……"帝俊想了想，"按皓月的说法，见到了青龙。可这三界九州，没有上神的修为，是无法召唤出青龙的。"

帝俊坐定，仔细盘算道，"是有上神修为的人，做了阵法打开东海滨道，召唤了青龙。"

"可是扶桑元丹消散，远处青龙现身，继而又消失在东海滨道……"，随从说道，"皓月上仙当时在场，仔细看了，没有见到其他任何的人……难道是巫术？"

帝俊转回身子，拂起仙袖，示意随从们住嘴。

"当事人一定在现场，只是不想被他们看见。另外，如若有上神修为的人可以打开东海滨道，他也完全可以隐形仙法，一般修为的人是看不见的。"帝俊非常肯定。

所有在六合之渊议事的人，以及皓月的随从，都窃窃私语。大家都知道，现世只有三位上神：帝俊至尊、神农上神，和三界九州刚刚得到消息的，结束修关的祝融上神。

不周山今日萧瑟，弱水郡一片死寂。

话说东海之滨那日，虽然祝融召唤出了青龙，可是他并没有帮忙降服青龙。青妭和相柳一起追逐青龙无果，反而自己丢了青龙的踪迹。所以今天，他俩又来了东武里，找寻祝融。

麟鹿的额头多了两只奇怪的角，不像是鹿精一族的鹿茸，倒有点像是龙族的犄角。他还是有些低烧，喝了两口粥就昏昏沉沉睡了过去。麟鹿不在，东武里多了几分冷清。

祝融上神的殿堂大门虚掩着，零散的几个仙侍在门外交头接耳，然后听到祝融上神怒气冲冲的训斥声，又很快散了去。

"我答应你找到和召唤出青龙……"祝融上神双手背在身后，看着自己殿内整齐的诗书古籍善本，面无表情地说道，"你们要靠自己驾驭青龙。青龙的主神是共工，我和共工在不周山一战后，他一直怨气未消。这个，三界九州都是知道的。所以，我无法帮助你们。"

"祝融上神，你这不是诓骗我们吗？"相柳急得胡乱言语。青妭在一旁默不作声。

"大胆相柳！"祝融突然直言不讳，一脸愠怒地转头看着他，"本来我们约法三章，行事谨慎，不伤及无辜，你为何取了扶桑的元神？"

"那不是权宜之计吗？我看青妭上仙在那开天辟地的东海滨道中迟迟无果，想着扶桑的元神可以帮助到她……"相柳赶忙低头解释。

祝融其实一直不曾想扶桑会出现，否则一定护他周全。祝融本以为保下了燕精一族就可以太平一世，看来机缘不是狂风暴雨就是百转千回。前几日那场东海之滨，召唤青龙，本是逢场作戏，他没有想到扶桑会出现，更没有想到相柳捣乱，这就乱了这天命的大是大非。

"扶桑的元神去了哪里？"祝融怒目圆睁，"刚刚六合之渊为他敲了仙逝的丧钟。相柳，你把元神交出来，我还可以放它回灵山慢慢滋养，待他归来。"

青妭始终低头不语，不知道她是在盘算着什么深不可测的计划，还是在整理着可退可守的说辞。而相柳听了祝融的一席话，挠了挠脑袋，极不情愿地小声嘟囔道："那日后来失了青龙的踪影，又饿了，我便吃了。"

相柳话音未落，连青妭都吓了一跳。她不可思议地盯着相柳。

祝融极其愤怒地冲到相柳面前。果然是个贪婪的相柳，吃了饕餮，又吃了扶桑……祝融正要下手活剥了相柳，殿堂门外仙侍们说道："帝俊至尊驾到！"

青妭脸色划过一丝不安和异样。祝融示意他们从后窗先行离开。同时，他低语愤怒地警告相柳道："贪得无厌，必有报应！你的一时贪念，改了多少人的天命。滚，以后我再找你算账！"相柳抓耳挠腮，赶忙躲在了青妭身后。随后两人灰溜溜地化为一道青烟，飞回了弱水郡的清泠渊。

帝俊毕竟是三界九州最通达神识之人，在他踏上东武里百阶玉台的时候，早就看到了别人无法注意到的一缕六神无主的青烟，从东武里慌乱地逃窜出去。他摇摇头，叹了口气。

他知道，那两人是青妭和相柳。

帝俊回望这不周山下的弱水郡，不仅感慨这景致确实比六合之渊好。不周山虽从上古以来就饱受争议，但是四时不同且各种美妙。与六合之渊相比，倒只剩下高高在上的阳春白雪。

祝融上神早就一个人站殿前迎接了。

"帝俊，欢迎光临东武里。"祝融依然白衣飘飘，元神红润炙热，一看便知闭关修炼大成。

"祝融兄，你这次闭关时间挺长，还是两耳不闻窗外事？"帝俊慈眉善目地笑，如此数万年的情谊，他俩把酒言欢又岂在一时？只是，祝融从上古到现世三界，总是一番出世的姿态。只要不犯了他的楚河汉界，三界九州的天崩地裂他都无动于衷。

祝融没有回答，只是礼貌地示意帝俊入他的主殿叙旧。同时，祝融还叫人上了几壶上好的金坛于酒，甜涩两味，帝俊和他都不约而同选择了涩味的这壶。明黄的琼浆玉液，宛如秋水长天。

帝俊看在眼里，也没说话。他左顾右盼，却不见麟鹿："你闭关的时间，全靠麟鹿这孩子里外打点，他今天去了哪儿？"

祝融使了个眼神，仙侍们纷纷退下，并顺手关了祝融上神的主殿大门，只留两位上神谈话。

"麟鹿病了。"祝融非常平静地说道，他直视着帝俊的双目。帝俊略有狐疑，怎么最近那么多奇怪的变数？祝融仿佛早已观出他的忧虑，倒了一杯酒，当着帝俊的面，洒在了自己席位的东边：

"帝俊，你猜得没错。青龙是我出了关后，受人嘱托去召的。"

敞开天窗说亮话，帝俊知道祝融的性子，并未苛责。"你说的受人嘱托……"帝俊紧接着问道，"此人可是青妭？"

祝融本来也不打算隐瞒，回答道："是。"

他又看了帝俊一眼，继续说道："青娸的身世坎坷。上古三界，黄帝为人皇，却唯独宠爱一妖族女子，两人孕育出一妖胎，取名为青娸。可是彼时，人世间多奉读京房的《易妖传》，里面常把三界自然的转化之态标为大恶和不祥，世人和仙界对妖兽们充满误解和恨意。"

"可是，黄帝要做这三界九州的人皇，怎么可以与妖界同流合污？于是他把还在襁褓之中，嗷嗷待哺的青娸，送到我的门下。当年我看黄帝声泪俱下，且孩子的仙妖之气还不稳定，就收了她为唯一的关门弟子。"

帝俊感慨，说道："是啊，回忆往昔，黄帝也曾是个意气用事、敢爱敢恨的青年。我一直不喜欢《易妖传》蛊惑人心，早些时日就下令三界销毁，所以现世应该失传了。一来一去，三界九州反而还太平些。"

祝融又举起一觞金坛于酒致意。帝俊也回敬，三杯两盏穿肠，自有话要说："帝俊你知道，从上古三界开始，除非必须，我从不参与这三界九州的纷争。包括三界大战时候，蚩尤曾来我处，和我诉苦，说自己是被冤枉的，我也没有为他在你面前辩驳一次。"

"是的。"帝俊感慨道，"《易妖传》那个时候，甚嚣尘上。有的时候，身在其位，我们都是被推着走的，没有选择。"

"所以，当那日青娸来我处求我，让我帮她召唤青龙。我便同意了。"祝融回答道，"我不知道她召唤青龙是何意，她也执意不肯说。但是为师数万年，我的情谊到了。不过我并没有答应她把青龙带回来。所以，她并没有成功。"

帝俊就着这前后的因果，便联系起来了这几桩事件的关系，他说道：

"创世以来，上神和神兽息息相关，相辅相成，不会轻易易主。

青龙位列六大神兽，如果不是你我出手，是不可能归顺的。又是青妭，青龙更不可能与之为伍。"帝俊说道，"可是青妭不安心去唤醒自己沉睡的父亲，如此执着于青龙，难道是为了复活共工？完全说不通前后的逻辑。"

"她在我这里，从小叛逆，也不太待见她的父亲。"祝融微微一笑，又一杯涩酒下肚，"三界大战的那一幕针锋相对，你我都看到了，黄帝誓与蚩尤和共工势不两立。她这次的真实想法，还是要调查清楚。"

"那……祝融兄，"帝俊放下酒杯，询问道，"扶桑之死到底是因为什么？"

"扶桑，我于他有愧。"祝融说道，"当时现场混乱，我难以分身。扶桑的元神被相柳吃掉了。"

"相柳这个邪妖！既然祝融兄这儿坐实了前因后果，我这就差人把他在清泠渊就地正法。"帝俊愤怒地放下手中的酒杯，这清脆的碰撞声在祝融的殿堂里悲哀缭绕。

"且慢！"祝融赶快制止，并且说道，"相柳应该是青妭计划中的一部分，切勿打草惊蛇。相柳这里，我以后一定会亲自带兵手刃，为古桑精一族报仇雪恨。"

帝俊还是怒气未消，但是点头应允。

"总之，不能让三界九州再次经历那样烽火连天的大战。"祝融继续说道，"我们需要的是千里同风、四海波静。上神之列，我们先合力重塑共工之躯。青龙是共工的神兽，共工回归，青龙的去留应该由他决定。"

"甚好，和我不谋而合。"帝俊点头，"另外，祝融，你可听说了太阴幽荧现世了？他以曜石半首的人形真身出现……名字叫作拂天。我现在一直在寻他，想找来给你做神兽。"

"知道，麟鹿都说了。"祝融完全一副无所谓的样子，"帝俊，神兽无所谓，我这儿有麟鹿就可以了。另外，太阴幽荧是至阴之物，而我的元神是至阳的真火，和这太阴幽荧未必合拍，所以就随它去吧。"

"听我的耳目说，拂天曾短暂在九黎附近的鹿山谷出现过……"帝俊说道，"你就不想去看下吗？没有见过，你怎么知道他是不是你的神兽？"帝俊的言辞之间，虽然感觉是为了祝融的好，想把太阴幽荧收服了给祝融当神兽，但是他其实是想借祝融的神力来网罗这一方只存在于传说中的尤物，为三界所用。可他不知道，混沌之中，至阴也是至阳，相生相化；他更不知道，太阴幽荧拂天就是祝融上神。

祝融本意想着拒绝，但是又想到，屏翳还在九黎，或许可以找个缘由去看看她。便说道："也可以，我去九黎的鹿山谷查看下，有什么蛛丝马迹。"

六合之渊的仙逝丧钟，虽然只有三声，但是却传遍了这三界九州。

正在君子国苦苦求索薰华草的神农和玄武，此时着一身墨绿的粗布麻衣。他俩微服于凡间，有些焦头烂额。神农早就聆听到丧钟声，熙熙攘攘的凡人看着公告随天而降。神农心领神会，知道是他从小带到大的扶桑去世。他眼里噙着泪水，朝着东面弱水郡的方向。

陈国国都的黄帝城里，仙、妖、和人也纷纷涌上了街头，走到都城里的几棵遮天蔽日的老桑树下，排队挂起了福音和平安铃，悼念逝去的古桑精一族的英雄亡魂。

而灵山的妖族学堂里，玄鹤师尊正在和妖堂新入学的幼妖讲课。丧钟声夹杂着纷飞的昭告，如雪花般飘落到灵山深处……玄鹤师尊单手接下这昭告，字字珠玑，如荧光散落。玄鹤师尊哀恸无比。孩子们却是一脸好奇和无知，只见玄鹤师尊慌乱放下手中的书籍，然后背过身，用衣角抹去眼角的泪光：

"孩子们……"玄鹤师尊声音哽咽，"全体起立，朝向东南面的弱水郡，给你们的师兄扶桑磕一个头。万事万物总有消散的一日，但他的离去重于泰山！"

孩子们纷纷站起来，一起诚心给弱水郡方向行大礼。

扶桑仙逝的噩耗，自然也飘飘摇摇传到了天陆之南的九黎，传到了燕精一族和鸣喜落脚的思尤苑。三界诸生，两情相悦的爱情总是一个雾里看花的议题，但是义无反顾的大爱却令所有人尊敬；更多的时候，一个人可以辜负另一个人，却无法辜负苍生和天道，我们称之为"责任"。

·第十二章·

日月忽其不淹兮，春与秋其代序。
惟草木之零落兮，恐美人之迟暮。
亦余心之所善兮，虽九死其犹未悔。

——战国·屈原《离骚》

六合之渊的丧钟声绵延不绝，恍若江湖浮沉般，落到了思尤苑的荷塘上，也轻轻敲打着鸣喜和屏翳客房的窗棂。仿佛回到妖灵学堂的旧时光，扶桑一边在九曲回廊跳跃，一边用手叩击着窗棂的门沿，自说自话吟唱着他自己编纂的歌曲。

岁月荏苒，有关于扶桑的一切，流离失所又不动神色。

鸣喜突然一个噩梦惊醒，赶快开窗去看发生了什么。开窗的一刹那，她忽然有了不好的预感，只见对户的屏翳早已经呆若木鸡……那纷纷扬扬落下的寂寥钟声，犹如六月吹雪和腊月飞絮。

我们总以为晨钟暮鼓，还可流年笑掷。却不知道，有些钟声，再也没有未来。

鸣喜颤颤巍巍，接住飘扬的六合之渊神诏："今有古桑精脉一族少年，名为扶桑，居灵山北，于弱水郡除恶惩善，以元神祭天……"鸣喜完全懵掉了，她身边那只精心绣的香囊也掉落到了地上。那上面，绣着两棵百炼钢为绕指柔的古桑树。而树上栖息的是一只小小的夏蝉。

时光定格，仿佛比未来更久之后，她突然抑制不住地落泪，泪如泉涌，忘记了擦拭——她赶忙起身关上房间所有的窗棂，连思尤苑外戎马倥偬的声响和急切的敲门声，她都不愿意去听到。只见她清冷的客房，被人推开，鸣喜努力让哭肿了的双眼望向入口的光亮，一阵刺眼。

她定睛一看，是皓月。

皓月进来了后，二话不说便上前扶住木讷无言的鸣喜，说道："我都知道，鸣喜，我都知道，他有话让我和你说。"

"扶桑？"鸣喜回过神，问道，"他怎么死的？他说了什么？"

皓月走到房间一边，给鸣喜倒了一杯水，让她坐下。才慢慢介绍了这来龙去脉，大意是说不知道何人所为，还在调查，会还扶桑一个清白。

"那……扶桑与你，还说了什么？"

皓月上仙点点头，用手握住鸣喜的双手，他知道她问的是关于她和他："我和扶桑在弱水郡的那几日，他和我多次提过你和他的事情，容我想想。"

一刹那，看着皓月上仙的样子，她竟然感觉是看着扶桑，音容笑貌，如此可爱可亲：

"他说，其实他知道你喜欢他……他自从年幼寄养在灵山后，除了神农偶尔的照拂，万年都没有人理他，唯独你这只蝉，和他说话。他很是感激。"

"他吩咐过我，如何照顾你，也让我发誓，以后都要照顾好你。"

"他说，你平日最爱香炉和暖风，所以记得房间朝西北的窗子都要关上，切莫让你受风寒；他说，你爱吃花边月圆和莲子糕，只是买两样食物要讲究四季和时宜，让我不要混淆；他还说，你爱剑法，但是练完武后经常把兵器乱扔，所以要做个备忘和整理，这样你永远会在需要的时候，找到你要的那把仙剑……"

花边月圆，上口而化，甜而不腻，愈多愈妙。莲子糕要从九黎采摘，它的口味胜似花边月圆——清而不淡，苦中回甘，令人流连忘返。可是现在的鸣喜，满嘴苦涩，再也尝不出甘甜的滋味。

"扶桑他最后还让我告诉你，他一直把你当唯一的妹妹……他希望你，能幸福平安。"

皓月上仙话音落下，鸣喜已经哭成了泪人。她感觉到痛彻心扉的寒冷，浑身发抖。皓月上仙心痛又动容，把她搂入怀中，并且暗暗发誓，此生不负鸣喜。

扶桑离世之前，在皓月的耳边艰难说了最后一句话，这句点睛，但那是单独给屏翳的。在进入鸣喜房内前，皓月也提前把自己袖口里的遗言飞鸿，留给了屏翳。

……

扶桑形容枯槁，一字一词都是奄奄一息的艰难，字字入耳，历历在目：

"告诉屏翳，我到岸了，让她……莫要挂念。我扶桑此生能爱上她，三生有幸……唯愿她，繁花似锦总可觅得安宁一处，淡云阁雨终有良人眷携此生。"

而屏翳，望穿了这一切的蹉跎。她后悔，自己为什么不叫扶桑早日回九黎。拂天是上仙，吉人自有天相；而她也后悔，她让她最好的朋友无辜丧命；她也无比动容，因为她从没有意识到，扶桑对她如此倾心。

所以自古，情不知何处起，却只叫人一往情深。

弱水郡的清泠渊里，今日青妩感觉心气特别不顺。

青龙在万年前的三界大战中洄游和潜伏到东海，似无意又有意，带走了她现在需要的一样东西。她苦苦寻觅青龙，就是要把那样东西要回来。相柳也是有勇无谋，有的时候更颇为碍事。

那样东西，就是禹剑。

万年前三界大战，蚩尤陨落，他的神器也一同坠落。青娆站在明黄凛凛的黄帝部队的身后，却分明见到了身负重伤的青龙上仙，拼尽全力，头顶苍穹和云海，逆流而上，然后张开龙口，吞下了禹剑。随后他便如闪电般回到了茫茫的东海，蛰伏了万年。春秋一瞬被吹落，分分秒秒破碎难寻。

看来要取禹剑，不能和高高在上的上神们强求，要智取。她赶忙吩咐下人，让他们盯着六合之渊和不周山，有任何风吹草动，都要和她说。

就在她安排手下的时候，突然清泠渊入口有人禀报，说是陈国的少昊将军求见。

她叹了口气，想着这头白虎神兽真的是不屈不挠。从上古三界开始，万万年一直对她缠缠绕绕。她对他的意思也早就开门见山的明确，可他……

"叫少昊进来吧。"

随从带来了少昊将军。他，容颜未改，英气逼人，龙腾虎跃的气势光彩照人。

"青娆，我这两日和玄武在弱水郡谈事，似乎看到你的影子，到处打听终于找到了清泠渊。"

"少昊，"青娆背过身去，"我是不会回去的。"

"这么多年，你还记恨黄帝吗？他有很多苦衷，其实都没有说……"少昊看着青娆的背影，"你是他最疼爱的女儿。"

"如果我是他最疼爱的女儿，他何必在我幼年的时候因为嫌弃我的妖形元神，就送我去不周山？如果我是他最疼爱的女儿，为何一定要我参加这三界大战，看所爱所依同室操戈，导致生灵涂炭？"青妩大怒，元神竟然燃烧出熊熊的阴幽磷火，连少昊看到都退却三分，相柳在一旁更是不敢作声。

"如果，我是这人人俯首称臣的黄帝最疼爱的女儿，他为何不曾信我一分一毫？更不曾信守承诺诓骗我，不仅任由我的此生挚爱殒命——还手起剑落，亲自分尸了我的挚爱？"

"你还想着蚩尤上神？"少昊的眼神划过一丝失落，"都过去这么多年了，他早就死了。为什么往日我对你的好，片羽丝毫，都无法入你的眼？"

"青妩，我今日来找你，就是把这些话说明。我不是来卖弄旧情的。你消失了万年，对家里不顾不问，那天出现，居然是和相柳一个低等小妖苟且，你知道我看得有多心痛吗？！"

青妩一阵落寞，轻轻叹了口气，却两行热泪流下，她拒绝回头："都过去了，不要再说了……"

"青妩，今日我少昊到了清泠渊，就是告诉你一声，黄帝快不行了。他近段时间气若游丝，如若不是靠我每日的元神之力滋养，他根本撑不下来！这个事情，我连帝俊都没有说，我唯恐三界九州有变。现在，神农上神竭尽全力在这四海八荒给黄帝找薰华草让其复苏，鞠躬尽瘁——而你呢？"

青妩动容，却依然背着身子。她不愿让少昊看到她的表情。她从小就是那么要强，不想让他人参透她，也不愿流露出毫厘的脆弱。

"有空了，回陈国去看看你父亲吧！"少昊转身准备走出青妩的官邸，却停了下来，他侧脸回头看着青妩不回头的执拗背影，"黄帝，三界九州的呼声再高，他终归是个人。为父一生，他也有这执念、不舍和无奈……"

话音落，少昊便毅然决然离开了清泠渊。青妭经历了什么，他都知道，他也都理解；可是他也确实不知道，青妭真正经历了什么，让她对蚩尤如此执着。

少昊离开后若干时辰，青妭才缓过气来。她转过身子，青青的戾气才稍有退散。青妭满脸泪水。她看着这空洞的来处和这空洞的去处——来来去去、本就是同条道路，如鱼饮水，冷暖自知。

所以自古，情不知为何物，却叫人以身相许。

"缺月挂疏桐，缥缈孤鸿影，惊起却回头，有恨无人省。"思尤苑此时此刻捡不尽回忆的寒叶枯枝，谁可还幽人一轮明月？

玄冥陪着屏翳，在闺阁客房里。两姊妹相顾无言，玄冥知道，扶桑一去，屏翳是伤痛的。没有招呼和礼仪，只见屏翳客房的大门突然被狠狠推开了。

只见鸣喜，一脸漠然视之。屏翳一惊，看到鸣喜过来，一阵心虚和后悔，想躲却无处可躲。

"鸣喜今日有一事，想请教屏翳殿下。"鸣喜突然双膝跪下，冰冷且坚定，她的双眼已是滴水成冰。折胶堕指，雪虐风饕，不过"心死"二字。

屏翳赶忙跑向前，也双腿跪地，抱着下跪的鸣喜，哇哇大哭。玄冥拦都拦不住。

只见，鸣喜满眼早就干涸了，她与那记忆里的扶桑，相顾无言，泪无千行。

"屏翳殿下，你当日既然已经知道了陷害玄冥殿下的凶手是青妭……"鸣喜一字一句说道，强忍着双肩的颤抖，"那日，你可否如我所求，要扶桑回九黎？"

屏翳仿佛一个做了错事的孩子，大声哀号，哭声如雷。

"屏翳殿下，你既然已经知道了陷害玄冥的凶手是青妭……"，

第十二章

鸣喜重复着刚才的话，继续不依不饶，"那日，你可曾诓骗了我？让扶桑在弱水郡去保护你的拂天上仙？"

玄冥也大吃一惊，她那日醒来，在马车里，和屏翳以及鸣喜一起，她也以为她召回了扶桑。

"对不起，鸣喜……"屏翳梨花带雨，再也无法苛求鸣喜的好脸色。

鸣喜终于忍不住，哭干眼泪的双眼已经如一汪死寂的潭水。她甩开屏翳的手臂，双腿继续跪着，给屏翳和玄冥的方向重重磕了三个响头：

"屏翳殿下，玄冥殿下，恕鸣喜要道别了。燕精一族，气宇轩昂，福泽深厚，此处早已经没有了我小小一只蝉精的容身之地。"

"鸣喜感恩两位殿下和燕皇后的知遇之恩，但大仇未报，鸣喜要去完成扶桑未完成的事业。"

屏翳几乎哭昏了过去。玄冥经历过大风大浪，她看着一片狼藉，对着这一脸憔悴的鸣喜道："允了，起来吧鸣喜！"玄冥说道，"斯人已逝，鸣喜节哀。"

鸣喜如木头人，完全没有一个应答。房门外，还站着皓月。

他不知道如何慰藉鸣喜，鸣喜此刻油盐不进，雨露不沾半毫。也许，他能做的只有岁月静好的陪伴。他甚至有点后悔，和她火急火燎说出了扶桑的遗言，还傻到和盘托出一个真相——扶桑是奉旨行事，继续追查元凶。寥寥几句话，掀起了如此大的波澜。

今夜的思尤阁，每个人都心怀故事，明月依旧，可是此夜无眠。

·第十三章·

百岁之约何悠悠，华发星星稀满头。
峨眉蠕首聊我仇，圆红阙白令人愁。

——唐·李咸用《长歌行》

鸣喜早就失去了踪影。

过了些时日的某个清晨，屏翳徘徊许久，想去鸣喜房间解释，可是打开了鸣喜的客房大门才发现，已经是人去楼空。皓月上仙也早就回了帝俊至尊的六合之渊复命。

但是鸣喜去了哪里？她应该去了弱水郡。她要去找的也应该是青妩。比起愧疚和后悔的情绪来说，现在的屏翳更多的是隐隐担忧。

而对于鸣喜来说，拂天那日最后一次在鹿山谷出现，屏翳早就和她交代了事情的来龙去脉。屏翳说了谎，鸣喜依靠不了屏翳，她只能自己找青妩去论理。而青妩所在的居所——清泠渊，她也是百般央求，才从皓月那里知晓的。不过皓月唯一的要求，是陪同她一起前往。

清泠渊外，侍从们禀报，皓月上仙和五虫之尊的女儿鸣喜求见。

无事不登三宝殿。青妩本来正要打算闭关几天，可是想了想，当日在灵山千年的比武论道，和这两个孩子有一面之缘，看看什么事情再议。

　　青妭应允。

　　皓月上仙驾到，文质彬彬；而鸣喜翩跹而至，比起那日灵山十巫台所见，憔悴不少。

　　"皓月，鸣喜"，青妭略微有些倦意，漫不经心地问道，"什么东风把你二位招来了？"

　　"皓月拜见青妭上仙！"皓月双手作揖，看了鸣喜一眼，鸣喜行尸走肉般站着，岿然不动。

　　"皓月只想了解个事情。望青妭上仙明示……"

　　还没等皓月上仙说完，鸣喜直接果断地插话打断道："青妭上仙，是不是你杀了扶桑？"

　　青妭本以为，皓月和鸣喜一起，是来问她十巫台相柳的事情；没想到竟然质问她一个小小桑树精的生死。她不动神色地看着鸣喜，复盘起来——似乎那日在灵山，皓月对鸣喜有所示好，但鸣喜却总是盯着屏翳。这么说来，她当时盯着的不是屏翳，而是，屏翳身边的扶桑。

　　到底是旱神青妭，稍稍一复盘，就看透了这桩红尘往事。也或许，是她自己有过类似的经历和情劫，才有如此不言而喻的明了。

　　"不是我！"青妭看着鸣喜，坦白地说道。确实如此——夺取和吃掉扶桑元神的，是相柳。她那个时候正在和青龙博弈，无知者无罪。另外，话说回来，青妭从不认为自己和相柳是一边的，她怎么会和这个无德性的妖仙败类同流合污呢。只是因为有图有利，才不得不和相柳绑在了一边。

　　皓月给鸣喜使了个眼色，补充道："那么，皓月只想了解一个事情，为何青妭上仙之前要屡次带走玄冥？"

　　青妭面带笑容，可内心却甚是不爽。不想，她与相柳，和拂天在十巫台和鹿山谷外的两次交手，却成了她落人口实的把柄。

"因为，我需要她帮个小忙……"青妭坦然答道，"只是后来发现她解决不了。不过，我对玄冥，毫发无伤。皓月，你们二人，若下次上门来治我的罪，请帝俊至尊带来诏书帖子来。"

看到前辈青妭愠怒，皓月多少心里有了着落。其实他前不久回到六合之渊了解过，八九不离十，青妭还是为了召唤青龙才屡屡叨扰燕精一族。而她，是否是杀害扶桑的凶手，没有证据，不好指认。于是他赶忙拉住鸣喜赔礼道歉："冒犯了青妭上仙，我们马上离开。"

鸣喜不知道该说什么，想报仇却无门。她不甘心，任凭皓月怎么拉她，都一动不动。

见鸣喜这般，青妭略微感怀，这只蝉精和当年的她极其相似。于是，青妭把语气和姿态都放了下来，并取下头上一支精雕细琢的青铜发簪，放到鸣喜手里。鸣喜惊讶，抬头却已经是满脸泪水。青妭知道，爱无果、恨未决，泪水千行，她是为了扶桑。

"鸣喜，我能体谅你此刻的心情，请节哀顺变。"青妭继续说道，"这个是我随身多年的青铜发簪，我留给你。孩子，记住，思悠悠，恨悠悠，恨到归时方始休。既然不能改变宿命，你可以选择接受，也可以选择改变自己。"

鸣喜听着，似乎有所感悟，紧紧握住了青铜发簪。今天她本是来寻仇的，没想着回去。没想到，青妭和她刻板印象里的旱神大有不同，她甚至有点刮目相看。

于是乎，她抹干眼泪，对着青妭道别："谢谢青妭上仙。"

话音落，皓月赶快带走了鸣喜。看着他们离去的背影，青妭叹了口气。

随后，她对侍从说："清泠渊从今天起，闭关一百年。我要闭门修炼和养精蓄锐。"

"是，青妭上仙。"众人退了出去。

……

神农和玄武还在四海八荒内为薰华草而上下求索。

薰华草，又名熏草。据古书中记载，"又西百二十里，曰浮山……有草焉，名曰熏草，麻叶而方茎，赤华而黑实，臭如蘼芜，佩之可以已疠。"而《鸿荒传》的残篇上次说起的君子国、浮山与更为神秘的肝榆之尸，这三个地方相距甚远，以神农和玄武的神力，搜索这三个地方，至少也要百年。可是为了让昔日挚友黄帝苏醒，神农甘愿披星戴月。

神农和玄武虽然在君子国未寻到薰华草，但这次还是如愿找到了浮山，因为缺乏更多的记载和考究，他们也不知道自己要面对什么。

浮山本也是仙山，是天陆中原的一个丘陵。本来就是一个丘陵，却扑朔迷离，看山不似山，见岛不像岛。机缘至，神农上神终于到了。在进山之前，他想了想，回头看着玄武，嘱咐道：

"玄武，你先回弱水郡吧。扶桑的离世就怕是天命有异变。我感觉弱水郡会有大事发生。那里现在是你的管辖之地，你该回去司职。"

玄武不舍，跪地请求明示："玄武怕上神有什么意外……可否叫人陪同上神？"

"不需要。你可别忘了，在成为炎帝之前，我是上神的品阶。"神农微笑地扶起玄武。

"是！"玄武允诺，恭敬不如从命。

话音刚落，神农一席粗衣蓑笠，回归本真，如若一个撑船的老伯，风尘仆仆地进入了这雾霭茫茫的浮山。

不周山的东武里，日月不朦胧。麟鹿终于在浑浑噩噩之中醒来了。他睡了一觉，好像生了一场大病，也好像宿醉一场。三山屹立相犄角，百里连亘如长城。也不知道他前尘半生做了什么错事，额头居然长了两个角，灵光闪闪。

祝融上神刚刚听侍从说麟鹿清醒，就急急匆匆赶到偏殿，探望他的仙兽。

祝融推开门一看，发现麟鹿瘫在床脚，一脸哭丧相，青铜剑也摔落到了地上。原来，他还是小孩子脾气，醒来摸到了额头异样，就拔出自己的青铜剑照了照。

现在一脸哭相，仿佛一个絮絮叨叨的小怨妇。

麟鹿一看祝融上神驾到，仿佛受惊的小鹿，马上躲到了床边的楹柱后面，露出半边脸张望。

"麟鹿，出来吧。"祝融好言相劝，眉目含笑，在此处的"笑"，自然不是嘲笑的"笑"。

"神尊，我长了一对角……"麟鹿嘟囔着走出来，一脸不开心。

"你本身不就是一头仙鹿嘛，到了年纪长出犄角，很正常。"祝融上神安慰道。

"可是神尊，我和其他仙鹿真的不一样；别人是鹿茸，我这个……这个，明显是蛟龙的犄角。而且，为什么这数万万年都没反应，偏偏到了这个时候出现？"

祝融上神看破没说破，他知道，麟鹿说的"这个时候"，是他暗恋很久的青妭出现的时候。可是祝融上神的担心不仅仅是这些。只有他知道，麟鹿的蛟龙双犄真正的来源。

他的思绪回到了那万年前三界大战时的一段往事。

万年前三界大战，蚩尤上神带领共工上神，对阵炎黄一族。交战双方本打算在昆仑墟不远的共工台开战。共工带领他的能将青龙和相柳，早已扬言必将誓死抵抗。炎黄一族的人界，畏惧共工之灵，迟迟不敢往共工台射箭。

可实则却是，那日炎黄一族在共工台出现了一个不速之客，那就是黄帝的爱女——青妭。

到现在，毫无考据，也没有人知道她在那里干什么，只是青妭誓死也不让炎黄部队放箭。

祝融和帝俊虽然没有参战，都不约而同躲在暗处观望。不知道哪个黄帝部队下的士兵，手滑了一下，一箭虚发，却射中了青妭的左胸。青妭落下了共工台。黄帝和蚩尤都大惊。青妭被以迅雷不及掩耳之势带回陈国的国都黄帝城医治。对立的两军那次便作罢散去。

事隔不久，蚩尤上神单独带着一支九黎小部队，在逐鹿兴兵讨伐炎黄二帝。黄帝就下令他的坐骑应龙将军到冀州的野外回击蚩尤的精锐步骑。应龙的神力是驾驭水，可散可蓄，非常厉害。蚩尤上神看到自己的部队快被大水淹没，干脆将计就计——召唤了大将禺强，精通风雨之术，降下狂风骤雨。这见招拆招使得应龙无法驾驭大水。

本要获胜之际，黄帝却意外叫来了一个人应战，那就是青妭。青妭本元旱神，她作法后，大风止，暴雨停。蚩尤见到青妭后，仿佛中了蛊，完全放弃抵抗。

于是，黄帝用了人多胜寡的招数，集结了一小部军队，同时带领炎帝的北方精骑，一举打败了蚩尤率领的九黎小部队。

三界大战发端之前，黄帝最初和帝俊的约定是——蚩尤被抓住后，送交六合之渊审问。可是不知道为什么，黄帝那日却杀了蚩尤，并且分尸成了三部分，以儆效尤。盘古开天地以来，从未有人敢弑神！蚩尤被分尸当日，天地一派"难禁有漏诸天雨，不断无名两岸山"之风雨飘渺状。天地九州为之哭泣，更有六位上神旗下各兵将手里的神兵利器自断，感召战神"不战而亡"。

祝融上神想到此处，心生哀恸，也感怀与蚩尤的故友之情。还好那日他在关键时候，用神力偷偷护住了蚩尤的三段分身，它们便是燕皇后之前提到的，蛟龙双犄，五彩翼展和玄金骊身。祝融把其中的蛟龙双犄，放到了年幼的麟鹿元神里，数十万年漫漫滋养。

而这玄金骊身和五彩翼展，还要说说这后半段。

没错，三界大战还有后半段。

按《鸿荒传》残篇里的记载，共工为了蚩尤被杀的事情，和祝融争执起来，不小心撞坏了盘古开天辟地的擎天立地柱。待帝俊赶到的时候，已经几乎天崩地裂。于是帝俊至尊发起通天地的神识，召唤出了创世真神女娲的最后一丝神息——虽然只是一丝微弱的神息，却足够拯救芸芸众生。毕竟，帝俊可是女娲创造的第一个泥人。

但《鸿荒传》没有记载的是，盘古的擎天立地柱便是祝融亘古坐镇和守护的不周山。不周山断，天地亡，所以被召唤出的女娲真神当机立断，和祝融要走了玄金骊身，幻化筋骨之后，重新架起了快要崩裂的不周山。可是，天机苍穹也破了个大洞，女娲又取了一块传说是自弱水河里拾来的五彩神石补天，祝融知道，五彩翼展和五彩神石有着千丝万缕的联系。

上述所有三段蚩尤分身的真正位置，只有祝融一人知道。如今，祝融担心，麟鹿头上的蛟龙双犄突然重现，可能意味着蚩尤正在慢慢复苏。蚩尤归来，三个分身必定归位。先不说五彩翼展……如果蚩尤的玄金骊身要归位，那么不周山又将倒塌，他和帝俊最担心的天崩地裂又要重新上演。这个秘密，也许再也藏不住了。

· 第十四章 ·

指炎神而直驰兮，吾将往乎南疑。

览方外之荒忽兮，沛罔瀁而自浮。

祝融戒而跸御兮，腾告鸾鸟迎宓妃。

——战国·屈原《远游》

自从鸣喜离开了思尤苑，屏翳就特别想念她。她嘱托燕精一族耳聪目慧的侍从们在弱水郡寻找鸣喜，但一无所获。后来她又硬着头皮，托人去问了皓月上仙，才知道鸣喜已经回了灵山，回到了她父亲身边。

而拂天却完全消失了。有人说他消失在了昆仑墟附近，也有人说他去了西域。

扶桑出事后，屏翳就意识到拥有实力是多么重要的事情。如果自己一事无成，那么不仅不能保护别人，还会连累周围人的性命；如果自己强大，不仅可以救人，还可以造福苍生。她看到阿姐玄冥，因为涅槃已经有了上仙的实力。自己虽然实力平平，但是体内终归有拂天一半的妖仙力，所以她决定，一定要卧薪尝胆、刻苦练功。

等待拂天下次出现的时候，他也一定会对自己刮目相看。

玄冥也看出了屏翳的决心，一直都孜孜不倦地指导她一些基本招式。一来二去间，她发现九黎的丹阳对妹妹非常上心。断雨残云和晴天泪海都比不过朝朝暮暮的相处。玄冥不希望她每天脑海里就只有拂天。于是，她决定让丹阳来辅导屏翳一些招式。

那日，玄冥正在教屏翳练习轻功。

"屏翳，我们是燕精一族。"玄冥说道，"所以这飞翔的能力该是与生俱来的……那种感觉恍若走在了这天地之间，呼风唤雨的威力大大加持。"

"阿姐，我怎么一直都学不会呢？"屏翳每次运功，招式没问题，可自己却是纹丝不动。

"你可以试一下先屏息聚气在丹田。"玄冥示范起来，只见她全然不动，却突然背后冲出一道火光，然后一道朱雀的玄鸟双翼从元神中伸展开来，金光直冲云霄——随后，玄冥轻巧地飞了起来。

屏翳好生羡慕。玄冥收起双翅，落下来，说道："我们还属于正常的飞翔。我们都无法像上神们那样随心所欲不逾矩。他们不需要翅膀就可以行走在天地之间。"

"哇……那你的主神，蚩尤上神，想必当年也是吧？"屏翳好生羡慕地望着玄冥。

"蚩尤上神不是！"只见丹阳出现在了思尤苑，"六位上神里，唯一只有蚩尤上神要靠元神的五彩翼展现形，才能飞翔。这反而成了战神的掣肘，因为敌军可以直接射落他的五彩翼展。所以，早些年他便基本不飞，和人界一样，最擅长陆战。"

"不过好在他有朱雀。"丹阳对玄冥点头致意。玄冥笑了下，知道了他的意思，"屏翳，蚩尤上神有玄冥这样一位羽禽界的神兽助力，再加上他麾下的大将，比如禺强。一个团队可以弥补很多不足，所以他们一直所向披靡。蚩尤上神是我们九黎的骄傲。"

"屏翳，丹阳来了。你和他多学些技法，比如剑术和轻功，也可以给你些启发。"玄冥识趣地道别，走向自己的房间。

玄冥一路走还咯咯作笑。屏翳也是快要婚配的年龄。而她和丹阳这个人族皇子，看起来郎才女貌："今天就帮阿妹和母神说说，给他俩定下这门亲事。"她转身就折去了燕皇后的屋子。

待玄冥一离开，丹阳就跑去屏翳身边，殷勤地询问她是想先练剑法还是轻功。屏翳心想，还是从最难的来吧，于是便选择从剑法开始。

自从拂天消失，她才发现，原来她会的仙妖法术，别人都会；但是剑法和轻功好，能速战速决。她梦想一日，剑术境界可以涅槃——练时无人似有人，用时有人似无人。

丹阳拔出自己的青铜剑，轻轻交到屏翳的双手里。他想看看屏翳的剑术到底如何。果不其然，屏翳一脸尴尬，停停打打，连双脚和双手的招式顺序都没记清楚。丹阳心想，燕精族的二公主也真是惹人怜惜，长这么大，连剑术的要诀都没有人教她。

"丹阳，是不是很丑？"屏翳很不好意思，"我是剑痴，这里的痴，是白痴的痴。"

"你需要多训练……"丹阳安慰道，"有我在，加上你的聪颖，不出几年你就可以出师了。"

枪为百兵之王，剑为百兵之君。

"啊……还要几年？"屏翳很是忧愁，她一抬头，却发现丹阳已经开始挥舞起剑了——俯仰之间行云流水，他身轻矫捷且动作干练，再结合人间的轻功，感觉丹阳比仙妖们靠法术拼凑的剑法还要利落很多。她连连鼓掌，丹阳瞬间笑得满脸缤纷。

可是鼓完掌，屏翳心里想的却是，拂天的剑法应该更棒吧，毕竟他可是位神兽呢。

"想什么呢？"丹阳看出屏翳有点心不在焉。

"你说拂天会不会飞啊？"屏翳小声嘟囔着。

丹阳立刻醋意大发，仿佛是开玩笑般，没好气地说道："你还惦念着那个太阴幽荧？他元神就是个光圈，最多也就是在地上滚吧……现在有我这么一个英俊潇洒、武学并济的九黎太子在你面前，屏翳你居然还想着别人！"

"我……拂天救过我的命，还给了我半身修为，我自然是会多挂念几分。"屏翳掩饰道。其实因景生情都是借口，她无时无刻都会想到拂天，仿佛呼吸一般。她知道，自己很喜欢拂天，但更多的时候，她怀疑自己的情绪是后遗症，来自体内太阴幽荧的半身妖力。

再者，她喜欢他有什么用？风起云涌，拂天和她从来没有说明心意，也没有什么海誓山盟。

"对了，你既然有神兽的一半妖力……"丹阳说道，"按道理轻功完全不在话下。但是，玄冥上仙教了你这么久的妖仙法式都不管用。那你或许可以试试我们人间的轻功，也许可以帮你找到飞行之术的要领。"

"屏翳，你先站直，闭上眼睛。"丹阳站在她的身后，他能闻到她长发扬起的绵绵荷香，此情此景，他甚是心满意足。旧时王谢堂前燕，飞入寻常百姓家——那合家团圆的幸福，和两情相悦的温存，早就超过了三界九州的一切珍馐。

丹阳更靠近了屏翳几分，在她耳朵边绒绒私语道："气沉丹田，功用无息法自修。你的双足便是你的双眸，意会体悟。"

"屏翳，睁开眼，看到思尤苑这前面的横梁和楹柱了吗？跟着我来。"待半炷香工夫，丹阳便说道。

屏翳睁开双眼，说时迟那时快，只见丹阳如同飞檐走壁，又仿佛荷花池里的蜻蜓点水一般，三两步就上了思尤苑的大门门槛。屏翳努力按照要领，跟着丹阳的步伐，还别说前两步，屏翳还真有身轻如燕的感觉，可惜第三步，就当她要踏上离地十几尺的门槛的时候，只感觉脚下一空，身子一斜。

丹阳倒吸一口冷气，正打算跳到地下接住她，却因为心急，自己摔了个嘴啃泥。而屏翳却迟迟没有落地，她的锦罗玉衣，只是从地面微微一扫而过。

丹阳抬头一看，只见一气宇轩昂的素衣郎君，剑眉星目，正站在思尤苑的大门门口，他双手抱着的——准确说，应该是接住的，便是屏翳。而屏翳，完全呆若木鸡，看着那男子发呆。

此时的思尤苑，十里荷花，三生三世都与时舒卷；和光同尘，五湖四海皆吉相止止。

丹阳站起来，正要苛责，定睛一看，却发现眼前冷若冰霜的郎君竟然是祝融上神。他赶紧站起来，整了整凌乱的衣服，双手作揖道："丹阳参见祝融上神。"

而此时在祝融怀中的屏翳，三缄其口，是因为这个祝融，从他的体型、气息到长相，简直都太像拂天了……然而，为何他贵为火神，却如此凉薄？他看着屏翳，感觉就是顺手扶了一把陌生的丫鬟。也许对于上神的品阶来说，屏翳确实真的是个普通的沧海一粟吧。

"我……"屏翳发现自己失态了，赶快推开祝融上神，"屏翳参见祝融上神。"

祝融抖了抖仙袖，一句话没说。只是继续向着屏翳母神所在的大殿走了过去。这个时候，玄冥正在母神那里说着亲事，不知道今日祝融上神会大驾光临。

屏翳赶忙悄悄跟上祝融上神的步伐。祝融走进大殿后，侍从们便关上了门，屏翳赶忙趴在大殿门外偷听，任凭丹阳怎么拉都拉不走。

祝融走进大殿，玄冥和燕皇后都有些惊讶，赶忙行礼。玄冥抬起头，她和屏翳的反应一样，也有种眼熟的感觉，总感觉在哪里见过。

"燕皇后，这段时间在九黎住得可否习惯？"祝融坐在了燕皇后的主客位的檀木椅子上，"帝俊知道了上次你们在鹿山谷遇袭的事情，让我看看你的伤好一些了没有？"

"九黎气候宜人，四季如春，甚好。而我的两个女儿在技艺上都有了增进。"燕皇后赶忙说道，然后看了玄冥一眼，"至于鹿山谷的事情，不过一点皮毛伤而已，已无大碍。"

"玄冥拜见祝融上神！"玄冥忙作揖道，"玄冥年幼，近期才羽化成朱雀。彼时在《鸿荒传》残篇里读到祝融上神的故事，今日得见上神果然气宇轩昂。"

"我这次来，是代表帝俊来感召扶桑的。"祝融说道，"他的牺牲帮助我们三界九州查清了一些事情的原委。燕皇后，我知道扶桑一直尽心辅佐和帮助燕精一族……你们有教无类，能培养出扶桑这样的人才，真是雏凤清声。这次，便请节哀顺变。"

"谢谢祝融上神和帝俊至尊！"燕皇后鞠躬，玄冥也赶忙双腿下跪，半分表达对扶桑的敬意。

这时，在门外偷听的屏翳，不禁嘟囔了一句："什么上神，不早来，现在才来，可怜扶桑都走了那么久了……"

祝融和燕皇后以及玄冥都感知到了这个冒失屏翳的存在，殿内的三人一齐望过去，只见屏翳那鬼头鬼脑的样子在日光下，倒映在大殿的纸窗上，鹿皮苍璧之相简直贻笑大方。燕皇后赶快请罪："这……在外面的是我的小女儿屏翳，从小有点不学无术，但是并无恶心，估计是她想一睹祝融上神英姿焕发的尊容，所以才偷听。"

"刚见过了……"祝融皱了皱双眉，仔细看了看屏翳熟悉的轮廓剪影，也就没多说话了。

"如果小女屏翳有冒失之处，我代她和您道歉。另外……"燕皇后看了一眼玄冥，俩人彼此点了点头。

玄冥侧身一抬手，示意侍从把殿外的屏翳和丹阳带了进来。

玄冥和丹阳来到了祝融的面前，丹阳还是恭敬之相，而屏翳清秀的眉眼一直偷偷打量着祝融。

"九黎的上神蚩尤一直没有归位，正好祝融上神今日大驾光临思尤苑。其实，今日有一门喜事。我的小女儿屏翳也到了及笄之年，而她和丹阳郎才女貌。所以我和玄冥刚才商量，为屏翳和丹阳定了门亲事。明媒正娶，我们说亲的大妗姐已经去了丹阳的父皇母皇处洽谈了。"

"不过，依照我们妖界的传统，还是需要一位上神在场应允，才算是做了数。"

祝融垂眉，蓦然回首，认真看了屏翳几分。他这一瞥，却都没看丹阳一眼。

屏翳还如十巫台上那懵懵懂懂的样子。她东张西望，元神闪着混沌五彩，清净又火热，涌动又不兴；而她的发髻，桀骜不驯地垂落在那熟悉的鹅蛋脸两侧——她愈是低眉顺眼，愈是满腹奇技淫巧的"坏"心思。这一幕，他曾日日在那十巫台领教过……

只是她，今日就要嫁人了吗？她会开心吗？自己会开心吗？祝融陷入矛盾的思索里。

"丹阳愿意！谢过玄冥上仙、燕皇后和祝融上神！"祝融还没给个应答，丹阳居然就对着燕精一族行了孝亲大礼，这可是他梦寐以求的。

"玄冥就这么一个妹妹，希望祝融上神可以成人之美。"玄冥也双手作揖，想和祝融讨个彩头。

祝融回头看了看玄冥，又回头看了看屏翳。只见屏翳眉毛一挑，一脸的不爽。祝融上神想笑又不能笑，但是看到屏翳的不开心，他居然心花怒放。他依然一脸冷漠，转向玄冥和燕皇后说道：

"六位上神中，我是最不适合牵姻缘线的，当然我也从来没试过。这次我是奉旨来悼念扶桑的，一丧一喜，道义上也转得太快了，怕是传出去，古桑精一族也会腹诽心谤。所以，慎言。"

听到祝融的话，屏翳暗自舒了口气。她活灵活现的叹气表情被祝融看了进去。屏翳还是那么直率。而其他三位面面相觑，也不敢再多说了。

"我还要去鹿山谷，先告辞了。"祝融一挥仙袖，走出了思尤苑。临走前，他看了看屏翳，清清淡淡地说道："你不适合人间的轻功，以后别练了。"

·第十五章·

惨惨云头暗，绳绳雨脚垂。
定应来洒道，不是故催诗。
热解非无益，凉生正所宜。
多情如屏翳，相戏即相知。

——宋·郭印《值雨》

　　"浮生如梦能几何，浮生复更忧患多。"努力习武的屏翳其实内心无比沮丧和颓废。当日十巫台上的看客，很多人认为她足够幸运，千钧一发之时总有吉人相助；但是在她自己眼里，自己就是一颗晦气的扫帚星。因为拂天和扶桑皆为了她，失踪的失踪，殒命的殒命。现在半路又杀出一个和拂天长相一模一样的祝融上神。她不知道是应该开心还是难受。

　　"鹊七，祝融上神你可曾见过？"屏翳坐在闺房内，端着平日里最爱的百合粉，一边拿着汤匙搅动着绵软的粉浆，一边貌合神离地问道。

　　"小殿下，祝融上神一直与世隔绝，鹊七也是第一次见到。"鹊七回答道。

　　"这个祝融上神，看起来冷冰冰的，却又有点眼熟……"屏翳心事重重，自言自语嘟囔道。

"对了小殿下，听说祝融上神没有给您和丹阳指婚，"鹊七思考了片刻，提醒道，"不过你别担心，燕皇后打算过段时间和神农上神去说这个事情。"

屏翳叹了口气，想到不见踪影的拂天，失望地说道："父母之命，媒妁之言，我哪有什么选择。我只希望，母神别这么着急把我嫁出去。"

屏翳正有些郁郁寡欢之时，只见燕皇后的侍从鹊巧急急忙忙推开她的房门，三步并作两步走了进来："屏翳小殿下，祝融上神又来思尤苑了，他唤您过去，说是有要事相问。"

屏翳急忙跟随着鹊七和鹊巧，来到了燕皇后的房内，却见祝融正怡然自得地喝着九黎名门望族特供的北苑御茶，一脸不阴不阳。屏翳见此状，很是不爽。她就是觉着一个上神例行公事，却硬是要整得偌大的思尤苑鸡鸣狗跳。眼前这个祝融上神，果然不像和蔼可亲的神农上神，也不像低调善良的拂天，就知道摆个臭架子。

虽然祝融上神对自己有"不赐婚"之恩，可是这也不代表他能那么甚嚣尘上吧。屏翳悄悄做了鬼脸，装模作样说道："屏翳拜见祝融上神。"她不太情愿地行了个礼，一脸的桀骜不驯。

"屏翳，这次叫你来是想问问你关于拂天的事情。"祝融放下茶盏，看着屏翳面无表情。他早就参透了屏翳的面从腹诽，不过屏翳这只小燕子还是一如往日的清丽可爱。

"拂天？哪个拂天？太阴幽荧的拂天？"屏翳吓了一跳。

"没错，"祝融放下手中的茶盏，"我方才问过，燕皇后和玄冥都与十巫台上的观者一样，只见过黑曜半首……那日拂天能从十巫台上带走你，后来又在鹿山谷救你，你们关系应该不简单吧？"

"我……"屏翳突然浑身冒出了虚汗，不知道该怎么回答。对，她确实见过，可是拂天已经失踪了，而又冒出一个一模一样的祝融上神，她真不知道是该说还是不该说。

"你慢慢想清楚了再说。"祝融一字一句，话音抑扬顿挫。屏翳抬头看他，简直是拂天本尊。

"没关系的，屏翳，祝融上神也是公事公办查问拂天的下落，不会罚你，"燕皇后在一旁说道，"你诚实地说出来就好。"

"我见过拂天不戴黑曜半首的模样。"屏翳打断了燕皇后的话。一旁的玄冥则是惊讶得瞪大了眼睛，其实拂天也救过她，可她真是从来没见过拂天的长相。

"我不想隐瞒什么。毕竟，每次我不说清楚，好像总会有人遭殃，比如扶桑。"屏翳突然难过得低下头，自言自语道："其实，我在十巫台的功夫都是拂天他教给我的。但是那个时候我真的不知道他是太阴幽荧。直到受伤后在房间里醒来，才听鹊七说了。"

一旁的鹊七赶紧点头。祝融神色凝重，不知道屏翳是触到了他的哪根弦，他仿佛万分不悦。

"祝融上神，无知者无罪。"燕皇后赶忙解释道，"十巫台后，小女屏翳确实一直昏迷不醒。是拂天救了屏翳，想必拂天没有坏心思。只是他全程一直都戴着黑曜半首。之前帝俊也差人来问过。"

"屏翳，拂天长什么样？"玄冥也忙着给屏翳解围，毕竟祝融上神平时不喜欢交往，一来一去的暴脾气也没人摸得透。玄冥赶快给鹊巧递了个眼色，说道："他是好是坏你也不知道，不如今天干脆画出来，方便祝融上神寻找。"

鹊巧赶忙递上笔墨纸砚。屏翳抬头看着祝融，祝融的双手微微握紧，却炯炯有神地盯着屏翳不作声——他俩对视须臾，俯仰之间却仿佛已经走过了浮生六梦。

屏翳提起笔，认认真真画起来。祝融则低下头开始喝茶。其实祝融的内心却有些发怵。心想着屏翳莫不会傻到真把他供出来吧？从上古到现世，他已经隐藏了许久。如若这一朝一夕被屏翳揭发出来，他又该怎么圆这一通故事？

描描画画间，鹊七和鹊巧站在一边点头一边说道："这画像里的郎君看着感觉很是眼熟。"

燕皇后和玄冥赶忙走过来，她俩定睛一看，纸上的居然是祝融上神……

"屏翳，画好了吗？"祝融悠悠说道。大家回头看看祝融，火神的威仪令人不寒而栗。

玄冥小声呵斥道屏翳："你搞什么鬼，画祝融上神干什么？我们燕精一族都不要命了？"

"我……"屏翳有点无辜，回答道，"我画的是真的。他俩长得很像，我没说他俩是一个人。"

"祝融上神不可能是拂天，他的元神是至阳之火，拂天的元神是至阴的月晕，不说衣服黑白不同，元神便不会有假……"燕皇后看了一眼，严厉地用手指叩了下屏翳的脑袋，"你啊，估计不是在鹿山谷的时候被曼陀罗伤了记性，就是不该看的神鬼话本看多了！"玄冥也赶紧点头表示支持，因为元神的本质差别，她和燕皇后都是看得分明的。

"看来屏翳的画工是鬼斧神工，"祝融上神看到座下的燕精一族七嘴八舌的讨论声，觉得有些聒噪，"完工了就把画拿上来吧。"

"祝融上神稍等，小女屏翳丹青功夫浅，她修改后马上给您。"燕皇后对祝融上神作揖道。

……

许久，鹊七才在燕皇后点头示意后，将画卷呈给了祝融过目。祝融接过画纸，一眼辨认出了自己的相貌，不过屏翳在人像的双目附近，画上了道道的蛟龙鳞片，有些怪异。

"屏翳，"祝融微微一笑说道，"难不成这拂天戴黑曜半首是为了遮住脸上的鳞片？"

屏翳支支吾吾，瞄了眼玄冥和燕皇后。

"这画我收下了，"祝融细细卷了起来，将画作藏入了仙袖里，"画得很是栩栩如生，三界九州之内，应该是很容易辨认了。"

屏翳无语凝噎。她感觉祝融这话，是反讽和嘲笑。

"燕皇后，"祝融又转向玄冥和燕皇后，"我今日来，除了需要屏翳帮忙提供画像，还有个事由。想借屏翳几天，我要带她去鹿山谷查访拂天的下落。"

燕皇后看看屏翳。玄冥邀功心切，赶忙请愿道："祝融上神，玄冥也可以一同前往。那日玄冥也是当事人。"

"玄冥，你在九黎守好思尤苑。"祝融斩钉截铁地拒绝道，"更何况，刚刚你不和我说了，鹿山谷拂天出现那晚，你失去了意识。而那天整个燕精一族，亲历过此事的，只有屏翳一人。"

"屏翳……"祝融上神回过头，满脸的冰霜温润了不少，问道，"你能否帮本上神这个忙？"

屏翳看看玄冥和燕皇后，点了点头。

"春风频动处，夏云多奇峰"，这几日的鹿山谷，已经和往昔大有不同了。小小鹿山谷的街巷里人声鼎沸。没想到，自从朱雀归位后，天陆之南的九黎和周边小镇都太平了不少，三界众生也开始慢慢恢复生机。

祝融骑着马，马上还坐着屏翳，他带着她慢慢走入鹿山谷。这一路屏翳都没敢和祝融说话，因为马背上，彼此近在咫尺——而她背后祝融上神的呼吸，时时勾起记忆里拂天对她的那一缕温存和轻柔，屏翳紧张得双手冒汗。祝融可是火神，也是上神的品阶，而自己，不过是普通的燕子精。她一直告诫自己，不要春心荡漾，不要见异思迁。

屏翳那日住的驿传客栈，今日却是香火鼎盛。她看到这个熟悉的场景，突然泪眼婆娑——她想到了在弱水郡康回轩的扶桑，想起了他为了守护三界，死生都可以视为灰尘，也想起了他为了她，留下的最后那一缕执念。

祝融熟练地下了马背，他早就看到了屏翳俊俏眉眼间的泪光，也知道她的心思。

"到了。"祝融递出自己左手给马背上的屏翳，"屏翳，下来吧。"

屏翳看了看祝融素白色的仙袖，赶忙背过身，用袖口抹去眼角的泪。然后扭头，大大咧咧地一笑，错开了祝融上神的左手，自己轻轻巧巧跳了下来。祝融顿时觉得有些尴尬，假意顺势将左手摸了摸马背。

屏翳看似轻巧地走入驿传客栈，在祝融眼里确是悲从中来。

"老板，我又来啦，"屏翳满面春风，看着驿传的掌柜，"您这驿传客栈，没有个门匾和名号；我这是第二次来，也算是有缘，却还是叫不出名字。"

"哦……原来是你！"掌柜老伯虽是凡人，抬起头，却记忆犹新地说道，"你们就是堂前燕，燕精一族，我记得。"

掌柜自然没有见过祝融上神，屏翳在他耳边窃窃私语。只见掌柜神色大变，看了看人声鼎沸的大堂，只是尴尬地和祝融上神行了个默然无声的手礼。顺带吩咐身边的伙计赶忙将祝融上神的骏马牵到后院。

等了许久，终于有一桌食客走了。祝融和屏翳才被掌柜安排来到了大堂角落方寸的木案前坐下，而掌柜也顺势一起坐下。上神的品阶在这里自然值得他好好招待。

"掌柜，我们这桌来两樽金坛子酒，我这儿是涩酒，给屏翳上甜酒。"祝融看着屏翳，微微一笑，和掌柜说道。掌柜赶忙点头，差伙计去准备。

"两位贵客，要说我这驿传的名字，自然也是有的，不是空穴来风。"掌柜满脸堆笑。

"说来听听！"祝融喝了口桌上的茶水，面不改色心不跳。

"我这驿传客栈，叫作无鸣庐。"

"哈哈，无名庐，没有名字的驿传，也是应景。"屏翳一口水喷出，开怀大笑。

"你可不懂，我这无鸣庐，是不大声喧嚣的温庐一栈，同音'呦呦鹿鸣，食野之苹'的鸣。"掌柜看着屏翳，赶忙解释道，"不过我们人间有大义凛然的屈原，曾作《卜居》诗词一首，那一句——'蝉翼为重，千钧为轻；黄钟毁弃，瓦釜雷鸣；谗人高张，贤士无名'，道尽了多少心酸往事。我祖祖辈辈都以贤士自居，也可以取你这只小燕子嘴里说的'无名'之意。"

"蝉翼为重……"屏翳把水杯放下，一脸离人心上愁。她想到了和她一刀两断的鸣喜，也不知道她现在如何了。

"精彩！"祝融上神觉察到了屏翳些微的情绪变化，对着掌柜说道，"无鸣庐，好名字。"

掌柜也给上神回了个手礼，得意又开心。闲聊间，两壶琥珀色的金坛子酒便摆到了屏翳和祝融的面前。掌柜单手示意他们畅怀，自己便辞身去招呼生意了。

"我不会喝酒……"屏翳赶忙说道，一脸绯红仿佛半推半就。她心想，这祝融竟然看透了她当年在十巫台对着拂天的桃花心事。

"没关系，不强求。甜酒就放在你边上，你喝水也可以。"祝融浅浅一笑，盯着屏翳道，"好事成双，你以水为敬就好。今日大吉，我们庆祝下。"

"今日……大吉？"

"来到了拂天最后的现身之处，必然是有大吉！"祝融强行解释，主动给自己斟上一杯苦涩的金坛于酒，说道，"从上古到现实，三界苍生都希望能找到拂天这消逝的神兽，我们今日是顺应芸芸众生的需求，多好。"

"屏翳自是在《鸿荒传》的残篇中听说了太阴幽荧的重要性的，"屏翳赶忙以水代酒，敬了祝融上神一杯，"可是祝融上神，您自己真的觉得是甚好吗？"

祝融酌了一口涩酒，苦中回甘，犹如苍茫岁月的人情世故，冷暖自知。他抬起头，瞥见屏翳犹如五彩虹霓般变化万千的双眸，陷入了沉思。

三界九州第一次有人会直接问他这个问题。

风云开，雾雨愁，黄昏如烟的鹿山谷早已星河满怀。

"不好。"今天，犹如屏翳毫无保留地画了拂天的像，祝融也干脆全盘托出，"诸生泛江湖，人人都全力以赴，可是结果从来都是一半功成名就，一半全军覆没。我也逃不出这个规律。将不将第六只神兽——太阴幽荧收入囊中，我喜忧参半，这不是因为人间传闻里的麟鹿。"

"麟鹿我见过，"屏翳似懂非懂，赶忙搭腔道，"他是您的仙兽风姿绰约，他那日也在十巫台。他也一定见过了拂天。"

祝融又一杯相思入肠，花非花，酒非酒："不过麟鹿也全然无线索。我这儿所有的可能，就只有靠你了，屏翳。你会不会帮我？"

"那是一定！"屏翳看着祝融上神，七分豪爽，三分坦然，直接回复道。

"好！"祝融满面春风，仿佛燃亮了鹿山谷的半边天。天下的燎原星火不及祝融的一颦一笑，屏翳看着祝融，突然有些出神。

"那屏翳……自鹿山谷后，你可曾思念过拂天？"祝融这一句，把屏翳拉回了现实。

"祝融上神，那是自然。拂天无论是太阴幽荧还是无名妖怪，他都是我的师傅，对我有知遇之恩。一日为师，终身为父，我肯定会思念他的恩情。"

"那么除此，你可曾因为其他的情愫思念他？"祝融又是一杯金坛于酒入口，追问道。

"不知缘何所起的情愫，确实是有的，"屏翳端起茶盏，敬道，"可是屏翳又能如何呢？小小的燕子而已，何德何能做出翻天覆地的动作？毕竟，我不是祝融上神您。"

祝融看着屏翳，她的自卑他都懂。

"祝融上神，在玄冥还没有变成朱雀的时候，不怕您见笑，我曾以为自己是《山海经》里，黄帝记载下的凤皇，它可是君子国的吉相——可翱翔于四海之外，过昆仑，饮砥柱，利羽弱水，莫宿风穴，五色备举。据说，见凤皇，天下太平。"屏翳话匣子打开了，"可是，我发现期望和现实是有差别的，我只是颗扫帚星，拂天消失，扶桑客死他乡，总之近我者黑。"

"《鸿荒传》残篇里的分离故事告诉我，三界无论人、妖和仙，都有前尘往事；我不知道自己上辈子经历了什么苦难，但是这辈子，屏翳只想自己周围的人太平一世。"

祝融看着屏翳，痛心疾首，却又不知道该如何去安慰她。言语太苍白，他只能用单手叩击着小小的酒杯，说道："屏翳……你有没有想过，你五色虹霓的元神可能比凤皇和朱雀都厉害？"

"您说笑了，我就是个三不像。说我是妖，我元神是天象虹霓；说我是仙，我却不会神仙们的腾云驾雾之术；说我是人，我却实实在在只是一个燕子精的后裔。"屏翳开怀大笑,悲哀碎了一地。

"其实屏翳,你我同病相怜。"祝融回答道,"如果你读过《鸿荒传》,便会知道我和你一样,与这世界上的很多条条框框似乎都格格不入。但这不影响我们为苍生立命,兼济天下。"

"说到这里,祝融上神,屏翳可否向您请教一个问题?"屏翳突然满眼放光,想到了什么。

"说来听听,我尽力解答你这只三不像的所有问题。"祝融容颜大悦。

"《鸿荒传》残篇对于三界大战您和共工的那场战火硝烟,所言甚少。您是亲历者,可否和屏翳透露一点点的内幕?"祝融看屏翳玲珑的五官此时此刻都认真皱起,她食指和大拇指捏在一起,做出一点点的手势。祝融上神顿时内心生起怜爱之意。

不过祝融还是假装正经,清了清嗓子,月白色的仙袖撩过木案,不小心擦拭了金坛于酒留在木案上那明晃晃的残泽。这一晚,鹿山谷的无鸣庐注定又是一个不眠之夜。

而屏翳看着月色下的祝融,芳心惺懂,饮水如饮酒,她今晚有些微醺。夜幕下,屏翳不知道到底是祝融像拂天,还是拂天像祝融。这种迷离的感觉,宛若庄周梦蝶。今晚所有的故事,都属于那上古的上神界,可是细细诉说,似乎一切又不过人间寻常事。

· 第十六章 ·

孟夏草木长，绕屋树扶疏。

众鸟欣有托，吾亦爱吾庐。

既耕亦已种，时还读我书。

穷巷隔深辙，颇回故人车。

欢言酌春酒，摘我园中蔬。

微雨从东来，好风与之俱。

泛览周王传，流观山海图。

俯仰终宇宙，不乐复何如？

——东晋南北朝·陶渊明《读山海经·其一》

"屏翳，这个世间有很多的古籍善本和神卷仙宗，其实很多都不一定是真实的故事。"祝融看着屏翳，过往太久，未来辽阔，"比如《鸿荒传》残篇，里面也可能有很多只是作者道听途说甚至天马行空的想象——你是一个很认真的人，努力穷尽这世间的真相。可是，这些都重要吗？"

夜色已晚，无鸣庐只剩下寥寥几桌食客。屏翳想了想，端起茶盏，敬了祝融手里的涩酒一樽。她伶牙俐齿一如十巫台上与拂天相见那日：

"祝融上神，神生漫漫，真假也许对于您来说不重要，也更如若百转千回，毫无止境；但是真真假假对于屏翳而言，反倒是最有意义的事情。刚才屏翳说了，自己不是朱雀也不是凤凰，只是普通的燕子精，有一日也会离开这个世界。既然如此，屏翳便想努力珍惜在这三界九州的每一个时刻，有问题就去追寻，有迷茫就去求解，有遇到的人就好好珍惜。仅此而已。"

眼前的屏翳，在祝融的眼里神采奕奕——努力活在当下每分每秒的屏翳，和曾经十巫台上不谙世事的屏翳如出一辙，她深深吸引了他。

如若将她的努力投射成他对她克制的偏爱，那便是后世人们说的："所爱隔山海，山海皆可平。海有舟可渡，山有路可行。"

……

"共工和我一个为水神，一个为火神，我们算是风马牛不相及，却在上古时期有一些玄妙的联系。"祝融放下酒樽，追忆道，"上古时期，炎帝在踏万州尝百草的时候，恰巧在昆仑墟外的弱水河畔救起了从混沌中现形的共工。而黄帝则是在万万年前不周山附近的陈国救起了我，当时我刚从混沌中显形，记忆失去大半，那个时候，黄帝带我回到族内，并给我起名为重黎。"

"六位上神的排位里，虽然帝俊一直被默许为六合至尊来分配三界的司职，但实际，六位上神本无先后排序。不过硬是要排资论辈的话，黄帝、炎帝和蚩尤都是创世真神钦点的三皇。他们能位列上神的原因，应该是因为他们兼济天下的情怀与能力。创世真神之界，自然苍生皆等，万物有序，天人相通。"

"上古时期，炎黄二帝曾有些小的纷争，那个时候共工和我都沾边，所以也有冲突。不过后来，我疲倦了内斗，决定脱离黄帝一系，保持中立。而共工也决定离开炎帝一族，联合黄帝的旧臣禺强，一起投奔中立的蚩尤。可是岁月匆匆，没有想到黄帝和炎帝不久联合在了一起，蚩尤便被孤立了。"

祝融放下酒杯，突然又拿起屏翳面前没有喝过的甜酒，一饮而尽。

屏翳瞪着杏仁眼，不可置信地回答道："那样说来，黄帝于您和炎帝于共工上神而言，都犹如父亲，有赐命之恩？"

"放在三界九州而言，可以这样说。"祝融再饮下一杯金坛于酒，"话说回来，炎黄二帝本来是没有什么神力的，全是靠血肉之躯挣来的上神之尊。我们上神里面，彼此也是心照不宣。你看过《鸿荒传》残篇，知道黄帝的女儿青娓是我唯一的徒弟，也有这层情谊在里面。"

"《鸿荒传》残篇里描述的蚩共和炎黄大战，我还以为共工上神生来就是蚩尤的亲信呢……"屏翳支支吾吾。

"亲信算不上，但是共工确实和蚩尤有缘，"祝融说道，"所以第一次三界大战的时候，共工目睹一切，明察秋毫。他发现，无论是很熟悉的蚩尤还是炎黄这两位上神，都表现得非常不理智和不正常。蚩尤被斩的悲剧发生后，共工便来到不周山寻我，说了自己的担忧。他认为，三界大战，一定有个背后不可见天日的因缘，牵一发移动全身，环环相主导着所有的误解。"

"上次在十巫台上的比武论道大会，听过类似的言论，"屏翳回忆道，"帝俊至尊背书的一个说法，便是三界大战的好坏，公说公有理，婆说婆有理。"

"要找出不可告人的缘起，共工说他要去灵山十巫台，从那里通昆仑墟寻真相，"祝融第三杯甜酒下肚，"共工的执拗劲儿，和屏翳你有几分相似。"

"天啊，灵山的十巫台可以通昆仑墟？"屏翳大惊道，"怪不得，都说十巫台可以通达创世真神神谕！原来是真的。"

"错，十巫台只可听闻传出来的创世真神神谕，却入不了昆仑墟观世间缘由。"祝融表情坚毅，仿佛早就知道了所有的因果缘由道，"神农和帝俊都曾和我说过，昆仑墟是创世真神的境遇，不要说凡人和仙妖，上神的品阶触碰到，只能灰飞烟灭。"

"祝融上神，您的意思是说，共工上神来找您，想入昆仑墟，他不知道是自杀？"屏翳问道。

"也许吧。反正共工那日来了不周山，失心疯般要带我去十巫台，说他要从昆仑墟把所有的现象和世情都翻出来……"祝融说道，"我肯定是不允许的。因为，很多事情的发生都是天命，将所有的真相放在世间，并非是好事。所以我拒绝，并用神力将他锁了起来。他便下了水神令告知天下苍生，说我要断了创世真神界与三界所有的联系，还说我专制冷漠和蛮横无礼，更说世间因为我的专制再也没有自由……总之，就是借题发挥。"

"唉，这确实是百口莫辩。"屏翳想起了自己读到的一段古籍里曾写，大意是共工撞了不周山后，苍穹倾斜，山崩地裂，洪水滔天。"禹有功，抑下鸿，为民除害逐共工"，玄鹤师尊曾说，这里的共工指的是水害而非共工上神本尊。也许是因此不周山之难，共工才一度被说成是"洪水滔天"的代名词。

"后来你就知道了。盛怒之下的共工，因为被我的神法束缚，只能一头撞向了我的居所不周山，"祝融叹了口气，又一杯甜酒下肚，"可是他不曾深思熟虑，不周山是天地的支柱。"

"我的天，会山徙的不周山，居然真的是天地的支柱！"屏翳满脸震惊，"今日和祝融上神大话前尘，很是爽快，真的是学习到了很多！"

祝融则欲言又止，夜色渐欲迷人眼，他说道："时间不早了，屏翳，今天早点休息。明天我们再在这附近寻找拂天的线索。"

把酒话桑麻，不过几个时辰。祝融和屏翳在两间客房里分别躺下来，却都感觉到某一种知足。祝融是因为屏翳，屏翳则是因为祝融口中的那些过往——在这个纷繁的世界里，祝融上神被很多人误解，但是即使他只有孤芳自赏的勇敢，应该也算得上是英雄。

第二日艳阳高照。从鹿山谷的无鸣庐望出去，气象万千都在祥和瑞丽之中。

屏翳的客房轻轻响起了叩门声。她迷迷糊糊醒来，身边没有鹊七帮忙打理，她的发髻看起来十分凌乱。她披上一件外套，心想，这个祝融上神是打鸣的公鸡吗，怎么起这么早？

屏翳推开门，却发现门口站着的是丹阳，他一身曙色，让屏翳一头雾水。

"丹阳，你怎么来了？"屏翳看丹阳的眼神，仿佛他就是一块黏人的膏药。

"屏翳，想我了吗？"丹阳一闪，迅速钻入屏翳的客房，"我去思尤苑找你，听鹊七说祝融上神带你来鹿山谷了解拂天的去处，我想过来帮你的忙。"

"你可别帮倒忙，那日你是拂天被青妩劫走了后才到的。"屏翳哭笑不得地看着丹阳。

正在说话间，屏翳的房间又响起来敲门声。

屏翳打开门，只见祝融上神站在门口。今日他一席缥色纤纤，神清气爽。可是他望见房内的景象，也是大吃一惊，他没想到这么早，丹阳居然会出现在屏翳的房间里。不过，他到底有上神的修为和素养，并没有多问，而是静静看着屏翳。

只见屏翳回头看看丹阳，又看看祝融，想要解释："祝融上神，丹阳刚到这儿……我们……"

"屏翳，我今早要问你拂天的事情，"祝融略有不悦地说道，"你准备好了出来便是。"

"丹阳拜见祝融上神，丹阳当日也经历了拂天被劫的事情，所以想着可以过来帮忙。"

祝融转过身，没理丹阳，不过停了下脚步听他说完，然后拂袖匆匆离去。

屏翳见此情状，感到有些难过。她甚至不知道为什么在被祝融发现她自己和丹阳同处一室的时候，她会那么不好意思，也不知道自己为什么躲闪——毕竟，本来祝融也是知道丹阳要和自己订婚的。

祝融一人在无鸣庐的大门外站立了许久，屏翳和丹阳姗姗来迟。祝融觉得今日的鹿山谷虽然天气晴朗，但是阳光过于晃眼，而车水马龙也甚为烦扰，他内心一直有种不舒服的情绪在萦绕。

"祝融上神，那日拂天最后一次出现，就是在这无鸣庐的大门口。"屏翳看到眼前的祝融上神，小心翼翼地说道，"拂天救了我后，便要求青娓放过我们燕精一族，之后他俩就一起消失在了弱水郡方向。我知道的，就是这些。"

祝融看着远方，依然背对着屏翳和丹阳，说道，"也许拂天消失是一件好事。"

"祝融上神，为何是一件好事呢？"丹阳按捺不住性子，"太阴幽荧不应该是您的神兽吗？"

"丹阳，你要知道，这个世间没有那么多理所当然的应该。"祝融上神慢慢回头，看着眼前的丹阳和屏翳，他俩真的是郎才女貌，回答道，"我们走到今天，本来就比三界诸生的很多人要幸运。我们既然有能力，就更应该为了天下苍生努力。如若太阴幽荧可助我，自然更好，但是如果没有，我们也不应该抛弃自己的使命。从缘起到劫落，我们只能靠我们自己，这才是道法自然。"

屏翳在一旁点点头，然后说道："祝融上神说得很有道理。芸芸三界，总是觉得上神您是因为能力卓越，才肩负重任；或许大家都错了，无论上神还是芸芸众生，都是因为心怀天下在先，才有兼济天下的能力。如若心性为恶，自然也就没有那么多苍生道义。"

三人正在言语间，只见不远处丹阳在九黎的一小队兵马急急奔驰而来，尘土飞扬。看这眼前的仓促景象，言说无尽，又是一个匆忙的流年。

"报！鹿山谷附近，有九黎乱党为非作歹！"

"九黎乱党？"丹阳神色凝重。

"对，是蚩尤上神旧部下禺强！"

祝融回头看着来报的人界部队，面色并不惊诧，而屏翳则是意外十分——禺强？想她小时候读到的古籍善本里，仿佛听说禺强是个饱受诟病的人物。他曾是天地之间一等一的海神，还是蚩尤上神旗下的大将，可是上古时期，不知道为何弃明投暗，中了什么不着道的魔性，又变成了瘟疫之神。三界大战后，他销声匿迹，很多人以为他死了，也有人以为他被囚禁了起来。

"去看看。"祝融命周围的随从把骏马从驿传客栈牵出来。然后和丹阳点了下头，丹阳立马下令，一队人马辗转奔赴去禺强的所在地。禺强这一闹，拂天的事情反而被大家抛掷脑后。屏翳一颗木兰心，当下更是跃跃欲试，在思尤苑安逸习惯了，她终于可以体验下真刀真枪的战场。

没过多久，他们就赶到了鹿山谷与九黎城中间的一处狭窄的山间驿道。溪水潺潺，两旁青山耸立，偶有鸟鸣和猿吠，本是一处好景致，不想祝融和丹阳的部队，正好与逃窜的禺强残党狭路相逢。

"丹阳！想我在九黎蚩尤部队的时候，你的祖辈还只是襁褓中的婴儿，你不是应该叫我一生太祖？"禺强面不改色心不跳，他一身土旧掉色的战衣似乎努力掩藏自己魔怔四溢的元神。祝融上神早已明察秋毫，禺强的元神早就是被毒蛇缠绕的怪兽，魑魅魍魉。

"禺强，你乱说什么，我和你有什么关系？你还不投降？"丹阳给身边的人使了个眼色，丹阳身后的九黎人皇部队，便八字排开，将禺强的部队包抄于驿道上。

禺强轻蔑地一笑，端详着祝融上神，继续说道："天下欠我的，我今天便要天下都还给我。祝融上神，今儿您也开始沾边了，早年在陈国您接下的重黎之命，现在又打算重拾了？"

"禺强，"祝融悠悠说道，"上古时候炎帝和我说在东海遇到你的事情，我还不信。今天窥探了你的元神，果然蹊跷。你可知道不尽海神之职，河水逆流，湖海漫灌，天下将受灾？"

"当年我为苍生，可是苍生是否为我考量过？尽职有错，不尽职更有错！"禺强单手变出一把锋利的青铜剑，同时幻化出元神——只见他元神形体巨大，周身毒蛇环绕，痢疾犹如黑水河的蚊虫，漫天飞舞，令人望而生畏。

屏翳不知道丹阳和祝融在和禺强说些什么奇奇怪怪的故事。不过见到此状，还是怂了。她赶快牵着马躲到了祝融和丹阳身后。

禺强从海神堕落为瘟疫之神后，在三界九州东躲西藏，反而更看得懂人情世故，他一眼便看见了纹丝不动的大部队里，有唯一这样一位面容姣好的姑娘。从上古时期历练出来的禺强，更是双眼通达，阵阵阴霾的视线下，禺强发现屏翳原来是一个三不像的燕子精。

捕蛇捏七分，擒贼先擒王。禺强一手握住青铜剑，另一手在背后却暗暗使起阴招。丹阳一如既往的满腔热血，枕戈待旦；祝融却感觉到了禺强的神色诡异。能让天下所有人都与自己为敌，禺强也真是有本事！祝融和丹阳都与眼前的禺强有过节，却都猜不透禺强会出手单挑哪一位。

只是一眨眼的工夫，禺强便操起青铜剑，对着丹阳飞奔而去。

丹阳并不是无勇之人，也赶忙飞身一跃，并抽出随身携带的青铜剑，英勇无畏。他和单手出招的禺强大战几个回合，不分伯仲。

可是丹阳却只有莽撞的勇敢，他并没有预见，禺强左手而出的青铜剑后面，右手酝酿着释放出一股酱色袅袅的氤氲戾气，这氤氲戾气甚是恶毒，里面饱含天地所有的痢疾病痛，中氤氲戾气者，轻则从此重疾缠身，无法再有修为进阶，重则七窍流血当场毙命。

丹阳和禺强的青铜双剑交织得难舍难分，火花四射，在短兵相接的一刹那，丹阳便见到了从他面前擦身而过的这一缕氤氲戾气。这戾气却以迅雷不及掩耳之势直捣屏翳。丹阳左右应接不暇，却也分了心，他慌忙挡下禺强已经落在了他面前的青铜剑。转身要去追这戾气。可是，刀光剑影，战火无情。他只是一回头看屏翳，禺强的青铜剑就插入了他的左胸上方，他只感到时光凝固了。

远处观战的屏翳也早就看到了丹阳的回眸，刚要呼喊着丹阳注意禺强的剑，自己却突然被一个伟岸的身影挡住了视野。她定睛一看，原来是祝融上神。只见血溅到了她的脸上，她目瞪口呆，低下头，只见祝融上神秘色的素衣，突然被殷红燃透了半边天——是祝融上神，用自己的血肉之躯挡住了射向屏翳的氤氲戾气。

而整个战场已经混乱无比，禺强身后的残兵也早就和丹阳的人马扭打厮杀到了一起。

平平无奇的人皇太子丹阳和神力无穷的祝融上神，两人竟然在禺强面前不堪一击，只是大家都是为了一个人，便是这三不像的傻瓜和队里的短板——屏翳。死生一瞬间，红尘滚滚，置身其中，任何生命无论强弱大小，只要有所挂念，便都成了参不透的沧海一粟。此情此景，屏翳想起了十巫台上，玄冥为自己挡住相柳青铜剑的那一幕，她完全无法接受。只见她扶住眼前的祝融，看着眼前胸膛里插入青铜剑的丹阳，浑身散发出五彩炫光，混沌凌厉。

道道虹霓之光犹如百步穿杨，禺强元神身边的瘟疫痢疾被光明炙烤，瞬间被燃化。百鸟朝凤不过声声犀利，凤凰也好，翳鸟也可，元鸟也罢——屏翳的青涩年轮又可否走过一世太平？

禺强见此异象，赶忙祭出看家的本领，便是驿道边的溪流，形成了黑光凄凄的水帘，挡住自己。可是不曾想到，屏翳却犹如云端飞燕，轻功自学成才，光影交错之间凌波微步，操起丹阳掉落在地上的青铜剑，刺破仙妖之法布起的水帘，一剑而起，一剑而落，直接穿透了禺强的胸膛。

单手抚着胸口的祝融吐了一口黑血，看着眼前这一幕，露出了拂天往日在十巫台上陪伴屏翳修炼的欣慰笑容。鹿山谷之行喜忧参半，屏翳操习了剑法，也参悟了在思尤苑想学却学不会的轻功，甚好。禺强的元神慢慢消散在驿道上的天空，插入他胸膛的青铜剑掉落在了土地上。

海神逝，水有三相却乱了方寸，五湖四海不断翻腾。狭路相逢勇者胜，禺强一死，天地之间的瘟疫疾病也不再有恃无恐，可以消停一些时日了。祝融看了看这驿道头顶的一方二十八星宿，五行之中，水相不能没有主位，他需要更快复活共工。他望着眼前的屏翳，受伤是真，爱也是真。

屏翳大哭着，满脸尘土，回头看着祝融和丹阳的位置。她第一个奔赴的人，却不是祝融——她大哭又努力奔赴的人，却是晕厥倒地的丹阳。她的衣服上沾染了丹阳的鲜血，大声呼喊着丹阳的名字。祝融心里难受，觉得自己自作多情，又安慰自己也许丹阳的受伤只是让屏翳回想起了扶桑吧。

祝融又吐了一口黑血，屏翳才注意到他。她赶忙放下丹阳，跑了过来。祝融依然剑眉星目，素色和血色早已混迹为一体。他笑着捂着胸口，然后和屏翳挥了挥手。他祭出火形元神，天地之间顿时巍霞苍苍，火光冲天。他从火神元神里拆出一缕悠悠的火神精气，注入到了丹阳的伤口上。丹阳本身为丙火的生辰，又有祝融的火源帮他在胸膛止血，他慢慢恢复了生机。屏翳眼见一切，知道祝融上神是在救丹阳。她赶忙对着祝融，毕恭毕敬地行大礼。

扶稳了丹阳的精气神，祝融便没有多说话，而是一拂仙袖，消逝在了天地之间。

人这一辈子，我们如若屏翳，便总能遇到两个人，一个为你奋勇向前，一个为你挡住这辈子所有的刀光剑影，只是悲剧在于，我们很多时候需要选择的是放弃谁。

·第十七章·

举头四顾望，但见松柏荆棘郁葱葱。

念此死生，变化非常理，中心恻怆不能言。

中庭五株桃，一株先作花。

——南朝·鲍照《拟行路难十八首》

天陆之南的九黎最近厉兵秣马，城内的百姓都有些人心惶惶。大家都听说了，受了重伤的丹阳被自己的人马救回了宫殿里，而屏翳也一路跟随。她选择在丹阳身边好好照顾他。祝融猜得对，屏翳的内心依然怀揣着对扶桑的悔恨；而屏翳心中，认为像拂天这样能力非凡的神兽和祝融这样可以架海擎天的上神，他们高高在上，自然是不需要屏翳杞人忧天的。她自是从内心感激祝融上神救了她，也感激他帮助丹阳的顺手恩情，可是在有限的时间里，她只能选择帮助势单力薄的那一位，也就是眼前的丹阳。

不周山的东武里，麟鹿正早起打扫庭院。却突然看到跌坐在庭院地上的祝融上神，他一身的黑血，狼狈不堪。麟鹿大惊失色，自己手中的扫帚也掉落到地上。

"快……麟鹿，扶我回房间，我要调养一下。"祝融有气无力地将手伸向麟鹿。

麟鹿赶忙用尽全力，架起被氤氲庚气缠绕的祝融上神，他心急如焚地责备道："上神，去了一趟九黎，您怎么遍体鳞伤？还中了毒？"

"你莫要多说，"祝融不停地咳嗽，嘴角流出一丝鲜血，"我稍微休息一下，无大碍，只是海神禺强死了。你赶快去六合之渊告诉帝俊，唤醒共工的事情刻不容缓。五湖四海要有人当值。"

"另外，千万不要和帝俊说我在九黎受伤的事。"祝融叮嘱道。

麟鹿刚走出祝融上神的寝殿，就见到寝殿被祝融的神力封了起来。殿门紧闭，祝融的伤势看来不容乐观。总之，自追随祝融以来，麟鹿生平第一次见到上神如此虚弱。

而此时此刻，三界九州也是风声鹤唳，人人焦头烂额。

一方面，青龙依然不见踪影，而要重塑共工上神并非易事。无论神农、祝融还是帝俊，都没有十足的把握，改天逆命找到共工的元神。另一方面，救黄帝轩辕上神的事情也刻不容缓。上次神农和玄武在君子国一无所获。玄武记挂着那日找到了浮山入口却将自己推开的神农上神。

很少的文献中有描述过浮山，只有某上古的地志里曾简短地提及："冷水出肺浮山，盖丽山连麓而异名也，山北有女娲氏谷。"这浮山，阴晴不定，和女娲真神有没有关系无从考据，但是神农终于能有机缘找到浮山，还是得之不易的。这里形容为"终于"，是因为排除法，也是因为时宜。要找浮山这座千古精气幻化出的仙山，需要机缘。第一处人群熙攘、耳目众多的君子国，其实反而更容易寻找薰华草。另一处危险与机遇并存的肝榆之尸，有更高的要求才能找得到。

虽然尊为上神，贵为炎帝，神农一如既往的谦虚和保守，踏实肯干。他不确定有多少胜算，可以找到朝生夜死的薰华草。

神农其实本是创世真神时期的一个平凡人，一个在弱水河边讨生活的船夫。那时，只是机缘巧合，帮了一位仙人，便逆龄活到至今。他没有帝俊至尊那样的真神神息照拂，也不像黄帝那样善于笼络人心，更没有其他几位上神的仙术和妖力护法加持。

他朴实的本性一直都执着于渡化和救治三界受难的众生。不负初心，方得始终。所以他和他的神兽玄武，都是温顺恭敬，从不强取豪夺，向来脚踏实地。

可是，浮山哪有神农想象的那么精简？不是危言耸听，而是神农万万年都把他的神力渡化给了三界九州。他殚精竭虑，疗愈着三界大战遗落的魑魅魍魉和疟疾瘟疫。他自然没想到，浮山一行会被不明的妖兽伏击，差点夺去了性命。

平日里，浮山所在的疆域，只是草木鸟兽繁息茂盛的山林丘壑，绵延数千里，一望无垠。这样的疆域，在天陆中土，简直太稀松平常了。可只有四季轮转的特定时间，这一片一望无垠的山区会突然被浓密的雾霭和低压的云层笼罩，仅有一座仙山的山头，在茫茫中的某处凸显出来。这一垄机缘孕育的突兀，便名为浮山。

而此座浮山，一般只会出现一日，薰华草又是朝生夕死，所以摘取神草的时间就极为有限。

今日，神农上神在这片疆域的日出之前赶到。他突然发现外面云雾缭绕，算了算，时机已到。他赶快攀爬上一处树枝的高冠瞭望。只见桃蹊李径，翠荫交合。隐隐约约可见一处山峰屹立，那上面清明，一点雾气都没有。

浮山的入口，开了。

于是他争分夺秒，全力以赴。花了一个时辰，他大汗淋漓。这一路丛林茂密滋润，寂静无声到令人有些毛骨悚然。路上倒是不断会有些失散的白骨，神农没时间驻留理睬。

第十七章

没想到，神农刚到浮山脚下，就见一群犰狳在前方虎视眈眈面向他。犰狳在《山海经》里，被形容为一种会食人的野兽，状如猴，四耳，虎身而牛尾，其音如吠犬，被激怒后尤为凶猛。神农赶紧握紧了自己身上的砍斧，加以防范。

他眯起眼，望了一下，这数量不下百头。他并不害怕，只是有点进退两难。

就在他与犰狳对峙的时候，确见头顶一道青光划过，穿越了浮山山顶。浮山并没有地动山摇，反而岿然不动。可那光影，却刺激了犰狳。只见为首的犰狳一阵嚎叫，其他的犰狳便如山洪般疯狂地扑向神农。

神农虽然本真为人，但是至少也是上神的品阶。但见他运气成风，稍微一挥斧头，便砍杀了数十只的犰狳。血腥的杀气激怒了犰狳们前赴后继，还招揽了其他山头的犰狳。杀机四起，薰华草还待探求。

神农以一己之力肉搏，早就满脸血渍，急急忙忙向后撤退。可是背后远处的茂林之中，还不断有犰狳包围过来。突然想到刚才的浮山影像被青烟穿透，神农才意识到，这所谓的"浮山"也许不过以讹传讹，其实那只是海市蜃楼。

而沿路的白骨，都是那些为了薰华草而来的人，最后羊入虎口，养肥了这一方的犰狳。

从神农身后，突然围攻来一批更为强壮的犰狳。它们居然还能从身上射出尖锐的毒毛倒刺，神农从背后腾起一股真气，然而犀利细腻的毒毛倒刺还是有四五根扎在了他背后。他感觉到一阵刺痛和晕眩，抵抗前方犰狳的真气也逐渐消散，而他手中的砍斧也更为沉重。

就在他几乎放弃抵抗的时候，只见刚才穿越浮山的那道青光乍现，并轰隆一声降落，正气凛然的隆隆旱光将周围的犰狳震得粉身碎骨。一身血迹的神农，早已将死生置之度外。可现实中的神农上神瘫坐在地上，几乎晕厥过去。他努力睁开双眼，看到眼前青烟缭绕，步步生旱——原来，让犰狳徘徊不敢靠前的，便是旱神青妭。

青妭走到神农跟前，将他扶起来，说了句："神农叔叔，我先带你回灵山修养。"

话音一落，她俩便化为一道青光，朝着天陆之北的灵山赶去。

灵山的炎帝殿外，玄武也刚刚从弱水郡赶到，他收到青妭的飞鸿，说神农有难，让他在炎帝殿外见。

青妭虽然对外说闭关修行，其实是打算暗自探访浮山、君子国和肝榆之尸这三处，希望能争分夺秒，为父亲轩辕寻找薰华草。很早的时候，她就在神农上神的炎帝殿外偷听到了这一味解药，便特意上了心。这日，青妭也算到了时机，便早早飞去了浮山。发现无果，却见脚下犰狳骚乱，才望见了神农。

青妭扶着神农到了炎帝殿，玄武也帮忙搀扶。他们扶着神农回炎帝殿休息。青妭将事情大概和玄武讲了下。

"另外，我此时应该是还在闭关修炼。麻烦玄武上仙不要将今日的事情说出去……毕竟，黄帝未醒，炎帝又重伤，我不想惹上这些是非。"青妭给玄武行礼，表示感谢。

"没问题。"玄武说，"可是不知道犰狳之毒，有什么可以解？"

"百草丹。"青妭毫不犹豫地提到。

玄武没有说话，他想了想，说道："早年，神农上神有过一双百草丹，一颗给了黄帝，但是服用后未果，黄帝这才遍寻古籍发现，唯独薰华草可救醒黄帝；另一颗，给了当时准备生产的燕皇后。只是不知道燕皇后是否吃了，现在让人去要回来，好像不太合适。"

青妭在炎帝殿来回踱步，仔细考虑了下，说道："合适。有一位可以去。"

"愿闻其详。"玄武请教青妭。

"五虫之尊的女儿——鸣喜。"青妭毅然决然地回答道。

话说鸣喜早已回了灵山，每日还有些郁郁寡欢。

好在鸣喜的阿父——五虫之尊，这期间经常给她找些新奇的人间玩意儿，逗她开心。还有皓月上仙，时不时来探访她。她慢慢走出了一蹶不振的情绪。

在某个心乱如麻的时刻，她甚至对皓月上仙有了亲近之感。

她现在最喜欢的，便是皓月上仙和她讲一下《鸿荒传》残篇里没有的段子，不知真假，但喜乐吉祥。在野史的起承转合里，她能窥探得见人情世故。而往日和屏翳、玄冥在一起的时候，她们都是听鸣喜说。于鸣喜而言，本质更愿意做一位倾听者。

今日，她和皓月上仙正好在炎帝殿附近品茶，发现不远处一道青光降落在了炎帝殿。他们不约而同觉得奇怪，闭关修行的青妭，怎么会来到这空荡荡的炎帝殿？

待他俩赶到的时候，青妭已经离去了。

只见玄武上仙正开炎帝殿门，走出来。和鸣喜和皓月撞了个满怀，玄武也有些大惊失色。鸣喜赶忙问道："青妭呢？"

"可能是你眼花了……"玄武想起青妭的嘱托，随口说道，"是神农最近外出采药，很是辛苦，刚刚赶回来，需要闭关修养一段时日。"

皓月从将要合拢的门缝里，窥探到了躺在榻上的神农上神。

"鸣喜……"玄武双手作揖，"有件事情，我正想麻烦你。"

"不要客气，请说吧，玄武上仙。"

"我想要麻烦你，帮我们回九黎，和燕皇后讨回一样东西：百草丹。"

……

不周山终于也有了些回春的迹象。帝俊突然不露痕迹地窜到了麟鹿跟前，把麟鹿吓了一跳。

"你家祝融上神呢？"帝俊看着正在东武里给花花草草浇水的麟鹿，问道。可是他随即看到麟鹿头上的一双奇形怪状的鹿茸，刚要追问，却被麟鹿打断。

"帝俊至尊，您怎么来了？"麟鹿赶忙放下手中的花洒，他内心知道祝融上神正在疗伤休憩，却不知道该如何编故事，于是小声说道，"祝融上神他正在休息。"

"带我过去，"帝俊说道，"你那日差人送来的飞鸿，我收到了。我看二十八星宿，今日正是良辰吉时，我找他正好去完成件大事。"

麟鹿正愁着没办法阻拦，却听见背后传来一个温润如玉的声音：

"帝俊，别来无恙。"

麟鹿回头，居然是康复如初的祝融上神，他一身素雅锦衣，袅袅缥白，安然自若。

"祝融，再见到你甚是高兴，"帝俊绕开麟鹿，走了过去，"前些日子你托麟鹿传来的飞鸿，我收到了。今日好雨知时节，我们先去附近走走，傍晚再带你去个地方。"

两位上神仙袖一挥，便消失在了不周山的东武里。

帝俊至尊带祝融上神来到了一个熟悉又陌生的地方，便是离昆仑墟不远的神台——共工台。时月初朦胧，晚风温软，夕阳迷离，远处偶有金猿青鹿，入双成群而过。共工台周遭一片安静祥和。而共工台不远处的昆仑墟，则更为神秘，那里是只有真神可以进出的地方，女娲曾告诉帝俊，除了她，这世间都不能也不应该进入昆仑墟。

忆往昔，看今朝，共工台是万年前三界大战的导火索。当时炎黄和蚩尤的两方军队对峙，谁都不敢往对方多前行一寸。

"昆仑之丘，或上倍之，是谓凉风之山，登之而不死；或上倍之，是谓悬圃，登之乃灵，能使风雨；或上倍之，乃维上天，登之乃神，是谓太帝之居。"貌合神离的月色绵延下，帝俊站在共工台上，遥观着从未踏入的昆仑墟，一阵慨叹："《淮南子》里多美的词句……可惜，祝融，昆仑墟不是你我一阶可入的真神神域。"

"祝融兄，也许从昆仑墟里看我们这些所谓的上神和三界芸芸众生，不过是几片浮萍罢了，你说呢？"帝俊至尊感慨，"女娲万年前就神逝了，这次若有战事，只有我们自己能救自己。"

祝融没有回答，甚至都没理会昆仑墟："帝俊和我一样有同感，大事将至，迫在眉睫。"

帝俊点头，看着万年依然一尘不染的共工台石阶："其实现在回头想来，青娓当年也并不是个任性妄为的孩子。她在这里，倾己所能，为的便是不让炎黄二军与蚩共交战。可惜，一次善意却被天机造化弄人，反而成了大战的导火索。"

"那日大战在共工台，我应该尽早出现……"祝融感慨道，"否则，共工为此，也不会意气用事。我那日应该好好和他分析利弊，却还是用神法缚住了他，才会导致他一怒之下，撞坏了不周山。"

"我又何尝不是，我后悔自己过于中立……"帝俊叹了口气，"不过共工怒撞不周山的时候，好在我趁天崩地裂的时机，用半生修为封藏了他的元神。女娲真神及时出现，也算是补救吧。只是除了我之外，没人知道共工的生死，也没有人知道共工的元神在哪里。"

确实，连《鸿荒传》残篇在共工怒触不周山的事情上，也莫衷一是。

"祝融，这一次三界九州若有什么劫难，你我必须要放手一搏了。"帝俊说道。

祝融应允。

帝俊回头瞭望，日落月升，浮浪无声，月光皎洁明亮，润泽着共工台——"是时候了。"

话语间，帝俊从仙袖里拿出了一面古铜镜。宏伟却有些荒凉的共工台，借着月光，居然在古铜镜里面，显现出了一盆清水。清水里有颗上神元丹，紫气闪闪发亮，幽光莹莹。

帝俊将古铜镜稍微倾斜，让那月光穿透镜面，再从镜面反射到祝融身旁干涸的共工台上——帝俊稍微施加神法，只见铜镜内的那盆清水，便被端到了共工台的现世之中。清水里漂浮着的上神元丹便是共工的元神。

"这镜子，是女和月母镜，常羲的。"帝俊还在做法，他意欲让共工元神所在的清水铜盆，完全适应万年后的天地法则和日月精气。可是祝融也发现，帝俊突然满眼泪水，他知道，对于帝俊来说这一生，最大的痛就是几个无法无天的儿子。

上古时期，帝俊与第一任妻子羲和的儿子们，向来有些高高在上，冥顽不灵，还飞扬跋扈。当时三界九州都知道，他的儿子们某天突发奇想，不守"一日一轮"的天地秩序，结伴同行，出现在天空之中。不出几个时辰，江河湖海干涸、万物生灵涂炭、三界哀鸿遍野。于是，帝俊不别亲疏、不殊贵贱，不徇私舞弊，遂天法而治十子。

他派出一位大将名为"后羿"，赐给他一把神弓，名为"彤弓"。后来中间的诏令众说纷纭，有说帝俊铁面无私弑子，有说是后羿恩将仇报……但是终归，后羿射落九日，留一日当值，天地恢复安宁。不过帝俊和第二任妻子常羲的女儿月亮们，倒都是淑雅有度的丽人，只是常羲膝下无子。数万年前，六合之渊突然传出神诏，说帝俊至尊抚养了一名义子，由常羲带大，起名为皓月，记入《鸿荒传》。

第十七章

……

"其实，皓月是我和常羲的亲生儿子，是常羲的第十三个孩子，终于儿女双全。皓月是闰月之主，闰月四年才当值一次神职，所以他幼年时候，经常和他几个过世的哥哥一样，无所事事。我们都怕过度溺爱，导致当年的惨剧。所以我们一直对外说他是我的义子。"

帝俊心驰神往，无不感慨地回应道："皓月长大后，以为不是我亲生，就特别努力地去外面历练。他小时候，总喜爱古籍善本，也热衷搜集古玩奇物。他怕我发现，就和他母神要了女和月母镜，把好东西都藏在了里面。"

祝融这时候特别羡慕帝俊，他能和常羲相伴左右，还有皓月以及其他几个儿女，相伴左右。而自己，一直是独来独往，万年孤寂："帝俊的方法甚好……怪不得万年大战后，我怎么也找不到共工。"

言语间，铜盆清水终于完全显了真身，在共工台上稳稳妥妥地落定。

"祝融……下面重生共工的重任，就交由你来了，这也是我叫你来的原因。"帝俊至尊指着这共工台上的铜盆清水，说道，"复活共工，也只能是由你。"

"为什么？"

"当年不周山的因果，是你和共工的矛盾而缘起，所以也要由你来结束。共工是通情达理的明白人。你们彼此只需要一次开诚布公的和解而已。"

祝融想了想，点头应允。虽然他知道，这一召唤，将耗去他作为上神的不少修为。

素衣翩跹，祝融在月光下更显清灵空洞。他双手打开，将盆中的共工元丹召唤到了共工台之上，并用至阳的五昧真火召唤——他的体内迸发了熊熊烈火，可神力输入到了共工这水神的元丹之处，却化阳为阴，成了至柔的水力，源源不断注入到共工紫气缠绕的元神。

所谓"水火不容"，其实水火在相克之中也如凤凰涅槃，可以相互成就。

过了几个时辰，夜已深。繁星灿烂，似乎在七嘴八舌议论着这喜事降至。共工台上，若隐若现之间，已经可以看到平躺的共工，肉身和元神都快让祝融重塑完毕。

没过多久，共工台突然发出猛烈的震荡之声。同时，五湖四海开始波涛汹涌。

在弱水郡的不周山上，麟鹿远远就看到了东海之滨，海啸浪鸣，而蛟龙百条，也翻滚而出，在空中和雷雨一起舞动，又跃入水中，消逝不见。麟鹿知道，共工上神要回来了。

祝融突然感到一阵天旋地转，马上闭上眼睛，收回神力，盘腿而坐于共工台的半空之中，运功调养体内的水火气息。这几个时辰耗尽了他诸多的清修修为。

天地万物又陷入寂寥。只见一红发紫衣的神君慢慢从半空坠下，气定神闲地站立到共工台上。神君眉清目秀。但是看他那元神，竟和《鸿荒传》残篇里描述的创世真神伏羲和女娲一样，蛇身人首，润泽之息饱满。

祝融睁开眼，看着共工上神，精疲力竭却忍不住一笑。这一笑，跨死生，泯恩仇，立天地。

"谢谢你，祝融！"共工见到故人的第一句，开门见山，"刚才帝俊召唤我出了这让我万年不舍的清秀——镜花水月，我还略微犹疑。倒是现在看到帝俊和祝融，不后悔了。"

"这么久无法以真身对帝俊兄说句谢谢，抱歉。"共工转身给帝俊双手作揖，同时拜会了祝融。

　　帝俊笑了，三界大战以来，他第一次如释重负。但是，又箭在弦上。

　　"共工，万年了，该回弱水郡看一看了。这些年，也一直是神农和他的神兽玄武帮你打点照拂着，还算太平。"帝俊苦笑了下，"下一步，神农负责轩辕苏醒。你、我和祝融，我们三位，应该要想办法找回蚩尤。"

　　说到此处，共工依旧神伤，想当年，蚩尤于他有知遇之恩，而现在，身首异处，不知蚩尤三身，早就入了轮回几道。

　　共工说道："对蚩尤，我竭尽所能。只是不知道这方法……"

　　大家不约而同看向了刚刚运完功站起来的祝融上神。他略显虚弱，尤其是素锦仙衣在潺潺月光下，更显疲乏。互望无言，他考虑再三，还是说出了一直苦守的秘密：

　　"共工，其实当年蚩尤被分身，我也痛心疾首，只是我这闲云野鹤的性格，不曾和诸位道尽这离别之苦……"祝融说道，"我知道，万年前，你来不周山找我，是对三界九州的不公有怨气。当年我和蚩尤算是高山流水、曲高和寡，兄弟之情、知音之实，你当年的痛苦，到了万年后的现世今日，我都不曾比你少半分。"

　　"可是万事万物，都有既定的天命。天命不可违。"祝融看着共工台下的九天一色，说道，"帝俊说得对，天命总是阴晴不定，偶尔虚张声势，偶尔让人措手不及，偶尔还教人是非不分。"

　　"蚩尤被黄帝分身那日，我其实一直在附近……实话实说，我也错愕。而那个危机四伏的时刻，我所能做的，就是用尽我所有的努力，护他不散。他当时元神的三个分身——蛟龙双犄、玄金骊身和五彩翼展，我也都收集了起来。"

　　帝俊和共工无不动容。赶忙询问这三个分身在何处。他们相信，只要找到分身，那么蚩尤重回三界九州，就没有问题。祝融一脸为难："蛟龙双犄，被我收了起来，放到了和它同宗同系的麟鹿身上，慢慢孕化。五彩翼展，这万年来，我一直在查找下落……世事变幻，我曾一度以为是燕皇族的玄冥，但比武论道大会之后，玄冥其实不过是朱雀……所以，暂时还没有什么下落。"

"那最后一个，玄金骊身。"共工还是当年这耐不住的性子，"它在哪里？"

"共工，当年你我交战，你一怒之下撞坏了盘古当年擎天立地的不周山……"祝融看着共工，共工马上低下头，少了几分当年的桀骜不驯，"你可能不知道，后来帝俊用自己唯一至纯的神息，召唤来了女娲真神最后的一丝神识。女娲真神不仅要用弱水河里的五彩石补天，可其实这倾倒的不周山，是女娲真神和我要去了蚩尤的玄金骊身，才稳住的。"

共工一个踉跄，退到了共工台的一角。而帝俊则赶忙追问道："也就是说，如若蚩尤回归，召回他的玄金骊身，不周山将倒，三界九州又将有灭顶之灾？"

"近来，多事之秋。麟鹿的蛟龙双犄刚刚长了回来，苦痛几乎要了麟鹿的性命……"祝融点点头，看着共工和帝俊，"蚩尤分身之一回光返照，怕是要觉醒。但为了天地苍生，无论如何，蚩尤不能回来。"

祝融今日坦然豁达。他却唯独继续埋藏了五彩翼展的所在。

· 第十八章 ·

秋蝉噪柳燕栖楹，念君行役怨边城。
调弦促柱多哀声，遥夜明月鉴帷屏。
谁知河汉浅且清，展转思服悲明星。

——南北朝·谢灵运《燕歌行》

风风雨雨三两场，九黎转瞬就又淌过流年不负。丹阳终于醒来了，大难不死，必有后福。屏翳十分喜悦，当年她负了扶桑，这次没有辜负丹阳。暖风习习，屏翳决定带着丹阳回思尤苑。路上，屏翳看着身边的丹阳，还是一种觉得什么都好，却不敢轻易托付真心的感觉。初识拂天是她情窦初开，可是他的来去匆匆让她迷茫，也让她缺乏被坚定选择的安全感。在屏翳心里，自己不过是一介浮萍，死生由命，前程由天。曾经的屏翳，总想一往无前地去大干一场，也想自由自在地翱翔于天空之上。可是，自从经历了与禺强的战斗后，今非昔比，她只要安安稳稳。

今晚的思尤苑，夜黑月清明，无风无闲事。丹阳、屏翳、玄冥以及燕皇后一行四人也聚在苑内赏荷叙旧。突然思尤苑的荷花池里，水波猛烈荡漾，毫无缘由，异象丛生。

"有上神回归了！"丹阳看到此情此景，马上抬头看了看云顶的二十八星宿。

"是共工上神，他司水。"燕皇后一眼便知所然，到底是羽禽族的领袖。

屏翳从思绪中回过神来，对普普通通的她来说，一个上神回归，和她又有什么关系呢？此时此刻的她，有些迷茫和沮丧，她感觉自己深陷在一个巨大的迷宫中，看不到前进的方向——丹阳真心待她好，可她还是担心自己心猿意马。

而另一头，皓月上仙和鸣喜正一起快马加鞭赶往九黎。今晚，他们依旧披星戴月。

鸣喜如孩子般单纯，后知后觉；但是皓月上仙看到月色大变，透过这夜色三分，便瞧见了星相，知道是共工上神归位。车马奔波的舟车劳顿之后，皓月和鸣喜选择投宿在一个简朴的客栈。今夜共工归位，是喜事。于是，皓月邀请鸣喜，来到了客栈楼上廊台的位置，一起喝酒赏月。皓月这次特别选了知名的兰陵酒。此酒味浓厚甘洌，琥珀蜜蜡色，朴素却真切。

"兰陵美酒郁金香，玉碗盛开琥珀光"。夜深人静的时候适合追忆。有时候想想，四季转换和情有独钟异曲同工，变化和执念都能一样随着时间，不动半分神色，却能坐享永恒。

"鸣喜……"皓月微醺，笑眯眯地盯着鸣喜，"你知道为什么我喜欢你吗？"

"胡说什么呢，皓月上仙……"鸣喜一脸羞涩。这些时日，她的脑海时不时会浮现出扶桑的记忆，但是她不知道，其实自己也早就爱上了皓月上仙，爱他的细腻温柔，爱他的胆识过人，也爱他的寸步不离。

"我小时候在帝俊至尊的身边，总是感觉比哥哥姐姐们要差很多。因为他们是嫡亲的，而我不是。帝俊至尊虽然待我不比那哥哥姐姐们差，我知道他的苦心。"皓月说道，"所以，我总是告诉自己

第十八章

要加倍努力，戎马倥偬，只希望能求得他的认可。"

"后来有一日，记不清年岁了，五虫之尊来我的府邸做客，然后我瞧见了你，鸣喜……"皓月上仙看着鸣喜的面庞，满眼深情，星辉璀璨，"你那时还是一只鸣蝉，却因为好奇误入了我这清冷之地，还伏身在了我最爱的桂花树上。这么多年来，从未有人如此肆无忌惮——因为我是帝俊的义子，从小所有人都是谦恭有礼。所以那日我在十巫台上看到你，你知道我有多么欣喜吗？"

"皓月上仙，那日我记得，我是偷偷跟着父神，来你的官邸，是我的不对……"鸣喜似乎有些慌乱，赶忙解释道。其实那日，她真的是无心之过。

皓月上仙早就酩酊，终于得此时宜，吐露了自己的心声："对，鸣喜！我知道你对扶桑很是爱慕。可是，你自己有没有分清楚这真正的爱慕和青梅竹马的兄妹之情？"

"你喜欢听这三界九州最有新意又最动人的段子。"皓月上仙不依不饶地继续说道，"青妭和蚩尤的故事，连《鸿荒传》残篇都没有提及。你想不想听一下？"

鸣喜也微醺，饶有兴致，她头上的青铜发簪在月光下更为明亮，岁月匆匆，却从未在它身上蹉跎半分："我的天，原来青妭还有这等八卦？"

"青妭自小就是这祝融上神门下唯一的闭关弟子。而蚩尤上神在万万年前，与青妭在不周山的东武里不期而遇，造就了一段可歌可泣的爱情故事。"

"自然，二人是两情相悦，但若，此情只如初见。万年前三界大战，交战双方，一方是青妭的生父黄帝——轩辕上神；而另一方是青妭的爱人蚩尤上神。你如果是她，该如何抉择？"

"本来万年之前的三界大战，应当止步于青妭，却又阴错阳差，因青妭而起。"

"当年，蚩尤上神和黄帝上神双方在共工台剑拔弩张的时候，青妭做了最后的努力——她选择站到了共工台的高处，想让双方停战。只是，那日不知道为何，黄帝上神自己的部下里，有一个不知名的士兵，军令之下慌了阵脚，反而虚发了一箭，射落了青妭。黄帝上神大惊失色，火速带青妭回陈国医治。可是，蚩尤也可能因此误解了黄帝上神，认为他简直毫无人性，竟然可以腰斩自己的至亲……于是不多日，蚩尤便带着精锐部队发兵讨伐炎黄，三界大战始发。"

还未等皓月上仙说完，半醉半醒的鸣喜突然一个猝不及防的献吻——宿醉的两人，同时一阵晕眩。皓月上仙突然也就顺势闭了嘴，还鸣喜一个触凡尘、落神识的温存。

鸣喜内心其实是复杂的，她不知道对扶桑是如何的情感，她也不愿意多去深究。但她知道，昔人已逝，皓月上仙无论如何，也确实扰动了她的芳心。如若他不特别，怎么可能比扶桑，竟更让她的内心繁华三千，如此惊涛骇浪。

今晚，夜幕撩人，月色正浓。

共工台上，帝俊、共工以及祝融彼此还在商研着下一步。

"稍等……"祝融上神突然意识到什么，对帝俊示意道，"之前我在弱水郡唤醒青龙的时候，既然是相柳取了扶桑的元丹……他是青妭的义子，他应该知道青妭的意图。可以找来相柳盘问。"

"什么？相柳这小子，跟了青妭？"共工上神突然才意识到，万年是万年，"当年他慕强，所以跟了我，现在怎么又去投靠了黄帝的女儿？真是阴晴不定！"

"你可不知道，相柳一身的戏。他还以青妭义子的身份，参加了十巫台的灵山比武论道大会。"帝俊顿时感慨，"当时局势复杂，我判了他第一。比赛中我们才知道，他吃掉了饕餮……"

共工定了定神，不想多加评论，他主次还是分得清："那……

青龙是怎么回事？"

祝融感慨道："这也是为什么我们要找你，看你愿不愿意将青龙带回来？你消失了后，青龙一直潜伏于东海，再也没有了消息。前些时日，我应青妩的央求，顾念师徒情谊，帮她召唤青龙，我都无法相信青龙还存于世……"

"只可惜，青妩与相柳的实力，没有降伏青龙。"祝融摇摇头，感慨道，"任我怎么询问，青妩就是不肯说一个字，透露她和相柳一起找青龙的打算。"

"我和祝融兄在想，他俩是否想要唤醒你，才召唤的青龙？"帝俊补充道。

"不会是我这儿的事情，一定是青龙自己。"共工听了之后摇摇头，心里有了几分从容和笃定，回应道："帝俊兄，要找青龙是容易的。他到底是我生死相依的神兽，我既然回来了，诸多事情我正好要找他交代。"

"干脆将计就计，以不变应万变。"祝融回答道，"另外禺强死了，五湖四海，也需要你这水神和青龙来平定。任务艰巨。"

帝俊表示应允。毕竟，本身青龙是否召回，他们也是打算先和共工商量再议；但是他也知道，五湖四海的风波，只有共工和青龙能平息。

先是禺强身死，又是共工神归，继而还要召唤青龙……这纷繁的生死轮回大戏，只是旁人茶余饭后的谈资，但是对于祝融来说，他知道，安静平稳的日子没有几天了。今天为了复活共工，他诸多上神的修为逝去，而他的内心深处，一颗丹心，记挂的只有屏翳一人。

天上人间，春秋匪解，享祀不忒，不过她一次五彩回眸。

丹阳痊愈后，九黎安然宁静，波澜不惊。人山人海，依旧如昔，天下却浑然不知天命将有变数，将有变劫。祝融的神识，能感觉到天地易恒，他也知道天机不可泄露。这么多年过去了，屏翳和他，本质都是一样的，都依然是这芸芸众生中的沧海一粟。

弱水河惊涛骇浪还是只取一瓢。风雨来临前，祝融还是决定偷偷寻她一次，不以上神之名。

屏翳伸了个懒腰，又是日光惶惶的一天，她转过头，却发现床榻之前，站着一个素衣仙君，哦不——居然是祝融上神！她刚要惊呼，却被祝融捂了嘴，一个公主抱，继而一道仙袖划过，他俩便消失在了思尤苑的闺阁之中。手法之炉火纯青，像极了拂天的蛮横。不过还好，祝融在与禺强斗法受伤后，别来无恙。

祝融上仙竟然完全不容她发问，就带她到了一处云雾缭绕之地。

"到了。"祝融居然看着屏翳微微一笑，屏翳还在他的怀中，"你可以叫了。"

屏翳反而无语凝噎。她看了看周遭，许久，又注视着祝融，问了一句："祝融上神，这是哪儿？"

祝融上神怜爱地看着屏翳。那眼神简直和拂天没有什么不同，满是一肚子的风月故事。他低下头，一拂云白色的仙袖，只见迷烟消散，风、月、雾、霭、雷、电，六相交互着在三界九州和四海八荒之境迅速绕着这一方石台，峰回路转，六朝可灭，五蕴皆空。

"昆仑墟的瞭望台。"祝融上神似乎有太多的话要说，但是瞬时又恢复了清冷，面色和这东泽大荒一样，从未有过任何波澜。

"昆仑墟？怎么可能？那里是只有创世真神可入的地界……你上次才和我说过，这次可不要诓骗我……"屏翳感到有些天旋地转，她抱着自己。不想，祝融上神在此处，竟如鱼得水，来去自由。他脱下了自己的外衫，给她轻轻披上。屏翳感到暖意绵延。

"来屏翳，看这个……"只见祝融上神盯着她，仿佛要看穿这生生世世。

屏翳惊鸿一瞥，但见这瞭望台的周遭，一圈圈五彩虹霓。

第十八章

她哈哈大笑，本来还以为是什么个惊天动地的景致。祝融话音刚落，屏翳就变出了更多道的五彩虹霓，和这精致的现世交相辉映，仿佛比翼鸟寻姻缘，也仿佛鸳鸯叹离别。屏翳看祝融瞧不起她怕冷的模样，突然就唱起来了儿时自己编的打气歌：

"五彩吾彩，翩翩羡羡！绕树六匝，济世补天！"想当年，屏翳因为妖仙之力低位，被看不起，她都是用这个歌自我安慰，"五彩吾彩，娓娓莺啼！俯首六漠，寥廓无天。"

屏翳不知道，到了昆仑墟，她的心绪早已被祝融上神读到。

祝融没说话，单是看着屏翳这只小燕子无忧无虑的模样，就让他眼眶湿润。要多少个万万年，要多少次努力，她才可以懂他？祝融一阵感慨。

他顾左右而言他，偷瞄屏翳道："屏翳，那……你和丹阳的婚事，现在怎么样了？"

"哦……这个啊？"屏翳叹了口气，绕了那么一大圈，"好说好说，婚事还未定。不过上次和禺强大战，也多亏您出手帮助，丹阳恢复得不错了。"

"屏翳！"祝融上神粗辱鲁莽地打断屏翳，平生第一次，他根本不想听她尽数别人对她的好，"你这段时日，可曾想过我？"时间太短，祝融仿佛争分夺秒。

"我……有啊，上次和禺强大战，你因为我受伤，我当然惦念着你。可是你总是来无影去无踪。"屏翳问道，"祝融上神，你和太阴幽荧什么关系？我们……是不是曾经见过？"

祝融笑了笑，天地变数，时过境迁又与他有什么关系？自始至终，只有一个她而已。

"你猜得没错。"祝融极其清冷，看着昆仑墟瞭望台上比肩而立的屏翳。也许祝融可以背负这万万年的猜忌和评头论足，但是他，禁不起她一句风雨缥缈的质疑：

"我，就是太阴幽荧拂天。"

这个答案，让屏翳措手不及，她吓得退了三步，看着面容极其神似拂天的祝融上神，心里想着莫不是他又是故意诳她对拂天的画像？这些个上神，为了捉住神兽，真是无所不用其极。于是她假装镇定，继续追问道，"在十巫台，你告诉我你最爱的酒，是哪款？"

"金坛于酒，我喜欢生涩清冽的那一味。"祝融完全没有犹豫，答案脱口而出，屏翳反而有点恍惚，回忆起和祝融到了无鸣庐的时候，他点的也是金坛于酒。

祝融继续说道："那日，我在十巫台看你心里打着算盘，想喝甜味的那款，可是你也奇怪，无鸣庐里点了，你又不喝。"

"那……那日，在十巫台，我问你的问题，可有答案了？"屏翳脸红，赶快转移话题。说完又后悔了，因为她慌乱之中，她都不知道自己在说什么。

"那日你好奇，为什么我要帮你。"祝融转过身去，"屏翳……你我相识，其实比你知道的还要久。所以斗转星移，对你的前世今生我都别无他求，只要你好。"

"屏翳，你对我的意义，胜过我的双眼。这个就是答案。"祝融双眸剪秋水，口唱《菱歌泛夜》和《天堑无涯》。

如菁东流的弱水河，纶巾一般静静缠绕着仙雾迷蒙的昆仑墟。屏翳大吃一惊，她抬头看了看眼前的祝融，丰姿潇洒、气宇轩昂。她竟然有一种"飘飘有出尘之表"的似曾相识之感。

原来，拂天就是祝融上神。可是，屏翳还是小心谨慎，记忆里的旧人相隔仿佛比永远更久，她自知配不上拂天，更配不上祝融上神。

三界九州浩瀚，哀乐相生，安危相易。屏翳瞬间沦陷，对拂天丝丝入扣的旧情劫，折磨得她焦灼不堪，可是她又无人可以说，她现在的感觉，便是爱恨入骨、阴晴难测。

可是，一句道歉不如一句爱过。屏翳突然跑过去，抱住祝融，潸然泪下。祝融稍微犹疑，但还是抬起自己的双臂，紧紧抱住了屏翳。屏翳能感到坚定的温暖，生生世世不可忘记。

这一重逢，如触凡尘，万万年的洪荒之流不过一次擦肩而过。云销雨霁，彩彻区明。祝融抱着屏翳，看到昆仑墟外突然五彩虹霓之光，与这天地的混沌之道紧紧缠绕在一起，轰雷掣电、天光熠熠。

他拥有万里江山，待她来毁。

祝融知道，将有大事发生。他今日带屏翳来昆仑墟，他不后悔，这里是他第一次见她的地方。没错，他可以有生生世世的等待，但是从此以后，他不想再有星星点点的后悔。

"记住，这一切都不是梦……"祝融叹了口气，两眼饱含着泪光，他摸摸屏翳熟悉的脸庞，自言自语道，"对不起，屏翳，是我情不自禁。你该回去休息了。"他出手便是一道淡淡的神息，飘入屏翳发髻中。

屏翳晕倒。她被祝融轻轻抱回了思尤苑的客房，周遭无人察觉。祝融将屏翳轻轻放到床榻之上。他吻了吻屏翳的额头——浮生若梦，如梦如来世；来世若再见，再见无归途。

……

"屏翳殿下……屏翳殿下……"只见鹊七在屏翳的眼前晃悠，硬生生摇醒了美梦中的她，"快点起来，玄冥殿下要出征了。"

屏翳一个鲤鱼打挺，赶忙问道："阿姐怎么了？"

"就在刚刚，祝融上神传召帝俊至尊的神谕，要去弱水郡讨伐相柳。而且调查已经确凿，是相柳杀了扶桑，吃了他的元丹。"

"祝融上神呢？阿姐呢？"屏翳着急地抱着鹊七，怪她不早点叫醒自己。

"他俩已经在去弱水郡的路上了……"鹊七看着屏翳如此大的

反应，怯生生地说道。鹊七抬头，却见屏翳早就化成一道五彩玄光，消失在了弱水郡的方向。

烟柳画桥，风帘翠幕，参差十万人家。

清泠渊外，铁骑兵马，浮梦万千——而这渊主青妭，却迟迟没有出现。可惜青妭还在闭关，无法替相柳挡了这一关。

正在渊内休养生息的相柳，也是后知后觉。他被千军万马纷至沓来的轰隆之音惊醒。他如梦初醒，从清泠渊中走出来，双手作揖出来迎接："相柳拜见祝融上神和玄冥上仙……我家青妭上仙还在闭关，若有什么要紧事，可以和我相柳说，我代为转达便是。"

玄冥冷笑了下，说道："不必叨扰青妭了，我们此行前来，找的是你。"

"愿闻其详。"相柳虽然面不改色心不跳，却看着大队人马的腾腾杀气，后背冒汗。

"扶桑可是你所杀？"玄冥开门见山。

也就是在这个时候，屏翳追寻着踪迹赶到，并躲在清泠渊的一个角落偷偷观望。玄冥没有注意到，但是祝融上神却早就发现了。他斜眼看了下屏翳所在的藏身点。他略微有些担心，怕她忍不住气跑出来。但终归儿女情长不影响伸张仗义。为了她的挚友扶桑，这一定是屏翳的希望。

"这……"相柳瞄了一眼神色严峻的祝融，一边内心暗骂晦气，一边猜测到祝融上神定是因为扶桑的事情，告了他的御状，"扶桑之死，是一个失误。"

"敢问今日二位气势汹汹来我这清泠渊，就是为了翻旧账？"相柳依然故弄玄虚。

"要你的命！"玄冥大声呵斥，以迅雷不及掩耳之势，跳下马背，准备和相柳对阵。

·第十九章·

汉时长安雪一丈，牛马毛寒缩如猬。

楚江巫峡冰入怀，虎豹哀号又堪记。

秦城老翁荆扬客，惯习炎蒸岁絺绤。

玄冥祝融气或交，手持白羽未敢释。

去年白帝雪在山，今年白帝雪在地。

冻埋蛟龙南浦缩，寒刮肌肤北风利。

楚人四时皆麻衣，楚天万里无晶辉。

三足之乌足恐断，羲和送将何所归。

——唐·杜甫《前苦寒行二首》

　　玄冥自十巫台后在九黎已经恢复得差不多了。交手不一会儿，玄冥便占了上风，相柳无论是剑法还是仙妖之法都招架不住，再加上他被里三层外三层的士兵包抄，根本无法突围。

　　"青姒上仙救我！"相柳大喊，可是并无动静。他不知道，青姒并不在清泠渊，闭关只是借口。想必即使青姒在清泠渊，今日对这颗棋子也会视如草芥吧。

　　祝融上神给其他士兵一个眼神，让大家开始搜索清泠渊。

　　"恶有恶报！"玄冥呵斥道。不想，相柳不到黄河心不死，突然元神又幻化成那只凶神恶煞的九头蛇，饕餮的利爪锋芒毕露，狂吠狴犴之间就长成了遮天蔽日的庞然巨物。他浑身一抖动，饕餮爪一挥，一圈士兵都应声倒地。

玄冥一个轻巧地躲闪，躲过了这几掌。而相柳狂躁舞动起的尖锐鳞片刚甩到祝融上神附近，还未及近身，顿时被化为灰烬。其中有几片冲着躲在暗处的屏翳闪过去，屏翳吓得赶快闭眼。许久未有动静，她睁开眼，却发现蛇鳞早已无影无踪。

是祝融帮助她躲过一劫，今天这个意外，也让祝融决定下令屏翳只能待在思尤苑，不能再出来冒险。

相柳开始撕咬周围的小兵，看这架势是要突破重围逃跑。

"当年在十巫台比武，你暗箭伤我姐妹二人，今天让你看什么叫真正的神兽！"玄冥话音落，就见她幻化成一只金光冲天、浑身散发着傲人神力的朱雀。

她的玄鸟元神如此炫目，光芒四射，照耀得相柳一阵头昏眼花。想当年，三界九州"战神"的神兽，何等骁勇，怎会不识干戈？玄冥扑动着炙热的火翅，绕着九头蛇，伴着犀利的鸟鸣，盘旋而起。风声鹤唳、草木皆兵。见此状，九头蛇慌了阵脚，它其中的一个头开始喷火，另一个头伺机咬住朱雀。可是玄冥轻轻用双翅一扇动，滚烫的龙卷风便从天而降——九头蛇连头的位置都控制不了，更不要说偷袭朱雀了，有几个头马上拜下阵来。

相柳穷途末路。其实本来，他不吃饕餮，不贪图饕餮爪，他的蛇身还可以轻易摆动溜走。有了饕餮爪，他抓地太牢固，反而没法逃之夭夭。他垂涎许久的神器，却成了掣肘他的因素。

见此状，玄冥开始全力进攻。她一边用嘴去叼相柳的眼睛，一边灵活躲开其他几个蛇头的攻击，并用朱雀双翅煽动出的真火反向灼烧这只九头蛇。相柳早就是垂死挣扎，如一条虫，被凤鸣戚戚的

第十九章

朱雀当场踩在了爪子之下。

他们俩都慢慢化回真身。只见相柳浑身都是被利器划伤的印子，嘴角也都是血，玄冥一脚踩着他的胸口，用剑指着他。

此时，搜查清泠渊的士兵们也都回来了，向祝融上神禀报："祝融上神，这里除了几个做事儿的小妖，没有其他人了。青妩闭关的房间是空的。"

"哈哈哈哈……你们杀我有什么用？青妩上仙就要成功了！等她拿到了禹剑，一定会为我报仇的！"相柳仰天长啸。

"禹剑？是什么？"玄冥踩得更重了，逼迫他说出来，相柳吐了一口血。

"我死也不会告诉你！"相柳说完，就直接对着玄冥的剑，把脖子蹭上去自刎，当场掉了半个脑袋，场面极为血腥——相柳之血污染过的清泠渊，一片荒芜。

玄冥惊呆了，回头看着祝融上神："祝融上神，禹剑是什么？"

祝融上神面无表情，但是其实内心翻江倒海。他注视着相柳血腥的尸体，然后用无形的真火把九头蛇化为灰烬。

祝融最担心的事情还是发生了。

都怪他百密一疏，一直尽心尽力看管蚩尤的三个分身。却终于发现自己竟忘记了如此重要的一个环节，那就是禹剑。蚩尤上神本是战神，所以只要被他自己随身携带的神兵利器禹剑召唤，三个分身再凑到一起的时候，他才会觉醒。

到时候，三首归位，不周山、麟鹿、屏翳和天地九州，都会荡然无存。灭世居然只要一把剑？三界大战后，没人知道禹剑去了哪里，大家都以为它早就摔碎了。

祝融深吸一口气，只感觉到后背一阵发凉。

他望着清泠渊的犄角旮旯处，说道："屏翳，出来。"

屏翳噘着嘴，从暗处慢慢走出来，看着有些愠怒的祝融：“我只想帮忙……”

“屏翳，你怎么来了？”玄冥赶快拉过屏翳，上下打量，生怕她受伤。随后玄冥对着祝融作揖：“祝融上神息怒。屏翳她这次尾随我们，一定是好奇心作祟。无知者无罪。”

祝融冷漠地盯着屏翳，又看了看玄冥，说道：“玄冥，你现在带屏翳回九黎。没有上神令，屏翳不得跨出思尤苑半步。另外，如果看到青妭出现在九黎，立刻抓捕。并且让人飞鸿禀报我。”

祝融继续看着军队的士兵说道，“我要回一趟不周山。大家飞鸿传信，各自保重。”

“是，祝融上神！”玄冥知道会有大事发生，便没有再多言。她看了眼屏翳，只见屏翳双眼就没有离开祝融上神。屏翳今日确实有点不知所措，昨日的柔情蜜意换成了今日的冷若冰霜。也或许，昆仑墟里发生的一切，不过是她一场黄粱美梦。

……

思尤苑这几日则特别热闹，丹阳又跑来找屏翳。听说她自从弱水郡的清冷渊回来后，就一直茶饭不思，他给她带了她最喜欢的水果荔枝，却见她两眼无光。丹阳以为，屏翳是因为被禁足思尤苑不开心。

“丹阳……”屏翳一脸倦意，“我有一晚好像做了个很奇怪的梦，又好像不是。”

“你说说看。”丹阳凑近了屏翳，插科打诨道，“难道是梦到我俩洞房花烛夜？”

屏翳给了他一个白眼，慢悠悠地说道：“我有一晚，好像做梦梦到祝融上神带我去了昆仑墟，然后他告诉我，他就是拂天……”

丹阳双手赶忙扶住屏翳的肩膀，字字句句说道：“你不告诉我做梦，我都觉得你是在做梦。"

"首先，祝融上神不可能进入得了昆仑墟。这九州三界，连帝俊至尊都进不去。因为那里是创世真神的神域，只有盘古、伏羲、女娲和太一四位创世真神可以进得去。再者，祝融上神的元神是阳火——而上次十巫台的拂天，你我都见着了，他是至阴之气，阴阳相克相悖，他们不可能是同一个人。"

"而且，上次比武论道大会来了那么多的三界精英，如果真是祝融上神，就算他带着曜石半首，大家也早就认出来了……"丹阳条条罗列，言之有理，"最后……就算祝融可以进得了昆仑墟，就算他是拂天，品阶分明，高高在上的他为什么要来找你呢？"

屏翳心里有些难受，低下了头，丹阳一语中的，戳中了她的痛处。丹阳看着屏翳十分心疼，觉得自己说错了话："我知道，拂天以前帮过你，你也对他很崇拜。但是，他接近你都是因为玄冥——这是大家那日在十巫台上看到的，玄冥是和他一个品阶的六大神兽之一，神兽保护神兽和其血亲，很正常。"

"你对祝融有好感，也是因为他救了你；可是……与禺强大战那日，我也救了你呀！"

"一个男子，若是对一个女子有情义……"丹阳认真地凝望着屏翳道，"他一定会来找你，他也一定不会让你受到委屈和孤独。比如，我对你。"

屏翳没有说话，她静心想了想，似乎还挺有道理的，这一切就当是一场梦吧。

就在这个时候，鹊七来了，她给丹阳行了个拜礼，然后说道："屏翳小殿下，燕皇后叫你去一趟她那儿。"

"好……怎么了？"

"鸣喜和皓月上仙来了。"屏翳先是一阵惊喜，接着又忧愁，然后她看了看丹阳，丹阳马上关切地安慰道，"放心吧，我陪你一起，不要怕。"

正走着，鹊七在屏翳耳边悄悄说道："小殿下，那日你和祝融上神出去……我看到了，你还好吧？看你这段时间都无精打采的。"

"什么？你看到了？"屏翳吓了一跳，一头冷汗，心里惦念道，"看来，这是真的，不是做梦。可他说的那些话，为什么不冷不热、不清不楚？就算他是拂天，他自始至终都没有对我有什么交代。"

一转眼间，屏翳、丹阳和鹊七就走到了燕皇后的住处。

屏翳和丹阳看到，皓月和鸣喜已经坐在了燕皇后身边，他们面前摆放着珍馐美味，其中还有鸣喜最爱的莲子糕，百润清香。

"皓月上仙，鸣喜……"屏翳主动打了招呼，点了下头，可她感觉到了鸣喜刺骨的生疏。

鸣喜看了她一眼，没说话。屋内的气氛寒于二月霜。

皓月倒是大大方方，满面春风说道："屏翳小殿下，丹阳太子。自十巫台之后，好久不见，别来无恙。最近听说你们已经在谈婚论嫁了，是喜事，恭喜！"

不等屏翳解释，丹阳赶忙抢着回话道："多谢皓月上仙。"

"来，大家都是自己家里人，坐着说吧！"燕皇后热情的招呼大家坐下，"鸣喜，多吃几块莲子糕。屏翳知道你喜欢。这次我们亲自从思尤苑的荷塘采摘的，这也是屏翳专门为你准备的。"

"谢谢屏翳殿下，谢谢燕皇后。"鸣喜作揖，但还是一脸秋霜。屏翳偷偷瞄了鸣喜一眼，感觉她气色似乎好了些，至少不憔悴了。她发髻上那支做工考究的青铜发簪子倒是更显清灵动人，幽光粼粼，犹如祖母绿的宝石般好看。

这青铜发簪，一定是皓月上仙送给她的定情信物。

"燕皇后，此次我是代神农上神和玄武上仙来的。所以不能久留，

第十九章

想请您帮个忙。"鸣喜说道。

"但说无妨。"

"神农上神这次出行采药，怕是中了什么奇毒，一直昏迷不醒。玄武上仙着急，听说医治的法子是一味方子，只燕皇后地方有，想借一下救急。"

"哦，是哪个？"

"便是百草丹。"鸣喜答道。

燕皇后愣了下，突然回想起好像那是自己生孩子时候的神农拜礼——现在来要，估计这次神农确实病得不轻。她马上意识到了鸣喜和皓月的意思，终归要顺着她的话，给足灵山颜面：

"百草丹我这儿确实是有一颗珍藏。"她马上转向鹊巧，"去，鹊巧，帮我拿来。"

这个事情，玄武上仙找鸣喜来说，还带个帝俊的义子，足见分量之重。不过，扶桑本也是神农一手栽培大的，算半个嫡亲的孩子。所以扶桑因为燕精一族而死，燕皇后显然是知情达理——燕精欠灵山一个人情。

"听你这么说，神农上神日夜操劳。正好，我这儿还有一盒上好的元鸟金丝盏，从不外传，也一并送给神农。每日熬制服下，可以恢复不少神力和元气。"燕皇后继续和风细雨地说道。

皓月上仙代表鸣喜将两份礼物都收了下来："燕皇后果然母仪天下。谢谢。"

"谢谢燕皇后，我们要回去了。告辞！"皓月话音还未落，就见鸣喜意气用事，一脸氤氲。宴席都没开始，她就道别，十分不给燕精一族面子。莲子糕自然也是没有动一口。

燕皇后没有说话，看看屏翳，屏翳一直低着头没发话。

就在鸣喜和皓月快走出思尤苑的时候，突然，鸣喜发髻上那支漂亮的青铜发簪，自己掉了下来，飞回到了燕皇后房门外楹柱的地上。这一巧合的跌落，连鸣喜自己也没有察觉。

没过多久，屏翳、丹阳和燕皇后聊完了事出来。

屏翳刚走出房门就看到了这支青铜发簪，没想到青铜发簪似乎也和她对上了眼，自己就飞起来，跳到了她的手上。这一新奇的景象，连丹阳也看呆了。

"这支青铜发簪很漂亮！"丹阳对着屏翳说，"还有灵性。是你的啊？"

"不是。"屏翳觉得有些怪异，"应该是鸣喜的。我刚刚在母神殿堂里看到过。这可要还回去，否则她肯定又要觉得我拿了她的东西。"

"你傻啊，屏翳。"丹阳赶忙阻止，"你看鸣喜今天，连燕皇后的面子都不给。他们现在早就走远了。她对你既然已经有成见了，到时候非但不会感谢你捡到，说不定还说是你偷的。"

"你……说得也对。先放我那里，等下一次见到她了，再还给她。"屏翳自己点点头，轻巧得藏起了青铜发簪到自己的仙袖里。可是，她总是觉得今天有点古怪，说不出是哪处。

正说话间，玄冥带着几个侍从快速走回了思尤苑，风尘仆仆。

"屏翳，刚刚和鸣喜还有皓月上仙打了个照面。"玄冥说道，"鸣喜都没有搭理我。你们不是又吵架了吧？"

"阿姐，没事儿，他们是和母神要了些药，神农上神昏迷了。"屏翳赶紧解释道。

玄冥看了看丹阳和屏翳，"有空了我再和你们说详情。刚刚又收到一封加急的飞鸿，还是祝融上神的，他再三叮嘱思尤苑紧闭，不允许闲杂人出入。"

屏翳又开始自言自语："这么较真……难不成，大事和我们燕

第十九章

精一族有关？"自从屏翳偷偷跟随，看了玄冥大战相柳后，还说起什么剑，她能感觉到这事情和元鸟有关。

不周山的东武里，麟鹿照常三省其身，应和着晨钟暮鼓洒扫庭除。

不周山下的弱水郡，突然一阵乌云密布。麟鹿在想："会发生什么事情呢？不过共工上神归位，现在弱水郡明显祥和了许多，水神回来，自然雨水丰厚不少吧。"

"麟鹿"，祝融上神出现在他的身边。麟鹿转过头，活灵活现的眼神纯真如初。他额前的蛟龙双犄倒是长得更大了些，已经开始分叉了。祝融上神一阵揪心。

"麟鹿拜见祝融上神"，麟鹿赶忙放下扫帚，"您最近总是不在家，麟鹿很想念您。"

"有大事发生。"祝融上神也看到了弱水郡的乌云，"无论发生什么，你都不许走出东武里，更不许离开不周山。"

一边说着，祝融上神开始施法给东武里外架起了一道火神法阵。朱光直冲云霄，噼里啪啦炸裂异物的神法法阵，把东武里安安稳稳罩在了里面。他说道："有这个防护，外面任何人都不进来了。记住，任何人也不允许出去。"祝融上神本来想直接说透不允许青妭进入，但是他担心，青妭诡计多端。而且，因为麟鹿和青妭青梅竹马，怕是说了以后，麟鹿反而胡思乱想，主动跑出火神法阵，去找青妭。

麟鹿看到此情此景，三界大战都不曾有过祝融上神施加神法法阵。他知道事态严重。

他想再问些什么，却被祝融上神双眉紧锁的威严吓了回去。

恰好此时，远处，乌云密布电闪雷鸣，同时一道青光犹如彗星尾巴一样划过。祝融上神的双眼望着弱水郡的东海之滨，满目元神真火熊熊。

"弱水郡有事!"祝融上神宛如"九秋风露"和"千峰翠色"交织的秘色仙衣,突然被他元神的真火燃化,同时元神之火又召唤出了绛色的战甲。祝融上神枕戈披甲、蓄势待发。

祝融早就心不在焉,他说道,"我去去就回来!"

麟鹿吓得什么都不敢说,什么都不敢问,上一次祝融上神主动披上战甲,还是万年前和共工打架的那次。

确实,今天的弱水郡要发生一件大事。

因为共工上神回来了,而他,决定召回自己的神兽青龙。好戏才刚刚开始。

· 第二十章 ·

轰轰隐隐，若转石之坠高崖。

硍硍磕磕，如激水之投深谷。

——北魏·温子升《韩陵山寺碑》

今日的弱水郡像极了温子升笔下的那句场景——"钟钟鼓嘈杂，上闻于天；旌旗缤纷，下盘于地"。大队车队人马都是迎接共工上神回来的。可不知道是不是弱水郡的主神——共工上神太久没有回来，今日夹道欢迎的队伍竟然弥漫着"壮士懔以争先"的苍凉感。

共工上神依旧如往日般，红发紫衣，气定神闲。他今日昭告天地，决定召回藏于东海之滨的神兽——青龙。

这个消息也早就传遍了三界九州。百姓们的担心倒是很现实——因为青龙万年不出现，一旦现身上岸，就怕排山倒海的骇浪会漫灌半个弱水郡。共工上神心里有数，今日他也已经安排好士兵们提前将弱水郡的百姓撤离到了高处。

可是鸣喜并不知道。

前几日她让皓月先带了百草丹以及金丝盏去给神农救急，自己还是决定来康回轩散散心——毕竟这里曾是扶桑住过的地方。她今日来是想告慰扶桑的在天之灵，她有了新的归宿，让他放心。

鸣喜到了康回轩，才发现人去楼空，酒杯茶壶也是狼藉满地。而不远处的东海之滨，她望见了排兵布阵的弱水郡士兵和一个红发紫衣的上神在做法。她看过《鸿荒传》残篇，加上皓月和她说过的三界九州的大事记，所以她一眼便认出了共工上神。

只见共工对着辽阔的东海之滨，双手之状升平，神光沐浴恩泽，万里虚室生白。共工强大的神力和燃起的荧蓝光息错落有致，他的元神显现出来——只见东海之滨在光电雾霭之中，站立着一条巨型的人面蛇身，金光四射。共工元神依然是红发冲天，只是俯仰之间，天陆之界便乌云密布，雷电交加，四海难平。

沧海尽成空，万面鼓声中。

共工的元神抬起右臂，掌心对向前方的东海，东海海面旋即开了一条波纹——海被分成两半，强大的潮汐仿佛瞬间静止——海滨栈道原来如此。

鸣喜看到共工的元神，立刻倒退了两步，她心生敬畏。想了想，她又倚着康回轩的门檐，悄悄靠得更近了一些。她想，扶桑遇难当日，也是见了这海滨栈道初开的这番景象吧。此情此景却是天人两别，她热泪盈眶。好在扶桑从此不用体会人间的七情六欲之苦，也是天命的恩赐吧。

"青龙！"共工只是对着大海，用唇语轻轻说了这两个字，在场的三界众生便听到了如雷贯耳的这一声上神神谕召唤。

共工话音刚落，只见远处惊涛骇浪，"飞蛟蜿而俱悦，鲸群纷以相欢"。近距离的海滨栈道反而突然安静了下来。随即，数十道落海的天雷打下，但见龙登玄云，鲲鹏神形俱来。东海之滨瞬间神气冉冉——"如鹏鸟背负青天而莫之夭阏"的滂沱之感也是青龙回归的征兆。

共工上神又将手掌换了一面，对着远处招安，而他元神的金色蛇身，也开始不断拍打着浅滩上的浪花。鸣喜这辈子都没有看到过蛇尾摆动的速度居然能超过轻蝉的振翅，风樯阵马，奔逸绝尘。

一声慨叹之间，那条巨型的青龙就仿佛时空神移，游到了浅滩。好家伙，青龙身高十几丈，而他因为洄游的速度太快带来了惊涛骇浪，浪涛果然冲毁了诸多滨海的许多店铺和栈道。还好，鸣喜用了剑法和仙妖之力定住了自己的位置，否则光是那气浪，都可以把她这只小蝉精震得粉身碎骨。

青龙看到了共工上神的元神，慢慢平息下来。共工的红发也慢慢落回到了腰间；同时青龙也是，他的元神慢慢俱形，幻化出了真身。本以为是个五大三粗的悍夫，没想到青龙竟然是个稚气未脱，风度翩翩的少年郎，木槿紫色的锦幛战甲层层覆盖在周身上，这装扮倒是和白虎少昊将军的琥珀战甲，遥相呼应。

风雨之后，青龙有些冠履倒置，看到共工上神马上双膝下跪，一脸凌乱地大哭道："共工上神，您终于回来了。这么久，上神您都瘦了。"

"青龙，这万年，你可好？"共工站起来，整了整双臂的仙袖，说道，"辛苦你了。"

青龙如同孩子一般，抱住共工上神的双腿，手都在抖："上次三界大战后，您也不在了，我心灰意籁——这些时日，都一直蛰伏在东海，被其他蛟龙嘲笑，像只软柿子……我对不起共工上神。"

"往日的事情，莫要再提。"共工答道，"前段时间，祝融来召唤过你，你为什么不回？"

"上神，你连这个都知道啊……"青龙小声嘟囔着，"主要是我还对祝融上神和你在不周山的那一仗心有芥蒂。另外就是，他没事先通知，就叫了上次大战的罪魁祸首青妭来捉我。我好歹也是一个神兽，怎么可能束手就擒？幸亏青妭只是个旱神，也不敢在我的东海放肆。"

"青娥和祝融上神走了后，我就又多了几日清闲。前段时间，您归位，我早就感知到了。所以提前就在这附近洄游等您了。"青龙做了个鬼脸，一脸洋洋得意。

共工给青龙整理了下紫色的战甲，微笑道："为何青娥要执意来寻你？"

青龙翻了下白眼，"还不是旧情难忘？青娥为了蚩尤上神的东西——禹剑。蚩尤上神早就分尸而死了，我不给她，是让她反省。当年两人爱得轰轰烈烈，害三界遭殃。"

"什么？你怎么会有禹剑的？"共工听到此话，反应和祝融一模一样，突然意识到了什么，追问道，"禹剑在你这里？"

"是的。"青龙一边说一边从嘴里变出一把锈迹斑斑的神剑。神剑隐约可见腹上刻着的迢迢星宿和背面的山川纵横乾坤图——岁月凿掉了剑身上的血腥之气，但是剑光依然让人不寒而栗。此剑和历史的记载，果然惊人的相似。

"三界大战的那天，黄帝从蚩尤那里夺走了禹剑。我本想帮忙去营救蚩尤上神，但是一阵刀光剑影后，不知道为何黄帝手里的禹剑不小心掉到我的嘴里了，吃进去的时候很不舒服……我怀念蚩尤上神的恩泽，所以禹剑一直在我这儿。"他笑眯眯地用手指着自己的肚子，"一把没什么反应的神兵利器而已，我代为保管。"

共工这才意识到，三界大战的时候一片慌乱，只有青娥是一直躲在暗处旁观的。也许是那个时候，她看到了禹剑的下落……共工回复道："新的朱雀已经归位了，青龙。把禹剑给我，蚩尤之物，我们应该还给九黎。"

还没等到共工和青龙反应过来，只见一道青光坠落——这道炸裂死生轮回的青光，带着火光冲天的闪电，钩住禹剑，硬生生一扯。

青龙的手松了。

大家回头一看，青妭竟然从弱水郡的上空倒挂而下，抢夺过这把锈迹斑斑的禹剑。

"这禹剑不属于你们！"青妭抢过来后，就要逃跑。话音还未落，她便被共工之神用东海里的海水拧成一股绳拉了一把，于是她坠落在沙滩上。但是她马上起身摆好架势，要回击。

"把禹剑还回来，青妭！"共工呵斥道，"不要闹，这把剑这么多年，没有开刃，你也用不了。"

青妭愣了一下，禹剑还能自封休眠？但是她马上摆好架势，说："我借用一下，用完就还。"

"青妭，你到底要干什么？"青龙问，"蚩尤上神早就死了。"

谁知道青妭马上和共工以及青龙打了起来。万年不见，她功力和仙力确实都增进不少……而共工和青龙刚回归，也比较虚弱。出乎意料也在意料之中，三招之内，两人都无法拿下青妭。

霎那间，青妭发现不周山轰轰而响，火光冲天，她心想，大事不妙，祝融上神要来了……

说时迟，那时快，青妭瞥见远处躲在暗处的鸣喜对自己招手，想都没想，她便飞了过去。

共工和青龙见她又要逃跑，刚要追，两人却被远处一群突如其来的乌黑蝉群螫得迷了视线，缚住了手脚；而士兵们，早就被鸣喜不动声色地收拾服帖了。

青妭握住禹剑，跑到鸣喜身边，两人刚要移形换影……才赶到的祝融上神眼疾手快，打了一道火雷过去，几乎穿透了青妭的半个胸口，狠辣无比，鸣喜也被火雷劈得皮开肉绽。但是鸣喜还是努力坚持着，她回头看了祝融上神一眼，才发现，他的长相……不就是以前她在十巫台上看到的拂天吗。

鸣喜和青姒两人幻化成一道青烟，向着西边的方向逃窜而去。而共工和青龙的蝉法阵，也自动解了开来。祝融正要去追，却被青龙拦了下来："好久不见祝融上神！"

"上次见您是穿战甲，欺负我上神；这次见你也是穿战甲，还把一个弱女子青姒，打得奄奄一息……"这一句话，道出了青龙的立场。他只是觉得，祝融一直有勇无谋且不分是非。

祝融回看青姒和鸣喜消失的方向，估摸着青姒也是活不多久了，遂闭了下双目，然后炯炯有神地盯着青龙："青龙，她拿走了禹剑？"

"她拿走了！"青龙说，"但是剑在我肚子里的时候，就在东海海底万年沉寂——现世早就封口了。剑没开刃，用不了。"

祝融稍稍安慰，他的绛色战甲也随着心境收了回去。一身飘白色的素帛重新舒展下来。他猜想，禹剑的开刃不是靠磨刀石就可以的，神剑如果不开刃，那完全没有神力，也召唤不了蚩尤。实话实说，他也不知道禹剑是哪里冒出来的幺蛾子，以上都是他的推测。

共工看着祝融说道："青姒执着于禹剑，难道真是为了召唤蚩尤？"

祝融看着她们消逝的方向："但愿她不知道这其中的意义，只是犯傻。"

思尤苑里，玄冥和屏翳还有燕皇后在一起。

玄冥对屏翳说道："屏翳，祝融上神让我把一样东西交给你……"只见她一拂衣袖，飘出一颗黄绿色的幽幽神元，是桑叶的形状，"这是我们杀了相柳后，拿回的扶桑元神。"

屏翳高兴得眼泪都落了下来。

玄冥说道："元丹放你这里。如果下次你再遇到鸣喜，可以把这个给她，她应该就会原谅你了。"

屏翳收起来后，非常高兴，总算鸣喜这边的事情可以放下了。

第二十章

就在两人交谈之际，丹阳突然来了，神色焦急地说道："帝俊至尊刚刚下令，三界九州抓捕青妭和鸣喜。"屏翳一下子慌了神，青妭和鸣喜，怎么绑到了一起？鸣喜这么好的孩子，难不成也是被挟持？她焦急万分，很想去救她，但自己也身陷囹圄，被软禁在思尤苑。

而此时，她仙袖里藏着的灵性青铜发簪，也是不停抖动——屏翳心想，鸣喜遇险，它才会如此感应。

祝融上神究竟是上神的品阶……青妭的半个胸膛都被穿透了。青衣被染成了朱红色。她与受伤的鸣喜依靠在一起，马不停蹄地飞行，两人终究体力不支，滚落到了一个不知何处的深渊。

不知道过了多少时间，鸣喜才醒过来。旁边的青妭已经奄奄一息，靠在晦暗的深渊底部苟延残喘。鸣喜抬头，看到头顶的一线光明，但是四周却被浓重的尸腐之气笼罩着——整个深渊底部，时而明亮，时而晦暗，地上只有一些碎石，和低矮的几簇杂草。杂草上又开了些好看的白色小花，叶子是菱形且宽大，也和光影般，当亮光扫过，它便出现；一旦隐晦，就消失。

"到了目的地。"青妭会心一笑，血液不断从嘴里和鼻腔里渗出来，"肝榆之尸。"

鸣喜读的《鸿荒传》残篇里曾有记载，肝榆之尸本是上古凶兽，但是传说它后来化为了阴阳两界的生死分隔之地，从上神仙妖到肉体凡胎，死后都会在肝榆之尸被引导走入阴间，任何人一入阴间难有再还时。所以这里神秘而令人敬畏，也就阴差阳错长出一些可以让人起死回生的草药。

不同于之前人声鼎沸的君子国，和机缘幻化的浮山，要到达肝榆之尸，必要有将死之人才能进入。"鸣喜，快，趁着还没有天黑，拔了这几株薰华草。"青妭有气无力，而禹剑横躺在她身边，犹如破铜烂铁一般无用。

鸣喜虽然也是伤痕累累，但还是忍着剧痛，终于拔了几株薰华草。薰华草到了她手上后，便显现了真形，稳定下来。

"薰华草，那你赶快吃一点，就会好了……"鸣喜看着青妧痛苦的模样，很难受，几乎是哭腔，"青妧，你好了，我带你出去。"虽然鸣喜自己也是满身伤痕——祝融上神的火雷果然厉害。

"不用了鸣喜，我走不出去了……"青妧说道，"薰华草在肝榆之尸的疆域内是没有药性的……否则将死之人都来，岂不是成了改天逆命的神药？拿出去，你吃一株，剩下的，带去陈国给我父亲。"

"咳咳咳……"青妧突然剧烈地咳嗽了起来，她颤颤巍巍从全是血渍的青衣里，拿出一只白虎的虎符，"有这个，黄帝城他们就知道你说的是真的，也不会加害你。"

"青妧，青妧……"鸣喜摇了摇青妧，可是她却昏死了过去，血液浸润了那禹剑。

鸣喜半跪在地上，对青妧磕了三个响头。她不知道为什么眼前的青妧，世间所有的人都要与她作对？为什么只因为她要和爱的人在一起，就要被赶尽杀绝？她和青妧本质其实是同一类人，求而不得、爱而无果，天人两隔和穿心之痛她们都深有体悟。

鸣喜拼尽全力，化出元神，一只清蝉，飞出了这一线天空。待她飞出来，回到了一个林子里，再回头看，那道缝隙居然消失了。

果然，能进去生死一线的肝榆之尸，并不是因为自己，而是因为奄奄一息的青妧。

鸣喜赶快坐定，吃了一株手中的薰华草，瞬间感觉丹田温润，全身通透。鸣喜身上皮开肉绽的伤，也开始和她的妖力一起，慢慢恢复。

而青妧，在弥留之际，看着鸣喜飞了出去，那么久以来……她第一次认真地笑了。她看着肝榆之尸的入口慢慢自动关上，终于解脱了。

她帮助鸣喜，是因为棋子一枚吗？是，但也不是。鸣喜帮了自己，可以算是一枚棋子。同时，青婄也想帮她，因为小小的鸣喜，让她想到了当年的自己和蚩尤——尤其是青婄看到她为了扶桑千万分努力的时候，她感同身受。天人两隔的苦痛让她这一路砍砍杀杀。浑浑噩噩的盲目执着跨越星河……为了爱情，为了尽孝，她都努力过。

就在这冥冥之中，她突然感觉到自己元神出窍了，在黑暗之中神游。

神游之际，一位穿着金色霓裳的郎君出现，她回头，这音容笑貌——竟然是蚩尤的眉眼和神色。她绝对相信自己是死了，才见到了蚩尤。"蚩尤，你怎么来了，你……还好吗？"她抱着他，开始哭泣。

和蚩尤神似的郎君，也单手扶住她，她感受到了一阵熟悉的温暖："青婄，我……是禹剑。"

青婄猛然将禹剑推开，可是他和蚩尤真的是一模一样——连神色、姿态和讲话的声音都是。

禹剑幽幽地说道："青婄，你一直找我，不就是为了召唤回蚩尤吗？你找对了人——我能让他活，也就可以让你活。"

"我怎么相信你……是禹剑？我怎么确定？你莫不是这肝榆之尸的妖魔精怪幻化的？"青婄看着眼前的蚩尤，不，是禹剑，确实真假难分。

禹剑笑容满面，他金色的仙袖一挥，便浮现出来了一个旧日的场景：

蚩尤在九黎戎马倥偬的军营里，赭红战甲披身，上面雕刻着大大小小妖族的图腾，未开刃的青铜禹剑放在身边。桌上摆着还未吃完的豆赐。青婄看到，鼻子一酸。豆赐是蚩尤曾经最爱的小吃，他行军前，青妭最爱烧给他吃——将麦芽糖浆煮沸成浓稠状，浇至蒸熟的豆子之中，果腹抵饿。

蚩尤正在和上一世的神兽朱雀对话，彼时朱雀还不叫玄冥，他是身着朱槿战衣的年轻男子身。"神尊，炎黄二帝近来都被人间盛行的妖书《易妖传》蛊惑了，才会对你有误解的。"朱雀半跪，"他们对您宣战，也定是碍于闲言碎语。您要不要找祝融上神帮忙从中斡旋？"

"朱雀，"蚩尤看了看军营远处，正在吃着草的战马，"以我和祝融的交情，他如果要帮助我，早就帮助我了，不会等到同室操戈。"

"想当年，黄帝对自己亲生的妖元女儿青妭，都可以如此狠心地送走……"蚩尤看着朱雀，双目坚定，"更何况是对我？我蚩尤多年征战，是为了扫除九州三界的不公和奸邪。数万万年，我从未有过私心……只是因为我的元神是妖，反而到头来，被人讨伐。"

此情此景，青妭热泪盈眶。确实，她的生父对妖，一直有解不开的结。

"神尊，无论您做什么选择，朱雀都追随您！"朱雀双手作揖。

蚩尤点点头。突然，他抽出一把青铜匕首，慢慢一寸一寸地割开自己手掌中曲折的命运线，然后把血滴在了禹剑之上。朱雀大惊，连忙问："神尊，您为何要歃血祭剑？"

"禹剑是随我征战多年的利器，但是它也是神兵。"蚩尤看着朱雀说道，"这么多年，我都没有召唤过它的神力。《易妖传》我读过，那里面提到禹剑认主，以主人的鲜血召唤，可还愿。"

一刹那，禹剑的周身被金色的仙气笼罩。只见禹剑突然消亡，缓缓幻化成了一位金衣男子的形象，那位男子的手里，拿着一卷古籍，是一位读书人的形象。

只听蚩尤抽出神识，慢慢走到金衣郎君身边，问道："你是谁？"

"我是禹剑。但是……"禹剑说道，"我形神不定，可男可女。"
话音落，只见禹剑金色的郎君之身消失，却一阵仙雾起，变成了青
妪的模样，青青子衿，如荧如萤。他用青妪的声音，看着蚩尤的神
识说道："蚩尤，你有什么愿望？我可以帮助你！"

"呵呵……"蚩尤冷冷地看着阴柔无比的禹剑，"《易妖传》这
本邪书，总自诩能根据妖变参透凶吉，字里行间居然还藏着这样阴
暗的诛心妖术。"

禹剑又变化回了《易妖传》的著者——衣冠楚楚的京房的形象，
说道："蚩尤你错了。坏的不是《易妖传》，而是人心。京房也是博
识今古的易学宗师，却被人诬陷，死于非命。"

"我蚩尤，已是战神，所以我的愿望不需要重蹈覆辙的战无不
胜……"蚩尤想了想，答道，"这次三界大战，亦非我所愿。只是
小人在炎黄二族之中散播关于妖界的谣言……天道不公，我为妖神，
百口莫辩。"

"哈哈，蚩尤，你为妖神也为战神，可是你有不甘。"禹剑一语
中的，望着蚩尤。

"我的心愿很简单。这场三界大战，无论输赢，我都要公平正
义和凛然无愧的说法。我愿，徇私舞弊和听谗惑乱之人，无论普通
人还是三界的上神，都受到惩罚。"蚩尤一字一句地说道。

"爽快，可以！"禹剑说道，"不过……要开刃愿成，你需要斩
断情丝一缕。断一情以报一梦。"

只见禹剑轻轻仙袖一挥，蚩尤的面前，便出现一缕情丝。他的
手腕上，绑着一根细细的金线，那一头，连的是祝融上神门下无忧
无虑生活着的青妪。这个时候，她还在不周山和麟鹿为了一个软糯
糯的青青合欢饼而斗法。蚩尤情丝的另一头，连着的是青妪的手腕。

在现世的肝榆之尸神游的青妪见状，泪目大喊道："不要！不要！

蚩尤！"

　　"禹剑，切断情丝，青妭……她会有什么后果？"影像里的蚩尤听不到也不会听从青妭的呐喊。

　　"她生，你便死；她死，你便生。"禹剑轻轻悄悄依偎在青妭耳畔，喁喁私语，"你决定。"

　　那话，既说给蚩尤，也说给青妭听。

　　眼前的剪影开始慢慢消散，青妭跑过去想抱住蚩尤，却没想到穿堂而过。她回头，只见蚩尤满脸是泪，情丝若隐若现，他自言自语道："青妭，对不起……我爱你！"

　　然后他拿这手中的禹剑砍断了情丝。

　　一阵诸法皆空的死寂。

·第二十一章·

有人衣青衣，名曰黄帝女魃。

蚩尤作兵伐黄帝，黄帝乃令应龙攻之冀州之野。

应龙畜水。蚩尤请风伯雨师，纵大风雨。

黄帝乃下天女曰魃，雨止，遂杀蚩尤。

魃不得复上，所居不雨。

——《山海经·大荒北经》

　　缘聚缘散，不过剑起剑落。青妭的思绪回到了万年前的三界大战当日。

　　那日，风寂寥，日光更凄惨。青妭看着剑拔弩张的蚩共部落和炎黄人族，不顾危险，站在了坚硬冰冷的共工台上。

　　"青妭，不要闹，快下来。"只听见黄帝轩辕示意身后的弓箭兵不要轻举妄动，黄帝身上琥珀色的绶带轻裘高高在上，周围人群屏息静气，"这里不是你个女孩子该来的地方，快回东武里！"

　　青妭回头看了看蚩尤。那时，他一脸冷漠，一副视死如归的模样，而他手里的禹剑，也第一次闪现着玄妙的金色仙光。青妭看着两边黑压压的人群，对着黄帝张开双臂，疾呼道：

　　"父神，蚩尤上神是被冤枉的！他是个好人！"

　　青娓话音刚落，却不知道为什么一阵妖风吹起。炎黄部队里的一个前排士兵突然一个不注意，松了弓弦，一支箭射向了青娓，正中她的心脏。

　　楚歌饶恨曲，南风不竞。盘旋风，撇飞鸟，惊猿绕，树枝缠绕情难了。

　　黄帝怒目圆睁，回头看了看那个呆若木鸡的士兵，然后赶快下了马，正要跑过去却止步了，因为他要让三界九州看到，他以身作则，不为私情而徇私，在他的心里，人妖有别。此时此刻，蚩尤早就冲到了青娓的身边，撕心裂肺地哭喊着，他紧紧搂住了青娓，不断用元神的神法灌输到青娓的体内。禹剑也被他丢在了共工台边。青娓满目泪水，这才是她熟悉的战甲和头盔，这才是她魂牵梦绕的他。

　　青娓连话都来不及说，就昏死了过去。血染了共工台一地。蚩尤悲痛欲绝。突然炎黄人族里，走来一位衣着和举止庄严的老者，拍了拍他的背。蚩尤下意识捡起禹剑，想要反击回去。他抬头，却发现是炎帝——神农上神。

　　"神农，轩辕——你们看到了，你们一定要杀光所有的妖吗？包括自己的亲生孩子？"

　　"蚩尤……"神农叹了口气，"把青娓交给我，我去给她医治。"

　　蚩尤愤恨地看了看远处的黄帝。黄帝不敢直视他。蚩尤当下真的别无选择，神农本就是九州三界负责救死扶伤的上神，把青娓交给他，是青娓唯一的出路。他松开满是鲜血的双手，神农抱起了失去意识的青娓，旋即消失在了共工台。

　　所以，后世的杜牧曾写过这样一首诗词，叫《大雨行》——"四面崩腾玉京仗，万里横互羽林枪。云缠风束乱敲磕，黄帝未胜蚩尤强。景物不尽人自老，谁知前事堪悲伤。"

　　还在现世的肝榆之尸神游的青娓，看着禹剑金色的蚩尤之身，悲恸地大哭，她突然知道了后面发生之事的因果，也知道了自己为什么中要害后还可以九死一生。她更是明了了父亲黄帝为什么可以如此轻易就打赢了对阵的蚩共三界大战⋯⋯

青妭中箭后，两军那日其实并未开战。

过了不多时日，蚩尤主动约黄帝在涿鹿决战。黄帝率麾下的白虎少昊将军和应龙将军，还有炎黄二族的大部队浩浩荡荡赴约。却只见蚩尤一人带着朱雀以及禺强，还有九黎的百名精骑赴约。

青妭记得三界大战那日，黄帝突然差遣士兵来找刚刚恢复元气的自己，说是涿鹿之战大开，蚩尤要见她一面。

青妭急急忙忙赶到，却发现应龙和禺强正在对峙阵法，风啸水涝，弄得天地间一阵淋漓滂沱的混乱。她见不得两方交战，于是赶忙显出旱妖元神，当断则断了湿寒的戾气，双方也停了手。拨开了风雨迷阵，青妭才看见，战神蚩尤的精锐百骑，早已被黄帝的部队重重包围了起来。蚩尤那熟悉的赭红色战甲掩盖了多少戎马倥偬，他的手里还握着金光闪闪的禹剑。

这一切，仿佛与以往有什么不同。青妭被禹剑诡异的金色闪了下双眼。

蚩尤抬头，看到青妭慌张的面容，却微微一笑。他丢下了禹剑，放弃了抵抗。以战神的实力，冲出重围绝对没问题，为何蚩尤要如此？青妭当时觉得十分蹊跷。突然，黄帝却仿佛失了魂，他飞身而起，踹了蚩尤一脚，并捡起来了蚩尤掉落的神兵利器禹剑，怒火中烧。

蚩尤吐了口血，用手和青妭示意了下，让她回去。

黄帝杀红了眼，操起禹剑，就要刺向蚩尤的胸膛，却被朱雀挡住。瞬间，朱雀元神乍现，绕着涿鹿久久哀号，并慢慢消散在了天地间。神兽死，万物皆哀恸——三界九州，百凤齐鸣，连不周山的东武里都被搅动得地动山摇。祝融和麟鹿也意识到发生了大事，麟鹿一回头，祝融早就消失在了东武里。

涿鹿不远处，突然飞来一条巨型的青龙，青龙周身缠绕着水龙卷，青龙的头上，站着红发紫衣的共工上神。朱雀的牺牲，惊天地、泣鬼神。这也让千里之外的共工上神和青龙警惕起来。他们才知道，原来，蚩尤偷偷背着他俩去了涿鹿。

可是当共工上神和青龙赶到的时候，蚩尤的元神，已经被黄帝手中的禹剑砍得分成三段——蛟龙双犄，玄金骊首和五彩翼展。云端杀气腾腾的黄帝突然恢复了理智，不可思议地凝望着自己双手上蚩尤的热血，他手中的禹剑慢慢失去了金光，坠落了下来。

青龙一个扶摇直上，吞下了禹剑。青妭看到了这一幕，可是她过于悲恸，昏倒在了涿鹿。而不远处，祝融早就躲在了暗处，乘人不备，赶快收起了蚩尤的三个分身。

……

回到现世的肝榆之尸，青妭突然在禹剑面前仰天长笑。

原来，蚩尤早就和禹剑签了生死契约。他那日，只是想看看青妭是否安好。看到青妭脱险后，他放弃抵抗，因为他知道，自己注定一死，那何必还在三界九州互相追杀和手足相残？蚩尤坠落的时候，他只是看着青妭，满眼泪水，微微一笑……青妭到了今天，才知道，为什么是笑不是哭。因为，留一生当断一情，断一情以报一生。

"青妭，好了！"现世金光灿灿的禹剑一脸阴笑道，"你的时日不多了，现在该你做选择了！"禹剑望了望周遭的肝榆之尸，他急不可耐地对着青妭一挥金袖。青妭的手上，居然也出现了一根隐隐若现的情丝金线。

"我和蚩尤的情丝已经被斩断，怎么还会有情丝？另一头的是谁？"青妭问道，抬眼望去，却见到了风和日丽的黄帝城，以及雄伟的主胜殿。

第二十一章

"是轩辕上神。你的父亲。"禹剑居高临下,一幅胜券在握的模样,说道,"可惜了青妭,本来你应该有两条情丝,还有个选择的余地……不想,蚩尤万年就帮你做了了断。"

"你找我,就是为了复活蚩尤。我可以让你活,也可以如你所愿,帮你召唤蚩尤。但是终归,断一情以报一梦。这条连接你和黄帝的情丝,你斩或者不斩断都在于你。"

禹剑继而发出了魅惑的声音,哈哈阴笑之声颇为振聋发聩。他又在青妭耳边一阵喁喁私语道:"但是青妭,如若你砍断这唯一一根和黄帝的情丝。他若生,你便要死。哈哈哈哈!"

青妭深吸一口气,几乎毫不犹豫,操起了手中的禹剑……

"复活蚩尤,我会助你一臂之力。青妭,你需要先集齐蚩尤的三个分身——蛟龙双犄、玄金骊身和五彩翼展。你先去不周山,蛟龙双犄就在麟鹿的额头上。"禹剑金灿灿的元神说道,"而五彩翼展,则是屏翳——最后,玄金骊身,便藏身于不周山。聚集了这三样,我就可以帮你复活蚩尤。"

"我已经没有选择的余地……"青妭视死如归,也胸有成竹道,"屏翳也可以手到擒来。"

剜心挖肉之痛的情殇,这三界九州,人人都说诛心,可是为何人人都前赴后继?

禹剑金色的影像渐渐消散。他的笑里藏着刀光剑影,藏着辜负成全,藏着情深不寿。青妭不忍直视,慢慢闭上双眼……

少昊将军此时正在黄帝城的主胜殿外徘徊——帝俊至尊通缉青妭的诏令已下。他想去保护青妭,却又有无法脱开的职责所在,他无法离开黄帝。就在少昊将军踟躇不前的时候,只听到有侍从来报,主胜殿外,有一个凡妖求见。

少昊好奇:"叫什么名字?"

"对方没给名字，但是给了这个物件。"侍从回答道，并出了一具白虎虎符，上面血迹斑斑。

少昊定睛一看，这不正是当年自己单独为青妭凿的一支白虎虎符吗？他大致听说了祝融用雷电射穿青妭的事情，看到那血，双手都在颤抖，慢慢接了过来这只虎符。

"叫进来！"少昊努力控制自己，然后一脸云淡风轻对着侍从，"另外，你今日便早些散了这守殿的侍从吧。我有些私事。"

不多久，只见侍从带入了一个戴着襄笠，青纱遮面的女子。少昊立刻警觉，问道："你是谁？怎么会有青妭的虎符？"

只见女子轻轻撩开面纱。眼前站着的，便是满城都在通缉的鸣喜。"鸣喜，你现在还敢来主胜殿？"少昊站起来，"青妭在哪里？她怎么样了？你知不知道这三界九州都在追查你俩的下落！"

鸣喜双腿跪在地上，给少昊磕了个响头，拿出了怀里的几株植物："少昊将军，这个是薰华草。那日我和青妭身受重伤，她带我到了肝榆之尸。然后她让我拔了这几株薰华草，叫我出了肝榆之尸就吃下一株，我吃后就恢复了——按照她的嘱托，快马加鞭送回了陈国，给黄帝服用。"

少昊赶紧接过薰华草："生死阴阳交界的肝榆之尸？怪不得三界九州都找不到你们俩。"

"可是……青妭伤重，她和夺来的禹剑，都留在了肝榆之尸。"鸣喜说到这里，开始低头啜泣起来。少昊读懂了鸣喜话语的意思，他悲痛万分。

没办法，还是先救醒轩辕上神。

只见他单手用白虎的元神，慢慢将薰华草炼化，然后再一点一点化开，散入黄帝的神息之中。也就是几分钟的时间，黄帝略显苍白的脸慢慢有了红润之光。而且他的手指动了一下，眼睛也慢慢睁开。

第二十一章

少昊赶紧跑上前去，"黄帝，您醒了！是我，少昊。"

黄帝只感觉是自己在主胜阁睡了很沉的一场午觉，有点晕眩，不知道时岁，不知道年月，他醒来第一句话就是："青妭呢？"他不知道，此时的三界九州和五湖四海，大量的士兵都在掘地三尺抓捕青妭和鸣喜。

……

灵山的炎帝殿这日聚集了几位上神。帝俊至尊、祝融上神、共工上神，和刚服用百草丹和元鸟金丝展恢复了神力的神农上神。

皓月上仙跪在大殿的地上央求。五虫之尊和玄鹤师尊也站在一旁作揖求情。

"帝俊至尊，儿臣知道这样跪着会失了您的颜面，但是今天众人都在，儿臣希望您不要杀鸣喜，她是被胁迫的……"皓月这次真是慌了神，满眼泪水，看来是对鸣喜上了心，至纯至真，"她从小在玄鹤师尊和神农上神身边长大，知书达理，此次犯错也是抱着悬壶救世的理想。您响鼓不用重槌。"

"皓月啊皓月……"帝俊痛心疾首，"你知不知道，这件事情关乎三界九州存亡？我知道你喜欢她，可是，如果我可以杀青妭，而为你放过她，如何在三界九州立命？"

"帝俊至尊，鸣喜怪我教女无方！"五虫之尊湿润了眼眶，额边的青筋暴起，强行控制情绪道，"如何裁决，交由帝俊……但是希望能先把她人找到，带回灵山家里，让我们最后再看看她。"

皓月跪着挪动到五虫之尊边上，抱住五虫之尊的腿，他能感受到五虫之尊的腿也在颤抖："五虫之尊，您不能就这样放弃鸣喜啊，他是您的嫡亲女儿啊。"

"帝俊……"神农上神开口说话了，"看在鸣喜这孩子帮忙去带回了解药的份上，就传令带她回来再做定夺吧……看看此事是否有什么苦衷。"

帝俊看了看神农，共工和祝融上神也都没有说话。

"皓月，你今天什么样子！先回去！"帝俊摇摇头，恨铁不成钢，"传令，见青妭，斩立决；带回鸣喜，悬重赏。"

玄鹤师尊赶紧拉起皓月，悄悄说道："今天真的不是时候，你硬是要过来。帝俊之尊能为你改令，已经是从未有过的恩泽了。今天四位上神都在，是有要事。我们还是赶快离开吧！"

皓月稍微平静了点，破涕为笑。他赶忙给帝俊磕了几个响头，然后便与五虫之尊和玄鹤师尊三人离开了炎帝殿。

"禹剑如何开刃？"神农上神待他们离去，马上切入主题。他之前已经听说了个大概，只是皓月带着三位上仙突然闯入，这一闹他的思路被打断了。

"血祭，加上禹剑自己认主。"共工上神这几日倒是留心查阅了下古籍，说道，"禹剑于自然孕化，本就是见血封喉的杀人利器，但是据说它只侍奉过凤毛麟角的几个主人，万年三界大战开战前，它选择了蚩尤为主人。"

"前段时间我又和当年参加大战的九黎老辈妖兵们打听了下。据说万年前的三界大战前夕，蚩尤在军营里给禹剑放血后，召唤出了禹剑金光之真神显现。只是他当时突然神游，大家都不知道这具体有什么蹊跷和细节……"共工说道，"后来涿鹿之战中，本身有朱雀和禹强辅佐战神，胜券在握。可是谁知道，黄帝带出了青妭以后，蚩尤完全就没有抵抗，而是束手就擒了。确实蹊跷。"

神农赶紧说道，"我个人以为是蚩尤对青妭动了情，不忍心弑杀她的生父。"

"如果以血开刃的话，那么禹剑应该已经开刃了……"低头不语的祝融突然虎视眈眈看着大殿门口，似乎一眼可穿透神明雾霭，洞悉一切，"青妭走的时候已经被我打得血肉模糊，正好帮她做了顺水推舟的人情。如果说她不知道怎么开刃，那么是天命要帮她开。"

帝俊、共工和神农都大惊失色。

帝俊转向祝融，赶忙询问道："禹剑的真实本性，只能是在昆仑墟里了，真神神域可参透万事万物的混沌原初，可揭开前世今生，可名道明理，可格物致知……可是我们几个都进不去。"

就在此时，殿外来了一名侍从，紧急来报：

"报告四位上神，刚接到陈国黄帝城的飞鸿传音，黄帝……轩辕上神刚刚醒了。"

"是青妭！"神农立刻站起来，想起前前后后青妭的事情，说道："她拿到了薰华草！"

另外，又有一个侍从十万火急地跑进来："报告四位上神，刚接到陈国黄帝城的密报，鸣喜出现在了主胜殿附近！青妭不知下落。"

帝俊看另外三位上神，说道："看来，青妭是想拿鸣喜作为棋子。她让鸣喜送回了薰华草，我们都围着陈国团团转——她父亲轩辕醒来，一定会拖住我，为她求情。"

"还是青龙说得对。"共工看了一眼帝俊、神农和祝融，"她抢夺禹剑，为的是复活蚩尤。可她也许不一定知道分身的事情。"

"无论如何……"祝融回复道，"青妭如果顺利开刃，那下一步，她一定会出现在我的不周山，因为那里有蛟龙双犄和玄金骊身。帝俊，麻烦你和神农先去一下黄帝城，看下轩辕的情况，坐镇大局。共工，请你守好弱水郡。不周山我已经设下了结界，现在还无大碍。"

"我现在去趟九黎。我们有所消息，彼此传飞鸿神音。"

帝俊耳聪目明，说道，"祝融，你去九黎？难道你有了第三个分身，五彩翼展的下落？"

祝融回头看了他们三位上神一眼，说道："混沌之色五彩，不难猜测——对，她是燕皇后的二女儿，屏翳。"话音刚落，祝融便化为一道仙火，消失在了去往九黎的天际一线间。

帝俊、共工和神农唏嘘不已。对于这三界九州的上神来说，在他们眼里，屏翳就是蚩尤的一个分身；但是在祝融的眼里，蚩尤才是屏翳的一个分身。

今时今刻，九黎暗潮涌动，低沉的闷雷仿佛连天的烽火，若隐若现。

祝融上神腾云驾雾而至，但是思尤苑的人一片焦头烂额，根本都没有人招呼他。只见玄冥和燕皇后见到他，更是慌了神——他看了看思尤苑的人，问道："屏翳呢？"

"禀告祝融上神，是玄冥失职。不久前，屏翳在自己房间里，被一只青铜发簪子刺到了胸口……"

玄冥的话还没说完，祝融上神一挥仙袖，三步并作两步，来到了屏翳的房间。只见鹊七和丹阳正在照顾她。"是怎么回事？"祝融责难发问道，"我不是下令在思尤苑要守好屏翳？！"但是祝融一看到屏翳胸口血色斑驳上那只青铜发簪子，就意识到这可能是青妩的东西。

"祝融上神，现在想来，可能是鸣喜的奸计……"丹阳感慨，就和盘托出了上次屏翳拾起鸣喜的青铜发簪的缘由，"这几日，屏翳总是痴痴念念，说是鸣喜不原谅她，还整日拿着青铜发簪到处走，说要把扶桑的元神去还给鸣喜。如果不是玄冥的侍从看得好，她早就溜出去了。"

"今日早上起来，发现屏翳被青铜发簪刺到了要害，在心口上。本想着她就没了，找大夫看了，屏翳脉象平稳。大夫已去准备器具，准备拔出青铜发簪医治。"

祝融意识到发生了什么，他试探着用神力感知青铜发簪，更坐实了发生的事情。只见他怒目圆睁，突然火神元神燃起，神光将屏翳房内的侍从们逼退几步。同时，祝融的曜石火甲又从元神中显现出来——短短数个时岁，火神上甲两次，众人全部跪倒在地上。

原来，祝融探到，这只青铜发簪，其实是被青妭下了执生结咒的。任何人被此簪插入要害，便是与青妭结下了同生同死的契约。执生结咒，现象是同生共死，天命不可违。不过也有唯一的解法，解法就是变化无端——只要万象颠倒，乾坤翻转，那执生结咒自然会解散。可这世间，任凭哪个上神都不会有这样的通天能力解咒。

祝融没有意料道，他虽然很早就告诉青妭自己就是太阴幽荧，但是她却一直不确定屏翳对于祝融的意义。后来在弱水郡那日，鸣喜在救下青妭时候看到了祝融就是拂天，于是飞行之时，她透露给青妭自己在十巫台的旧见。青妭意识到，玄冥只是掩护，屏翳才是祝融最在乎的。她在肝榆之尸用禹剑砍断情丝后，顺势通过那把交给鸣喜的青铜发簪，在思尤苑里对屏翳下了执生结咒。

"这支青铜发簪，不能强行拔除！"只见祝融抱起浑浑噩噩还在昏睡的屏翳，看着丹阳、玄冥和燕皇后一行人，"屏翳随我回不周山。玄冥，你带部队去弱水郡。燕皇后和丹阳，你们留在九黎。"

"祝融上神，屏翳是我还没过门的妻子，我也可以带兵去不周山，帮助你们。"

"丹阳……"祝融抱着屏翳，侧着头，说了句，"我会还你一个健康的屏翳，相信我。"

丹阳止步。

祝融上神绛色战甲突然浴火上身，全副武装。他走出思尤苑的时候，步步生火，此情此景令人敬畏。同时，他越俎代庖，居然不等飞鸿神音传给帝俊再做决定，就给三界九州烽火城下了火神令：

"三界九州敢杀青妭者，连诛九族！"

上神界的朝令夕改是第一次。

· 第二十二章 ·

鸟莫知于鹥鸼，目之所不宜处，不给视，虽落其实，
弃之而走。

其畏人也，而袭诸人间，社稷存焉尔

——《庄子·外篇·山木二十》

三界九州的帝俊至尊和闲云野鹤的祝融上神同时下达两道背道
而驰的烽火飞鸿，他们将三界九州的人伦法度，至于何处？大家一
时无所适从。

此时的黄帝城主胜殿里，帝俊、神农与黄帝轩辕正在一起叙旧。
而黄帝的身边，摆着他最爱吃的八和齑。早年黄帝征战期间，总喜
欢随手取得寻常可得的八样食材，入臼舂捣，相合炖煮，酸辣咸香
兼备，放凉了还可以带在布袋里行走。而现在，他看到少昊命后厨
精心用大补食材拼凑的八和齑，内心反而有点说不出来的疏离滋味。

"轩辕，你醒来就好……"帝俊说道，"我只想问问，三界大战，
你为什么要将蚩尤分尸？"

"帝俊，刚才少昊和我说了个大概。我一睡就是万年，正要和
你说这个事情。"黄帝起身，看着帝俊说道，"那日，刚开始战火确
实激烈，蚩尤那边令人带出青妭，我想蚩尤和我的女儿有旧情，心

生垂怜，便让他俩人再见一面。"

"结果蚩尤突然就不战而退，之后我就记得不真切了。听着少昊刚刚告诉我，不想我拿了这禹剑后，仿佛着了魔道，大开杀戒，还分尸了蚩尤，我自己都吓一跳。"

"所以……"轩辕突然给帝俊行了大礼，"我知道，青妩这孩子做了很多错事。只是想来她找那禹剑也是在万年前看到了我的诡异之处。万年前，本身她就爱蚩尤，一次次和我求情。只是，三界九州都在传说蚩尤作恶多端、食人肉、喝人血，我才为了苍生请命。不过，我答应过青妩不会杀蚩尤，可是阴错阳差……才会刺激到她。"

"请帝俊兄看在我这父亲的薄面上，留我的青妩一条生路吧。"

神农看到好兄弟一醒来就屈尊给孩子求情，十分动容。但是这一次，真的太难，神农安慰道："轩辕，不是帝俊他不肯啊……而是万年之间，青妩背负了很多人命。一错再错，现在她夺禹剑去复活蚩尤，你知道，这意味着什么嘛？"

黄帝沉睡，不知道这女娲补天的一出大戏，于是神农便和他说了他昏睡后的来由。黄帝顿感天旋地转——再怎么样，青妩背负上了毁天灭地的罪过……确实再难辞其咎。

氤氲之际，少昊将军夺门而入，手持火神令，脸上露出一丝欣慰却又为难的笑意。

"刚刚祝融上神给三界九州下令，三界杀青妩者，连诛九族！"

神农上神一屁股坐到了地上，这一前一后的反转和冲突，这朝令夕改，以帝俊的性格，他要勃然大怒了。听到这条飞鸿传音，唯有黄帝如释重负。他庆幸有当年之约，而往日把女儿送去了祝融门下，一日为师，关键时刻保了她的小命。可是其他的上神知道，这不对，不是面子不面子的问题，祝融明显是告诉三界九州，六大上神有内斗——他们在夺权！

这以后，还如何让六大上神，以及帝俊"至尊"在这三界九州立足？

"帝俊兄……你可别冲动，可能是祝融他去九黎有什么变故……"神农一眼便发现帝俊至尊震怒，赶快去拉架。轩辕黄帝一看，也赶忙叹了口气，劝架道，"帝俊，这事待找到祝融好好问。别急。"

他俩还没说完话，帝俊便一甩神袖，雷鸣轰轰，他马上飞往了不周山。

话说不周山的东武里，最近麟鹿也是寝食难安，帝俊要全天下缉杀青妭的消息早就是沸沸扬扬。青妭抢了把以前心爱之人的禹剑，却要被这么多人追杀，天道不公。

就在这个时候，突然他看到东武里有一道熟悉的青光划过，是青妭！麟鹿内心自言自语道："可怜的青妭，经历了那么多风雨，估计觉得只有这师门才能护得了她。"

他赶忙跑到了东武里的百阶之下，可惜又想到了祝融上神说的，守好东武里，不能走出结界。

正寻思着，麟鹿便看到青妭的身影出现在了他的正对面——她还是那么青青袅袅，风姿灼灼，完全不像是受了重伤的样子。她手里拿着那把蚩尤上神的禹剑。

"青妭，你千万不要过来，有结界！"

青妭正要跨进东武里，却被结界弹出了百米开外，且吐了一口血。原来祝融上神的火神结界，如此厉害，仿佛火电之网，能烧掉任何硬闯而入的人。

麟鹿看着揪心，但是又无能为力，只见青妭趴在地上，还是想找他："麟鹿，快过来。"

"青妭，你快躲起来吧，现在人人看到你可夺你性命。"说话间，只见东武里居然跑出了一群祝融安排的精锐仙兵，杀气腾腾，原来他们按祝融之前的密令，见青妭，即斩杀。

麟鹿见此状，赶快抽出青铜剑，与这些个东武里的仙兵扭打了起来，"青妭，快走吧！东武里也没有你藏身之地，我帮你挡着。"

青妭则是坐定后，直接开始运功，恢复她的内力。对于她来说，时间有限，和禹剑签订的生死契，她必须要尽快完成自己的使命。她只想寻死。很快，她就恢复了刚被火神结界反噬的创伤。也就在此时，只见一支祝融上神的火神令飘到了火神结界里，其中一个仙兵接下：

"三界杀青妭者，连诛九族！"

仙兵们都放下刀枪，麟鹿揉揉眼睛，确实是祝融上神的火神令。火神令自创世以来第一次颁发，一定标志着十万火急……所以，或者，也许是祝融上神发现大家错怪了青妭才下令的吗？

青妭隔着结界看到火神令，露出一丝阴笑。

麟鹿转身，看到青妭，大声说："青妭，你有救了，师傅来救你了！"

"麟鹿，我起不来"，青妭呻吟道，"你来拉我一把。"

麟鹿转念一想，青妭应该是被洗清罪名了，于是便赶快冲破结界，跑下去扶起她。

结果他刚一扶起青妭，就感觉到胸口被一阵刀光剑影穿透。他低头，原来是青妭拿禹剑刺穿了他的胸膛。他还没来得及说话，就倒在了地上。当着所有士兵的面，青妭用法术，取走了麟鹿的犄角。

而东武里的仙兵们都看呆了，却不敢动，因为火神令说，青妭若死，株连九族。

青妭看到从南边方向，火烧云压顶。她知道是祝融回来了。当然，前段时日她在青铜发簪上施法的执生结也起了作用，她感知到屏翳也随着火烧云来了。于是，青妭马上化为一道青烟而去。

她前脚刚走没几步，后脚祝融就抱着屏翳赶到了。

方才，祝融抱着屏翳的时候，屏翳吐了他一身的血——他就知道，青妭在闯火神结界。祝融怪自己，为屏翳慌了方寸。

到了东武里，遍地狼藉。但是祝融却极其淡定。他打开火神结界的一角，让东武里的侍从把屏翳抱去自己的房间。祝融赶忙伏身将麟鹿搂住，并召唤自己的真火元神，对麟鹿冰凉的躯体施加上神之法。

麟鹿弥留之际，用手摸了摸自己的头，总算光滑了，和当年无忧无虑、帅气的自己一样：

"神尊，没用了。"麟鹿说道，"青妭，她不是故意的，她只是想帮我拿走这对麻烦的龙犄，你莫要怪她……"祝融不说话，眼眶里含着泪水，加大了神力，但是麟鹿都吸收不了，反而消散了出去。这万万年的情谊，也有祝融无可奈何的时刻。

"神尊，能侍奉您左右，麟鹿此生无憾。"

麟鹿闭上了眼睛，没有了一点点的仙气，他的躯体，如萤火虫般幻化而去，任凭祝融怎么抓都抓不住，仿佛当年的那一道五彩虹霓。

其实，麟鹿不知道，他的前世曾经就是那头在弱水河边奔跑的小鹿——他就是那个叫吾彩的小姑娘拼尽全力都要保护的小鹿。吾彩死后，太一便将他的元神召唤来，给他喂了一些灵草。那时候，他还未有仙识……之后，机缘巧合，他被祝融带回东武里抚养长大。

青妭并没有走，而是躲在了附近的山上远远看着这一幕。为了完成她的使命，她不得不这么做。她眼泪直流，手中的禹剑也是金光闪现，然后对着那鹿儿仙魂散去的方向说道：

"对不起，麟鹿，对不起！"

六合之渊方向突然天雷滚滚，错乱的千古时运向着不周山的方向压来。而共工和青龙也感知到了不祥之兆，赶到了东武里，他们和玄冥点了个头。玄冥的部队也摆好了阵势。

共工说："祝融兄，你今天可是闯了大祸了，比上次不周山之劫有过之而无不及。帝俊平时不愠不火，但实际是最看重这三界九州的伦理法度和公序良俗——他当年可以下令斩杀自己的亲生儿子三足金乌，而你朝令夕改和他作对，如果你俩不在三界大战打这场架，三界九州都觉得咱们上神之间的故事演不下去了。"

"麟鹿被杀了，龙犄已经被取走了，青妭和屏翳联了执生结咒。"祝融回答道，"所以在天命未改前，如果青妭死，屏翳也会死。我没有退路。"

"祝融你是疯了吗？为什么不干脆杀了屏翳？牺牲一个屏翳可以拯救三界九州，你怎么不这么想？她只是一个普通的燕子精，你至于这样吗？"共工红发紫衣飘飘，大声呵斥道。

祝融没有多解释，但是他的绛色战甲燃出来，他看了共工一眼，没回答。共工都被震撼到了，冲天的元神火光阑珊，胜于落日长河和月光十里。共工闭了嘴，青龙吓得眼睛都不敢睁。

只见祝融一人升到了东武里的上空，盯着六合之渊袭来的天雷之气，同时对着东武里的人群说道："共工、青龙、玄冥，你们赶快将弱水郡的民众，能转移到高处就去高处。不要围观。帝俊这儿我来处理。"他们两支部队马上听令，赶快去办了。

淡定从容却也蓄势待发，似乎在颁布火神令前，祝融早就准备好了一切。

天昏地暗，日月四时流转。须臾之间，帝俊便从六合之渊神移到了不周山，往日月白元服、锦瑟金冠的他，今日却是一席久未一见的雺色战甲，霜寒光薄。千名精锐部队陈列在其身后。帝俊骑着祝融曾经送给他的坐骑烛龙。烛龙如今真仿佛千里乌云，龙尾游动一下，便搅乱了天顶的风月。而烛龙的另一侧，悬浮着一个玄色的球体，闪着时而幽荧、时而金光璀璨的混沌之光。祝融知道，那便是帝俊的神兽，太阳烛照。

太阳烛照一显现，乌云密布，苍穹中的太阳也黯然失色。三界九州的每个角落都抬头凝望着这天狗食日的异象，仿佛他们也在观看一场万年不遇的烽火对决。

"祝融！"帝俊至尊一脸愠怒，"你我这万万年的上神情谊，我可以担待着，不追究你冒失的火神令——可是，你袒护这要毁天灭地的青妩，终究是要危害三界苍生！天下的江山社稷就是法，你可伏法？"

祝融沉默。他从自己的火神元神里抽出一把神兵，大家定睛一看，居然一把熊熊真火燃烧的通天戟。看来祝融是拒绝伏法，准备好了迎战。

帝俊叹了一口气，知道了，要杀青妩，必然要从祝融的身上踏过去。

帝俊将这一轮漆黑的太阳烛照升到天空之中，完全遮天蔽日。四海八荒顿时晦暗不明，而帝俊的精锐千骑，受了这太阳烛照的仙力恩泽，有如神助，开始不断裂变长大，成了茫茫的万名巨人天兵。

祝融上神一人，相比之下，就十分渺小，以一神之力抵这千军万马的巨人天兵，难上加难。

只见祝融一人拿着通天戟，义无反顾地冲入了这巨人天兵之中，刀光剑影不过须臾一瞥。而此时此刻，帝俊在后方坐镇。

刚开始，祝融确实凭着上神的修为，以一抵十，砍杀的天兵犹如天上的烟火，缤纷绽放。但是没一会儿，他就被包围了。其中八个巨型天兵亮出了诸葛八卦阵的擒拿之术，用那乌云作为神锁，将火神祝融锁在了天空中。同时，帝俊命令另外所有剩下的天兵，取了整条弱水河的河水，幻化了数十万支弱水剑，瞄准了祝融的火神元心。

帝俊今日是下了决心灭掉祝融。他一声号令，弱水剑便万剑齐发，祝融被八卦锁住了手脚不能动，其中先头的数百只弱水剑抵达，分别穿越了祝融的神体而过，犹如百步穿杨。祝融手中的神兵通天戟都碎掉了，他吐出几口鲜血。

水克火，水火不容，水至则火灭——五行相克，此乃自然之法。

可是，接下去所有的弱水剑却突然静止了。

跪倒在八卦阵下的祝融面前，立起了一道巨型的五彩虹霓，仿佛凤皇平展的双翅，笼罩着身陷囹圄的祝融上神。帝俊也奇怪怎么回事，他试了试自己的神法，完全不管用。

虹霓的混沌五彩之光完全遮盖了太阳烛照的神力，弱水剑被定格，时光被暂停。被八卦阵束缚且满口鲜血的祝融努力睁开双眼，看到这一亮丽五彩的景象，然后艰难地望向了下界的东武里，只见奄奄一息的屏翳，爬了出来，胸口还插着明晃晃的青铜发簪一支。

她用双手施法，撑起了万支弱水剑。她大汗淋漓，浑身发抖，对着祝融上神微笑，嘴唇苍白，强颜欢笑道："有我在，你死不了。"

只见以境印景，屏翳突然背后绽放出令人生畏的巨型五彩翼展，比朱雀还要强大的混沌神力，随着挥动的双翅迸发，洗礼了祝融和帝俊的部队。

祝融此时泪如雨下："屏翳，快回去。我没事。"

帝俊也很惊讶，这五彩翼展当年不就是蚩尤元神里那个从未开屏的败笔吗？祝融口里的第三个分身——怎么小小一个分身，居然有这么大的震慑之力？

屏翳看着祝融，双眼混沌，然后她一阵撕心裂肺的嘶喊，声音响彻苍穹。此时此刻，三界九州万鸟齐飞、风声鹤唳，此情此景更是比朱雀归位当日更为雄伟辽阔。玄冥正在疏散难民的途中，听到这一声惊天地泣鬼神的哀鸣，心领神会，眼角也湿润了。

玄冥赶紧下马，并给屏翳所在的东武里方向磕了三个响头。

只见那五彩虹霓瞬间向外扩散，夷平了所有的弱水剑。弱水剑瞬间变回了三千弱水，倾盆大雨而下，漫灌了整个弱水郡。

原来，蚩尤从未用过的五彩翼展居然能有如此强大的混沌之力，本源之力可以破帝俊的神兽——太阳烛照的法术。帝俊也着实吓了一跳，屏翳不是个简单的人物。再看屏翳，用尽了所有的神力，昏倒在了东武里的台阶上。

祝融闭上的双眼慢慢睁开，一只眼睛里火光冲天，另一只眼睛里却是水漫金山。他依然被八卦锁锁着，而被屏翳的神力夺去弱水剑的剩余天兵，只能三三两两举起破铜烂铁应付祝融。帝俊早就看到了祝融的阴阳双眼，心中划过一丝不安。

出乎意料，祝融异常冷静地盯着帝俊，慢慢问道："帝俊，你还要继续吗？"

帝俊看了看身后的几队不知所措的天兵，用太阳烛照重新发号施令，巨型天兵重塑规整。只是，队列里巨型天兵们的手里仅仅剩下寻常兵器。然而，帝俊相信，有了太阳烛照，制伏祝融不在话下："六合之渊众军听令，斩祝融者可封神！"六合之渊的号令振奋人心，三界九州皆可听闻。

祝融听到后，轻蔑的一笑，他凝望着帝俊说道："封神？小小八卦阵怎么可以锁得住我？"

帝俊觉得不是祝融疯了，就是他听错了，他立刻命令身后的天兵天将全力进攻。

大军未至却见祝融上神闭上阴阳双眼，本来一团的熊熊元神赤火，瞬间变色玄幽冥火，同时他的白色素衣也全部燃化变色，幻化成了一席玄黑色。他盘起的长发，也慢慢坠落。他周身精纯正阳雄火变成了翻云覆雨的幽阴莹火——他元神舒展而至，如一道天狗食日的光圈，明镜高悬。

他轻扣双指，身上水云系的八卦锁，瞬间化为乌有，成了暴雨而落。

祝融再一看头顶的太阳烛照，只是轻蔑的一笑。然后当着帝俊的面，用单手施了至阴之法，就把太阳烛照吸引了过来，太阳烛照就跌落到了他的手里，仿佛探囊取物，亦如反掌。

声势浩荡的巨型天兵立刻败下阵来。打成原形——不过剩了十几个普通仙兵在苟延残喘。

"祝融你，你就是太阴幽荧？"帝俊无法相信自己的眼睛，认出了这眼前的仙妖，"怎么可能？至阴可成至阳，至阳可成至阴，这创世以来，能做到此混沌轮回转化的，只有真神太一。"

"帝俊，十巫台别来无恙！"太阴幽荧拂天眉眼间露出一丝不屑的神情。

"你……"帝俊从烛龙的身上跳了下来，看着擒住了自己太阳烛照的拂天。他话还没说完，就见拂天化成一道幽荧之光，挟持着帝俊，不知去了何处。

· 第二十三章 ·

临春风，听春鸟。别时多，见时少。
轩辕黄帝初得仙，鼎湖一去三千年。
洞中日月星辰连，骑龙驾景游八极。
轩辕弓剑无人识，东海青童寄消息。

——唐·顾况《相和歌辞·短歌行六首》

"帝俊，到了。"拂天微微一笑，他知道帝俊还没有回过神，"帝俊，从你的泥身被创造出来的第一天，女娲就和我说，你是个不到黄河心不死的性格。"

"数万万年了，你还是这样的。可是，你有没有想过，有些事情，不知道比知道好？"

帝俊抬头一看，这三界九州居然还有他完全用神识无法通达的地方。此处他只能看得见他自己脚下的一寸方圆之地，千崖玉界仙雾缭绕。仙雾中更有袅袅的混沌之气，帝俊看到，混沌仿佛就是拂天的呼吸，一动一静，一虚一实——身着玄衣的拂天俯仰之间，混沌之气便风摇浪软，万象生机也龙腾虎啸。

"这里难道是只有创世真神才能进入的昆仑墟？！"帝俊自言自语道。他试探性地用手指触碰了下身边的仙雾，仙雾中的混沌之气噼里啪啦在自己的手指上炸开，先是雪花般的冰冷，随后就是火辣辣的酥麻——简直一分韵音，万分玄妙。想当年他还年轻的时候，曾因为贪玩，从外界触碰过昆仑墟的仙雾结界，结果他的泥巴身子几乎被震得四分五裂，还好是女娲修补了他。

"帝俊，这里是昆仑墟的瞭望台。"拂天转过身来，看着帝俊，玄衣衣冠与混沌之气若隐若现，"昆仑墟不是这凡尘的三界九州，这里我让你进，你才能进。"

"帝俊愚昧！"帝俊赶忙诚惶诚恐对着拂天双膝跪下，"帝俊参见太一真神。"

"起来吧帝俊，不知者无罪。"拂天语气轻快，他把瘫软的太阳烛照扔回给了帝俊，帝俊赶忙接住自己圆滚滚的神兽，"这小家伙今天表现得还不错，回去可以打赏它。另外，太阳烛照万万年都没有化形，是因为你保护得太好了，让他去三界九州摸爬滚打一下就好了。"

拂天看着双膝跪地且不敢直视他的帝俊，说道："其实你大可不必如此，就当我还是祝融。不过，今天昆仑墟的事情，只有你我知道，我不多交代了。"

"帝俊，我知道这次我的祝融火令让你难堪，这个是此次风波平定后我帮你草拟的诏令。"

"请太一真神明示。"帝俊毕恭毕敬地双手接过太一真神帮他草拟的诏令。

"你出了昆仑墟后，第一件要事是阻止青妭。屏翳中了青妭的执生结咒，同生共死，青妭召唤蚩尤，就抱着一死的决心。所以，青妭一定会回来不周山找屏翳，无论如何，你都要尽己所能阻止青妭重塑蚩尤。"

"那太一真神您呢？"

"我先在昆仑墟，找禹剑的真身……"太一真神回答道，在他内心深处，这个谜团放了很久，"你们几位上神都知道的，我们要了解禹剑，只能来昆仑墟。"

"诺！"帝俊说道，"只是最后，有一事，想和太一真神请教。"

"说便是。"拂天抬起玄衣仙袖。

"既然您已洞悉这事理，为何当日不在九黎干脆杀了屏翳，这样青妭计划也不会成功，牺牲一个人，却能保护三界九州皆太平。今天屏翳和您之间，我也看到了，相信，屏翳不仅是蚩尤的分身这么简单……请真神明示。"

帝俊话音刚落，却发现自己周围的仙雾和神息开始不断变幻，而拂天又幻化出了一身从未见过的素衣，那素衣颜色神光熠熠，如若祝融。这个问题看来扰乱了拂天的内心，而出现在帝俊面前的，是太一真神本尊，其相貌和拂天祝融无任何不同。他看着帝俊，说道：

"创世之初，盘古开天辟地后，我司管天地万象和三界的混沌生衍之道。混沌初开，本无光彩，却天象机缘巧合，一道五彩虹霓突然出现，入了我双眼。从此这四海八荒、三界九州有了五彩幻化出来的其他色彩。"

"屏翳就是混沌初始的那道五彩虹霓。她确实不只是蚩尤的分身——应该说，蚩尤是她的一个意外。五彩虹霓本该在她轮回于三界九州的时候，俱象自己的真身，却无意间附着到了蚩尤的元神翼展上。所以，蚩尤才是屏翳的栖息之所。"

太一真神慢慢转过身，昆仑墟的瞭望台上立刻七彩炫目，他说道："我与天地日月同源同息，四海八荒和三界九州在我眼中不过万象混沌的吉光片羽。唯有这五彩虹霓，才是我的双眼。这一世我决定要护住她。"

第二十三章

另一边的不周山，青妩一直躲在远处观察帝俊和祝融的对战，可那弱水三千的水箭从空中倾斜而下，遮挡了她的视野。待她再定睛一看，帝俊和祝融已经消失了。而她发现躺在东武里百阶玉台上的屏翳，正由几个东武里的侍从扶起来，要带回房间去。此时堪称完美时机，青妩刚要走。

突然，有人拍她的肩膀，她吓了一跳，回头，却见少昊将军带了精兵猛将，站在她背后。而少昊将军身边站着的，便是已有些苍老之态的轩辕上神——黄帝。

她立刻握住开了刃的禹剑，金光闪闪的刀面晃了一下少昊和黄帝的眼睛。此情此景，和当年蚩尤在共工台上的架势如出一辙。

青妩对少昊和黄帝摆开了架势。看到黄帝的第一眼，她竟然有些愠怒，并不是因为万年前的三界大战，而是他为什么要来这个是非之地。当日，在肝榆之尸，她早已砍断了与黄帝的父女之情。她死，黄帝才可以活；她死，屏翳死，才可召唤蚩尤回来——她死，更是三界九州的诏令。

蚩尤活，父亲活，自己死不足惜。是青妩的决定，也是禹剑"帮"她做的决定。

"青妩，好孩子，和我回家吧！"黄帝什么都没说，"我不会允许这天地间再有人伤害你。"

"黄帝，青妩感谢您的生育之恩！"青妩一脸冷漠，双手作揖，"我已经用禹剑斩断了你我的父女之情。所以，从此不再以父女相称。"

少昊和黄帝对视着，又看了看金光悠悠的禹剑。他们满脸狐疑，一把神兵利器而已，禹剑还能管这个？黄帝想了想，对少昊点了点头，示意这次先把青妩带回去再说。

"青妩，终归都是我不好。"黄帝好言相劝道。少昊也见之动容，他从未见过万人之上的黄帝有对谁如此卑微过。

青妭叹了一口气，微笑，眼里噙着泪水："黄帝莫要多言，我已经原谅你了。只希望炎黄一脉，可绵延可繁盛，不再经受这人云亦云的分离之苦。"

少昊赶快往前一步，想去夺剑，并且说道："青妭，现在和我们回黄帝城，我们还可以和帝俊至尊商量修改诏令的事情。"

"不可能的，来不及了！我杀了麟鹿！祝融上神也不会放过我的！"青妭字字珠玑，声声悲愤道，"帝俊是不会为任何人修改诏令的，我懂！"

黄帝和少昊都大吃一惊，她杀了麟鹿……

看到黄帝和少昊没有回去的意思，青妭将禹剑架到了自己的脖子上，开了神光的禹剑，果然非同凡响的锋利——只见青妭的发垂被剑气自动吸了过去，发垂瞬间断落。她的脖颈上也立刻显现了一道血印："如果黄帝和少昊将军还是不走，我宁愿玉碎于此。"

"青妭，你别冲动……"少昊赶快制止，却不敢轻举妄动。

"青妭，我信你。既然你断了父女之情，我们便不再叨扰！"黄帝突然说道，他双眼盯着自己女儿的双眼，青妭眼里早就湿润了，"轩辕在这里，感谢你薰华草的救命之恩。此后珍重。"

黄帝示意少昊和身后的精锐部队："我们回陈国吧！"

于是，青妭注视着黄帝带领少昊和这支部队，慢慢从俊峰山峦中撤退，慢慢消失。她的眼泪不争气地流了下来——原来，当人必须要做出抉择，牺牲过去的时候，才能发现曾经的美好如此可贵。

她重新吸了口气，理了理发髻，回头却看到屏翳已经被侍从带回了东武里。而东武里现在几乎没有一个人是她的对手。她对东武里了如指掌，屏翳一定是在祝融上神房间的床榻上休息。

她须臾就移形换影到了东武里。想着之前的火神结界，她试探性地拿出禹剑触碰了下火神结界。不想，这禹剑的神力居然比祝融上神的修为还高，她轻轻一刺，火神结界就四分五裂；她再一砍，火神结界传来震耳欲聋的破碎声音。青妭召唤自己的神力旱雷，对着结界最后一击。

东武里门口的火神结界瞬间荡然无存。

火神结界被三次撞击而破碎，正在昆仑墟上坐驰的拂天也感知到了，他睁开双眸，眼中燃烧起祝融上神特有的熊熊真火——这火神结界连着他的混沌之识，他感觉胸口一阵发紧，嘴角流出了一丝血迹："这把禹剑，果真如此强大？！"

帝俊走出昆仑墟，回到了现实三界，略微有些晕眩。想到太一真神的交代，他赶忙向不周山的东武里赶去。这个时候，他远远便瞧见了不周山顶，乌云密布，伴着交织的雷电万道，青色的旱雷从天而降，东武里一阵炸响。

帝俊知道，天相有异变，是青妭——不好，屏翳在东武里有危险！

屏翳却在此时，突然醒来，有气无力。陌生的房间死一般的寂静，她竟然一眼就在房间的墙壁上认出了自己的一幅画——是半脸龙鳞覆盖的拂天，笔法生涩，却在这一刻感到极为亲切。她闭上眼睛，定了神，原来自己是在祝融上神的房间里。

急促的脚步声纷至沓来又渐行渐远，屏翳透过窗子望去，只见远方一个青衣袅袅的女子若隐若现。她的手中拎着一把金光灿灿的神兵利器。而屏翳胸口的青铜发簪，也开始突然感应到了什么，抖动了起来，她嘴里吐出一口暗红的鲜血。

她努力睁开双眼，定睛一看——是青妭。

"青妭，你我无冤无仇，为何是我？如果我死了，你也活不了！"

"屏翳，我今天没打算活着回去，我现在也不打算杀你……"青妭一阵云淡风轻，"谁叫你曾经是蚩尤的分身？今天蚩尤要复活，你必须死。"

"你说什么？我是上神的分身？！"屏翳惊讶至极，虚弱的她走到房间的正中间，"你要干什么？"

只见青妭用元神之力，将金光闪闪的禹剑插到了祝融客房天圆地方的正中心，这个召唤之法是禹剑告诉它的，说这个位置可以找到"玄金骊身"——可禹剑没说，玄金骊身本无具体的位置，因为它就是不周山。阴险的禹剑更没有告诉青妭，玄金骊身回归，三界九州将生灵涂炭、万象毁灭。

甲光向日金鳞开，屏翳眼前一阵灿烂。禹剑皎如日星，混沌之气从天地向它聚集而来。可与此同时，金光万丈之后却又是绵绵不绝的"黑云压城城欲摧"的末日之感。

不周山开始断裂，东武里不断晃动——青妭也被吓到了，她以为，玄金骊首也只是一个分身，没想到居然斩碎了不周山。她有些慌张，进退两难。也就在此时此刻，帝俊赶到了。

他刚刚冲入东武里的时候，除了遍地死去的侍从，就看到了禹剑和不周山的异象，猜测到了青妭已经开始召唤玄金骊首。玄金骊首出，不周山倒。

帝俊完全不顾被山崩地裂震倒的青妭，直奔屏翳，抱起了屏翳。他的上神之识，早就看到屏翳的五彩元神，开始慢慢消散。帝俊痛心疾首。

"屏翳，坚持住，我带你出去。"帝俊赶忙说道。

屏翳努力睁开眼，点点头："我知道，帝俊至尊，屏翳一介小小的燕子精，何其卑微，但是若能拯救蚩尤上神，屏翳赴汤蹈火、在所不辞。"

"青妭，你对屏翳蛊惑了什么？"帝俊回头望着在房屋里一角跌坐着的青妭，怒目圆睁。他低下头说道："屏翳，不要听信谗言。

你先闭目养神。放心，有我在。"

屏翳自己其实能感觉到自己正在消融，正在堕入轮回。而青妭也看到了眼前的这一幕，知道自己也快走了，突然就发疯一般，喜极而泣道："蚩尤，你终于要回来了！"

"痴人说梦！"帝俊吼道，他白玉战袍上身，如雪霁初晴，威风凛凛道，"我现在就拔掉这根魔剑！青妭，召回蚩尤你就是要毁天灭地——你一意孤行的账，我之后和你算！"

帝俊话音刚落，只见青妭突然跳起阻拦帝俊。

"发底青青无限春，落红飞雪漫纷纷"。执生结即将生效，屏翳将消逝，而青妭也是。她用尽最后的气力，召唤出元神，青妭自己幻化成了旱神的神妖，三界九州人人唾弃的灾妖。

帝俊站定，将屏翳藏在身后。他将太阳烛照召唤出来保护屏翳——没想到，千钧一发之际，万万年来第一次，太阳烛照化形出了真身，竟然是一个小小的女童。小家伙用强大的至阳之法沐浴在屏翳的身上，神兽的润泽减缓了屏翳消逝的速度。而大限将至，屏翳元神里的五彩虹霓也四散出来，本能地幻化成展翼，慢慢舒展和包裹住瑟瑟发抖的屏翳。

帝俊视死如归，结果女童只是和帝俊心照不宣地点了点头，笑了笑，示意他战斗。帝俊便感觉到源源不断地混沌之力涌入丹田——今日就是拼了性命，也要护这道五彩虹霓全身而退。时间对于帝俊而言，从未如此的意义非凡。

三界九州创世以来，帝俊将元神幻化了出来。青妭的元神面前，出现了一条和女娲以及伏羲真神一样的巨型人首蛇身，带着幽幽的天地初开之光。仔细一看，那并非蛇身，而是有着龙鳞的龙尾，他周身环绕着苍茫神创之时的神土沙尘。

帝俊的元神，竟然可以无限变大，他龙尾轻轻滑动而过，不周山就碎石乱震。不断变大的帝俊用龙尾缠绕住将要倾斜的不周山。

青妭的元神发出的万里青光，被扬起的神土压制下来。

突然一刹那，帝俊的龙尾一震动，不周山跳跃起的神石，瞬间幻化成了万法归宗的刀剑，向青妭的元神袭来。如同当日十巫台比武论道大会里相柳用过的青铜飞镖，寻常刀剑向来是可破所有仙妖之法的利器。只是，帝俊并没有打算杀死青妭，而只是将刀剑悬在半空中，青妭的元神动弹不得，更无法靠近插在房间中央的禹剑。

走到今日，青妭已经倾尽所有。她自知今日必死。所以就算枪林弹雨，她都要穿过去。她闭上双眼，如飞蛾扑火，向这万把刀剑奔赴而去。

可是当她飞速而至的时候，突然听到刀剑犹如流星划过耳边随即落下，她自己却毫发无伤。

·第二十四章·

经营四方兮，周流六漠。

上至列缺兮，降望大壑。

下峥嵘而无地兮，上寥廓而无天。

视倏忽而无见兮，听惝恍而无闻。

超无为以至清兮，与泰初而为邻。

——战国·屈原《远游》

　　青妭睁开双眼，发现一个熟悉的背影挡在了她的面前。定睛一看，居然是她的父亲——此时此刻，他不是什么轩辕上神，也不是什么黄帝，而是一个普普通通的父亲，一身被龙鳞刀剑刺穿、血流成河又无怨无悔的父亲。

　　帝俊也有些大惊失色，他悬挂在半空的刀剑突然就自己全部射落在了地上。谁能想到，其实是躲在附近观战的黄帝为了阻止青妭自刎，用自己的神力毅然决然破了悬挂在青妭周遭的刀剑阵法，可是刀剑无眼，所以他选择用血肉之躯做青妭的盾牌。青妭看到父亲慢慢从她面前倒了下来。

　　禹剑说过，今生若斩断了这父女之情，女逝则父生；父死则女存。她本以为，从自己呱呱坠地开始，父亲都不曾真正爱过自己。

可是她万万没有想到，一个其貌不扬的轩辕上神，一个万人之上的黄帝，一个在她眼里碌碌无为的人父，居然选择为了她，牺牲自己。父亲死，她就活，天命注定着蚩尤也复活不了——那么，青妭自己一人独自苟活在这世上还有何用？

帝俊见此情此景，收起了元神。一边带着太阳烛照，护着屏翳，一边看着躺在青妭怀里的轩辕，唏嘘不已。不周山不知道为何，风波似乎平定了不少。

"女儿，父亲对不起你……"轩辕体无完肤，他血如泉涌，几乎封喉。他用满是鲜血的双手，颤颤巍巍抚摸着青妭的脸庞，呼吸急促地唱起了他给襁褓之中的青妭哼唱的童谣：

"青青幽幽，呦呦轻轻，水中蒲，水中苇；

青青幽幽，呦呦轻轻，日月垂，日月醉；

青青幽幽，呦呦轻轻，山河破，山河归。"

童谣声声慢，轩辕便伴随着歌声烟消云散。一首慈父所唱的童谣，尽日月光辉和四海之水，都道不尽为人父的初心。青妭抱着生父，彻底崩溃——旱神血泪交织，哭瞎了双眼，从此她五彩不识、五音不闻。

天命好轮回。黄帝死，青妭盘算得再好，又有何用？蚩尤再回不来了，唯一的父亲，也终究狠心弃她而去。也就在此时此刻，祝融房内的禹剑，也突然黯然失色——咔嚓一声，成了无数废铜烂铁的碎片。屏翳胸口的青铜发簪以及执生结，慢慢消散。

天命运数被改了。

只见帝俊对着禹剑碎片和轩辕死去的方位，磕头三拜。不过，他磕头并不只是为了轩辕——他通天神谕的五识，看到了碎裂的炎热真火，碎裂的至阴幽荧以及碎裂的混沌万象。这个秘密只有他知道，屏翳永远不会知道，太一真神对她的付出。

祝融的寝殿在劫难后，早就遍地狼藉。那张屏翳当年手画的"此地无银三百两"的拂天像，也慢慢从墙上滑落了下来。原来祝融曾将这幅画认认真真裱了起来，锦表绣为里，梅雨话别时。

昆仑墟肃穆依旧，三界九州一切静好。

……

刚刚发生了什么？

帝俊按着太一真神的嘱托，走出了昆仑墟的瞭望台，使命在前，背后的昆仑墟依然是一片混沌。太一则坐定在这瞭望台上，召唤出混沌之力。三界现世的是是非非，如若嘈嘈切切错杂弹。朗朗乾坤都被太一平铺于眼前的瞭望台，然后他左手一晃，三界九州开始反向斗转星移。

他在努力追寻的，便是禹剑的前世今生。这么些时日，其实他如大海捞针般毫无头绪。突然，他感觉到了东武里有自己神识的火神结界被禹剑触碰到了——他嘴角流出一丝鲜血，太一睁开燃烧的火神双眸，阴阳混沌的真神光芒燎原——终于，他等到了时机，定位到了禹剑的真身。

只见昆仑墟内，时光倒转，第一帧居然定格在了创世真神时日。

那日，弱水河上，轻舟泛泛。一个平凡的渡河船夫，划着船。船上，一位仙君顺流而下，船上还载着一个满脸懵懂的小仙妖。突然，风云变幻，小仙妖意外折损在了仙君的怀中——仙君的背后，刹那间迸发出道道爱恨情仇的错乱混沌，借着清风明月，逃逸到了三界九州之中。

太一真神定睛一笑，参透了一切——栩栩如生，无非是自己和吾彩而已。

"禹剑！"太一真神站在这瞭望台上，看着这生生息息的一幕，隔空喊话道，"够了，出来吧！"

太一真神话音刚落，果真见一灼灼其华的男子被唤醒。他的眉眼和太一真神一模一样，全身金光灿灿，七情六欲又如毒蛇缠绕，浩浩然立于这瞭望台上。

今日，太一真神和禹剑的久别重逢。

"哈哈……"只见禹剑真身仰天长笑道，"太一，好久不见，可认出了我几分？"

"你就是我万象混沌的另一面——无他。"太一真神面不改色地回答道，"何必故弄玄虚？"

"到底是创世真神！"禹剑在昆仑墟的影像，宠辱不惊，回应道，"太一，那日当你决定出手救吾彩这个孩子的时候，混沌创世神识里就夹杂着了你对吾彩爱恨情仇的执念。这一念，犹如雪花，从昆仑墟落入会稽山——万万年，莫说是人世间的痴愁爱恨滋养了我，我该感谢你的缘起。"

"我，便是你；你也是我。人世间的七情六欲和爱恨情仇滋养了我……我便是天下的贪嗔痴三毒。"禹剑的真身突然仿佛毒虫，缠绕着在瞭望台坐驰的太一真神，魔音阵阵，"我禹剑，与太一共生共亡；也与太一，此消彼长。"

"我立身以来的第一个主人便是大禹。后面还有很多：禹强、京房、蚩尤和青姒。"禹剑笑声阴阳不定、暧昧万分，只见他的形象，也从郎君上仙变成了妖媚之躯。

太一不相信禹剑的故弄玄虚。他从昆仑墟的万象之中召唤出极寒的阴幽之气，开始与禹剑斗法。阴幽之气本是太阴幽荧的神息，可以让天地万物化为寒气，一招就可震碎禹剑的剑气元心。

只见太一真神化为了拂天的形象，单手翻云覆雨，昆仑墟瞬间就是腊月寒冬，禹剑的妖媚形态瞬间被冻成了冰块。太一再一个神掌，不费吹灰之力，禹剑便被打成了一地碎冰。

可是不出须臾，禹剑又从昆仑墟的混沌轮转里，重回到了眺望台。这次他显出了人形，重新来到了太一的面前。

太一又燃化成了祝融的形象，手一指，天陆之际的真火便在禹剑的身旁燃起，禹剑一边哈哈大笑，一边连人带声音都燃化在了混沌之火里。

太一还来不及舒缓一口气，禹剑的形象又从昆仑墟瞭望台上的风云变幻中，跳脱到了瞭望台的方寸之间。禹剑仙气缭绕。太一不甘心，召唤出了漫天的梵界沙土——这沙土可比西域的沙暴更为厉害，人、妖、仙越是挣扎，越是深陷其中。禹剑早就感觉到了如若龙卷风的梵土不断漫灌入自己的七窍，窒息的感觉实在难以忍受，他不停挣扎，随后便被梵界的尘土掩埋。

三次过后，禹剑这次似乎真的消逝了。瞭望台上许久再也没有任何的回响。太一叹了口气，原来还是三界九州的佛法无边，可以埋葬了这面目可憎的禹剑。

就在太一庆幸的时候，突然瞭望台上又响起了禹剑熟悉的哈哈大笑的声音。犹如阳光下的阴影，久久挥之不去。可是这次，他再也不现形了，只见他的笑声居然可以逆转瞭望台上的清风明月，刚才太一施加于他的寒冰、真火与沙尘，乱了五行四象，糅合在一起，禹剑变成了太一真神自己的模样，那一幕幕喜怒哀乐的心境包抄和反噬了昆仑墟。

昆仑墟居然有了天崩地裂的迹象。

"所以万万年以来，你的筹码是什么？"太一真神赶忙用洪荒之力震住昆仑墟，一边面不改色心不跳地问道。

看到太一真神开始讲条件，禹剑便开心了不少。他又从混沌大乱中抽离出来，这次居然变换回了一个孩子的影像。太一定睛一看，这个孩子，不就是那个在弱水河边的孱弱的吾彩吗？

　　只是吾彩似乎没有死，她胸前有一支箭，虹霓若隐若现。太一细细定睛一看，吾彩似乎又比当年长大了不少，确是屏翳完全一模一样的音容笑貌。刚过豆蔻的她，笑容可掬——只是吾彩胸膛前，原来箭的位置，变成了一个青烟袅袅的簪子。

　　幻化成屏翳形象的禹剑阴阴一笑，抬起了手臂，太一真神看了下——他自己的手腕上，若隐若现了一条情丝，连着的那一头，是在祝融房间内奄奄一息的屏翳："太一，当你在创世的那日下了昆仑墟，从弱水河渡船……那个时候，你就不再是真神了。你有了私欲，你有了难以忘却的情劫，你的虚弱无孔不入。"

　　"万万年来，我多次易主，你的混沌之气衍化了苍生的贪嗔痴三念和七情六欲……现在，青妭已经开启了我布下的灭世法阵，是你输了苍生。"

　　穷通与修短，造化夙所禀。一樽齐死生，万事固难审——后世的李太白诗中如是说。

　　"禹剑，三界九州走到了今天的这般田地……"太一真神微微一笑，"看来自然要有个生死了断。输赢不相关，我不负苍生。"

　　"这三界九州里，太一早已经不存在了！"禹剑鲁莽地打断道，开始有些急躁，他抬起太一的手腕，"而你自己的情丝，你甚至都不敢多看。你万万年的守望，在最后一刻，你退却了。你就是个懦夫，你甚至不敢告诉屏翳，自己爱她的真相！"

　　"那又如何？我拥万里江山，待她来毁！"太一真神笑吟吟，召唤起了这瞭望台上的所有混沌之力，全力刺入自己的心脏，"禹剑，你口中信誓旦旦的'留一生当断一念，断一情以报一梦'，不过你的执念而已，我没有。"

　　太一宁愿自毁，也不和禹剑做任何有关输赢的交易。禹剑身形俱灭。

第二十四章

"屏翳，终于都结束了。"太一真神疲惫地倒在这瞭望台上，以心应景，昆仑墟全是屏翳，"今生今世，如你所愿的安稳，去做一个无忧无虑的女子，为人妻母。好好去和丹阳走过这短暂的一生吧。再见。"

这世间，死生总是不期而至，它是萦绕不去的执念，也是魂飞魄散的消解。太一真神的神形在昆仑墟里慢慢散去——他无言，双眸中五彩斑斓的眼泪落下，在这瞭望台的万象之境内，幻化成了三界九州的滚滚红尘。

太一真神归于昆仑墟，也归于混沌大道。从此世间，绝地天通，再无真神界。

……

东武里早已经恢复了宁静。帝俊抱着屏翳，屏翳胸前的青铜发簪已消逝，林林总总的尘埃归回了昆仑墟的方向。不周山安好，可是没有了祝融和麟鹿，不知道以后还会不会山徙。而三界九州也和天命机缘重归于好。黄帝和蚩尤都回不来了，他俩也永远被写入了神话历史的画卷。

丹阳在思尤苑里，焦急如焚。

他还惦记着，不知道祝融上神的允诺——此去经年，可否带回屏翳？正纠结着，只见思尤苑的大门敞开，帝俊至尊回来了，抱回了熟睡不醒的屏翳。而她胸口的青铜发簪，已经去掉了。

丹阳大为感动，对着不周山的方向，跪地俯首。

……

时日不久，帝俊颁布三界九州的诏令：

"三界九州听令。旱神青妭，意欲毁三界九州，困于六合之渊；轩辕上神，黄帝，为父慈爱，为苍生恳见，殉而明，以彰黄帝后人，世世代代，福泽恩至。祝融，黄帝氏族，字重黎，以元神立命，绝地天通。人神两隔，从此天下安享太平。"

此诏令，久久回荡于三界九州上空。

后世的《尚书》卷十九，零碎地记录了帝俊诏令的只字片语，原文道："上帝监民，罔有馨香德，刑发闻惟腥。黄帝哀矜庶戮之不辜，报虐以威，遏绝苗民，无世在下。乃命重黎，绝地天通，罔有降格。"

重黎究竟只是祝融一人，还是重、黎所指祝融和拂天两位功臣？后世众说纷纭。

世隔百年，回忆长青苔。

不周山依然耸立，却不再是一座神山了。

皓月上仙和鸣喜早就完婚，并有了一群子嗣，成天围着这月亮上的桂树奔跑嬉戏，好不快活。这日，月色正浓，鸣喜依靠着皓月上仙的肩膀，说道："皓月，为什么月有阴晴圆缺？"

皓月看了一眼鸣喜，回答道："潮涨潮落，花开花谢，云起云落，不过自然道法而已。"

而灵山上，扶桑的元神又回到了神农的手里，神农待他视如己出。这次，他还多放了不少肥料，也就是神农自己的神识。扶桑回来，又要一个万年。

玄武见状，问道："神农上神，为什么在这扶桑的元神上，放了这么多您的神识？"

神农开玩笑道："自己的孩子，揠苗助长吧。"人的思绪总是五味杂陈。

弱水郡的康回轩里，唱戏班今日演的依旧是女娲补天的旧情节。共工和青龙，化身凡人，坐在二楼的上等雅座里，看着这栩栩如生的一幕，笑得前仰后合。

陈国的黄帝城里，少昊将军，被提升成了国主。他在黄帝城里闲逛，微服私访，无意间看到一青衣女子走街串巷——他却再也不会有所心动了。他的眉眼温柔一沉——经历如此多的死生大戏，他知道何谓安好。只见少昊将军气定神闲，对着街头饼铺的老板，敲敲桌板道："老板，再来一盘合欢饼。"

最后，便回归了天陆之南的九黎。气候四季如春，最适合元鸟成长成材。思尤苑里依然是曲高和寡，荷风阵阵，水波涟漪，清风徐来，七情六欲都不兴。

丹阳和屏翳刚刚完婚，今日便是屏翳回娘家的时刻。

燕皇后前前后后张罗着这思尤苑的摆设，不想娘家给屏翳丢了脸面。玄冥则是监督着厨房琐事，更不想给阿妹丢了食色生香的光彩。这次，厨房专门为屏翳准备了他爱吃的百合粉和蜜糖蒸藕。百合粉象征着"百年好合"，蜜糖蒸藕寓意着"佳偶天成"——粉黛色珀，甜得浓情蜜意；糯得宜家宜室。而一颗颗珠圆玉润的荔枝，暗示在天愿做比翼鸟，在地愿做连理枝。

鹊七和鹊巧跑了进来："燕皇后，玄冥殿下，屏翳小殿下和丹阳已经在门口了。"

燕皇后和玄冥作为娘家人，一并来到思尤苑门口迎接。鞭炮长鸣，锣鼓喧天。只见屏翳笑吟吟牵着丹阳的手，认认真真地走过了这曲曲折折的思尤苑。却不曾想，一阵疾风暴雨而落，打得屏翳措手不及。但是她一点都不愠怒，疾风暴雨的意思，在她眼里，大抵就是"好雨知时节"。

思尤苑上空，天地一线，亦在疾风暴雨后出现了一道七彩虹霓，甚是惊艳。屏翳凝视着迢迢七彩未央，眉眼晶晶亮。

在这个世界里，时光如逝。只要来日可期，那么人生坎坷，神生漫长，都不足为奇。

今天真是一个好日子。

·尾 声·

　　共工与颛顼争为天子不胜,怒而触不周之山,使天柱折,地维绝。

　　女娲销炼五色石以补苍天,断鳌足以立四极。

　　天不足西北,故日月移焉;地不足东南,故百川注焉。

——东汉·王充《论衡》

　　第一次三界大战,疾风暴雨,电闪雷鸣,生灵涂炭。

　　共工和祝融刚刚短兵相接,却不曾料到共工被祝融的神法束缚住,无计可施。他红色的长发早已因为怒火燃烧成了青黛色,共工对着祝融声嘶力竭地喊道:"祝融,蚩尤是被冤枉的!"

　　说时迟,那时快,祝融还没缓过神,只见共工突然元神乍现,巨大无比。东武里被震得鸡飞狗跳。共工的元神乍现,可是锁住他的祝融神法却没有消逝,而是随着他的身躯也变大了不少。

　　法力无边,共工心中冤屈悲痛。他突然一声不吭,大个头的元神急急忙忙从不周山飞出去,他循着弱水河的上游方向离去。祝融不知道共工的葫芦里卖的什么药。他从不周山的东武里高处俯瞰,却不见共工的影子。可他听到了共工的神兽青龙也在附近声嘶力竭。

祝融的锁灵神法也有感知。他知道，共工一定没有走开。

突然，青龙带着弱水河的云雨，冲着祝融袭来，并且一口就要活吞了祝融本尊。祝融赶忙用火神神法顶住，才没有让青龙把自己咬得粉碎。也就在祝融大战青龙的时候，只见不周山突然地动山摇，祝融低头一看，原来被神法绑住的共工用自己的血肉之躯——一下一下撞向了不周山。

共工是有多少的冤屈，才无计可施，只能玉石俱焚。

"不好，"祝融呵斥道，"共工你疯了吗？不周山顶天立地，你怎么可以撞断不周山！"

可是共工不听劝。青龙也是帮着主子的愚忠，还想方设法拖住祝融。祝融见状，只能盘腿坐定，双手如若莲花般施法，只见火莲在青龙的口中，犹如爆竹，带着混沌的三昧真火，从青龙的口里一路炸开，青龙浑身冒出焦黑的烟气，龙啸感天动地，然后它呜呜哀鸣，坠入了不周山山脚下的一条江河里……

这世间的天机悬幻莫测，其中最难以揣摩的便是众生的七情六欲。

不周山的根基终于被共工成功撞裂，显然共工杀红了眼，完全停不下来。突然，帝俊至尊骑着烛龙出现。烛龙一睁眼一闭眼，不周山便是日夜晦暗，众生的双眸里迷失了不周山的踪影。帝俊对着祝融点了下头，他的神法犹如金玉穿顶，带着混沌之力，犹如恢恢天网般降下来，罩到了共工元神的身上。

共工不断哀号挣扎，想冲破这混沌锁，帝俊随即拿出了自己太阳烛照——共工司水，自然是与这至阳的烛照相克。太阳烛照的神兽之力源源不断输入混沌锁之中，威力无穷。

掀起来的尘土之中，共工被混沌锁慢慢镇定下来，变回了红发冉冉的人形……正当他要开云薄雾见个分明，却见帝俊的烛龙在不周山边盘旋，边开始包抄这即将倾斜的不周山，白昼四时之气起，周围的尘土飞扬和乱石都被烛龙一并吸入肚中。

不周山得到了片刻的安宁。但是，祝融和帝俊都知道，不周山山脊已断，天地倾斜，日月无光。烛龙抵挡不了多久。

"祝融！"帝俊喊道，"你只管守好不周山，我去去就来。"

只见帝俊对着自己元神的天灵盖，痛苦地抽离出自己的唯一神息。而这一举动，帝俊也是元气大伤，他瘫坐在了烛龙的身上，靠着太阳烛照的神兽之力支撑，进入了坐驰的状态。

混沌之道重开，祝融定睛一看，帝俊居然还能召唤出创世的女娲真神的最后一丝神识。天地为之动容，百鸟朝凤，日月为之俯首。

原来，女娲造泥人帝俊的时候，曾灌入了自己的一口神息给他。祝融慨叹，却也顾不上烛龙苦苦缠绕支撑着的不周山，他还有更重要的事情去做。

祝融浑身的战甲顿时又被真火收了回去，他一甩仙袖，消失在了昆仑墟的方位。

女娲神识出，她对着几乎昏迷的帝俊至尊微微一笑——帝俊至尊作为她的第一尊泥人，也在内心深处对着女娲真神的影像三叩九拜。女娲真神于他，是生母。滴水之恩，涌泉相报。

朗朗乾坤，帝俊愿意接过她的衣钵，为她守住三界。

可不想，女娲神识却飘飘绕绕，消失在了不周山附近的昆仑墟。众所周知，昆仑墟是创世真神的神域，上神都无法进入。昆仑墟内，传说应众生相，无机缘的人强行进入定会灰飞烟灭。帝俊不知其所以然，天地崩塌、迫在眉睫——他不确定女娲要干什么？

……

昆仑墟的瞭望台上，站着一人，便是祝融上神。他参透世事，只等着下一脚赶到的女娲进入昆仑墟寻他。

女娲对祝融上神行了敬拜之礼，说道："太一真神，别来无恙。"

"女娲，我以为那么多万年，你早就灵力俱散，造福三界了。没想到今天你还能来。"祝融转过身，在昆仑墟，他的元神已经不只是火神了，而是水火交融的混沌。女娲看了看瞭望台周围的慌乱景象——岁月不动声色，百转千回，又仿佛急急如律令。

"太一真神，创世和救世，女娲都从未后悔！"女娲复命道，"烦请太一真神明示。"

"拿这个去补天吧，这里有开天辟地的混沌之力。"太一真神从仙袖里掏出一颗五彩石，不过一颗弱水河小小的鹅卵石，却异彩纷呈、五彩光鲜，混沌之力饱满。

"这……？"

"无需多问，女娲，"太一看着女娲，继续说道，"这颗五彩石超过你的生辰，有我的修为，放到漏洞的苍穹，可无限延展，补足天顶的窟窿。"

"可是，不周山倒了，还有什么可以弥补？"女娲失魂落魄地问道。

"把这个玄金骊身幻化成新的不周山。"太一真神一挥仙袖，女娲但见眼前飘浮起仙妖的三段分身——玄金骊身、蛟龙双犄和五彩翼展。三个分身，依旧仙力充沛，神识圆满，尤其是五彩翼展，五彩斑斓。女娲一看便说："这不是蚩尤的分身吗？"

"你放心，我就住在不周山，所以玄金骊身在我这里看管。而龙犄，我会放到我的仙兽麟鹿体内滋养。"太一回答道。

"这五彩翼展，好生眼熟。"女娲似曾相识，"难道是万万年前那个太一真神为之震怒的吾彩？"

"自然，世间哪里还有第二个混沌五彩？"太一轻描淡写道，"唯一这天命的变数，还是吾彩了，我参不透。"

"太一真神，今日您拿蚩尤的分身修补不周山，如若后世有什么阴谋召回蚩尤，那又是一次天地三界的大难。"女娲说道，她看了看昆仑墟变幻莫测的万象，突然几只神龟入了她的眼，"除了玄金骊身，要不我再加神龟的四肢为辅，立起不周山？只是……玄金骊身才是不周山真正的脊梁。"

"你决定。"太一打断女娲的问话。他还是看着那昆仑墟的五彩斑斓，自言自语道，"万万年的神寿，吾彩，我于无妄和轮回里找寻你，却未果……你曾说要战无不胜，于是这一世我才发现你附着在了蚩尤的神翅上——你也说过要回家，这次，你自己决定吧。"

话音落，太一将蚩尤的五彩翼展稍加神力炼化，真正的吾彩精魂若隐若现。祝融小心翼翼将其捧在手中，对着昆仑墟周围的三界九州、四海八荒，吹了一口混沌神息，吾彩的精魂便如同蒲公英般，伴着温润的风，于它命定的归处逍遥而去。

女娲注视着昆仑墟的另一面，山崩地裂、三界九州陷入万劫不复——"太一真神，女娲天命至，该去救天下苍生了。只想问太一真神最后一句，这一切您曾否有后悔过？"

太一回头，白衣仙袖，云淡风轻。他回答道："每日三省吾身，当然后悔——可我，却情不自禁。"

女娲似懂非懂，带着五彩石和玄金骊身，出了昆仑墟。

太一又将开始新一轮的等待。他等待的是吾彩的宿命，也是他自己的宿命。相思无处可依，他挥了挥素白色的仙袖，在昆仑墟的瞭望台上，以心映心，造了一道七彩虹霓，赐予三界九州的万千气象。

从此，后世便有了关于七彩虹霓的美好愿景，还有篇篇的诗歌，其中一首便是李太白所著：

"虹霓掩天光，哲后起康济。应运生夔龙，开元扫氛翳。"